suhrkamp taschenbuch 3919

W0461904

»Helminger ist schwarzer Humorist. Seine Geschichten sind ebenso brutal wie abgründig komisch«, schrieb *Der Tagesspiegel* über diese suggestiven, raffiniert miteinander verzahnten Erzählungen. Guy Helmingers Figuren stehen immer auf der Kippe zwischen Wahn und Wirklichkeit, geraten in Situationen, die fast vergessene Emotionen zutage fördern: In jedem Menschen brodelt es. Weil jedem etwas fehlt.

Ein passionierter Radfahrer mit der Marotte, Fußgängern auf den Hinterkopf zu schlagen; ein neu Zugezogener, der für Spekulationen in der Nachbarschaft sorgt; ein Mann, der nur rasch Zigaretten holen war und seine Wohnung anschließend nicht wiedererkennt – sie alle sind dort zu finden, »wo sich Raymond Carver und Franz Kafka gute Nacht sagen« (*die tageszeitung*).

Guy Helminger, geboren 1963 in Esch-sur-Alzette (Luxemburg), lebt seit 1985 in Köln. Für die Erzählung »Pelargonien« aus *Etwas fehlt immer* wurde er beim Ingeborg-Bachmann-Wettbewerb mit dem 3sat-Preis ausgezeichnet. Im Suhrkamp Verlag erschien zuletzt sein Roman *Morgen war schon* (2007).

Guy Helminger

Etwas fehlt immer

Erzählungen

Suhrkamp

Umschlagfoto: Detlef Erler

suhrkamp taschenbuch 3919
Erste Auflage 2007
© Suhrkamp Verlag Frankfurt am Main 2005
Suhrkamp Taschenbuch Verlag
Alle Rechte vorbehalten, insbesondere das
der Übersetzung, des öffentlichen Vortrags sowie der Übertragung
durch Rundfunk und Fernsehen, auch einzelner Teile.
Kein Teil des Werkes darf in irgendeiner Form
(durch Fotografie, Mikrofilm oder andere Verfahren)
ohne schriftliche Genehmigung des Verlages reproduziert
oder unter Verwendung elektronischer Systeme
verarbeitet, vervielfältigt oder verbreitet werden.
Druck: Druckhaus Nomos, Sinzheim
Printed in Germany
Umschlag: Göllner, Michels, Zegarzewski
ISBN 978-3-518-45919-5

1 2 3 4 5 6 – 12 11 10 09 08 07

Etwas fehlt immer

Für
Falk,
Melvin,
Ava
und Ilona

Beobachtungen

Bruno Felder ging gerne hinter Menschen her. Er verließ seine Wohnung, stärkte sich für gewöhnlich im Imbiß schräg gegenüber, suchte sich anschließend eine passende Person aus und spazierte dann in einem Abstand von etwa drei bis vier Metern hinter dieser her. Er wollte nichts von den Männern und Frauen, die er still begleitete, jedenfalls nichts Konkretes, er beobachtete sie nur und schrieb nachts, wenn er wieder zu Hause war und sein Tee trinkbereit in der grünen Tasse schimmerte, seine Eindrücke in ein Heft mit harten Deckeln. Zu unterscheiden war zwischen der Verfolgung bei Tag und der Nachtbegleitung. Das hatte Felder bereits in Heft 2 notiert.

Nachts sind alle Menschen verunsichert, schrieb Felder. *Es ist, als ob mit dem Tageslicht sich auch die Selbstsicherheit verabschiedete. Die Menschen haben plötzlich geschärfte Sinne, verkrampfen aber dabei. Überall scheint das Unheil zu lauern. Lichtentzug macht selbst das Pfeifen des Windes oder den vor die Tür gestellten Sperrmüll zur Bedrohung.*

In den Straßen stand an diesem Abend das Licht noch meterhoch. Menschen taten alles, um ihren Kopf über der gleißenden Oberfläche zu halten, ruderten mit den Armen, versuchten an ein rettendes Ufer zu schwimmen. Der Frühling strudelte in den Abend hinein, und Felder begleitete eine Familie, die gerade aus der Tiefgarage gekommen war und sich Richtung Schauspielhaus bewegte. Links, am

Schaufenster eines Möbelgeschäftes vorbei, ging der Vater, neben ihm die Frau, die etwas kleiner war als er, dann die beiden Töchter. Sie nahmen die gesamte Breite des Bürgersteiges ein.

Orgelpfeifen in der Stadt, würde Felder später in sein Heft mit harten Deckeln schreiben, *aber es war kein Ton zu hören, so als existierten sie außerhalb des Windes.*

Der Vater trug einen langen schwarzen Mantel, auf dem der Kopf fest und unbeweglich saß. Es schien, als müßte er den gesamten Oberkörper drehen, wenn er die Auslage neben sich anschauen wollte.

Die Frau blickte zu Boden.

Felder spürte sofort, daß hier etwas nicht stimmte. Vielleicht hatte es eine Auseinandersetzung gegeben? Vielleicht war der Mann zu schnell gefahren? Aber das fiel nicht in sein Gebiet. Felder spekulierte nicht. Er verringerte den Abstand zu seinen Zielobjekten, damit er hören konnte, ob sie etwas sagten. Aber niemand sprach.

Über dem Eingang des Schauspielhauses hing ein großes Transparent, auf dem stand: WOYZECK KOMMT! DAS SCHAFFEN SIE AUCH!

Die Orgelpfeifen reihten sich stumm hintereinander auf und betraten durch die Drehtür den Theatervorraum. Die Jüngste ging vorn.

Felder mußte seine Studie beenden und beschloß, in der Gegend noch einen Kaffee zu trinken und zu warten, bis es dunkel war.

»Warum ißt du immer das gleiche?« fragte der Mann vom Imbiß.

»Es schmeckt«, sagte Felder. »Noch ehe ich es bekomme, weiß ich, daß es schmeckt.«

Draußen ging eine Frau in einem weißen T-Shirt von links nach rechts vorbei.
Felder wollte aufstehen und ihr folgen, sah dann, daß sein Teller noch nicht leer war. Das Fleisch hatte er gegessen. Aber am oberen Rand des Tellers klebte noch der Reis und unten drunter, getrennt durch einen unsichtbaren Schnitt, türmte sich der Krautsalat. Felder überlegte, mit was er anfangen sollte, und entschied sich für den Reis. Als er gezahlt hatte, schaute er sich den Stadtplan an, der hinter der Eingangstür hing. Im Süden waren die Straßen heller als in der Nordstadt, wo sie vergilbt über dem Papier lagen. Er tippte mit dem Zeigefinger auf das ausgebleichte Viertel und trat nach draußen ins Licht.
Von rechts kam die Frau im weißen T-Shirt wieder.
Felder roch ihren Schweiß, als sie an ihm vorbeiging. Er sah auf die kleine weiße Tüte in ihrer Hand und schob ihren Schatten vor sich her. Sie ging über die Straße. Er folgte, ließ sich auf ihren Gehrhythmus ein.
Schon nach wenigen Metern stand Felder vor seiner eigenen Haustür.
»'n Abend«, sagte die Frau und schloß auf.
Felder kannte sie nicht, trat hinter ihr in den Hausflur und tat, als suche er seinen Wohnungsschlüssel, während die Frau die Treppe hochlief. Oben klopfte sie und verschwand in einer Wohnung. Felder wartete einen Moment lang, ehe er die Haustür wieder öffnete und hinaus auf den Bürgersteig trat. Dann ging er zur Straßenbahnhaltestelle und fuhr in den Abend hinein.

Am Himmel zeigte sich ein gleichmäßiger Farbverlauf von dunkelrot nach schwarz. Das letzte Sonnenlicht quetschte

sich hinter die aufflackernde Lichtreklame einer Gaststätte und löste sich auf.
Felder sah, wie ein Mann seinen Mantelkragen hochzog, obwohl es warm war. Die Frauen gingen nun schneller, es sei denn, sie waren zu zweit oder dritt. Dann waren sie laut, lachten und schrieen die Bäume an.
Als Kind, dachte Felder, habe ich immer gepfiffen, wenn mein Vater mich in den Keller schickte, um Bier zu holen.
In Heft 9 hatte er notiert: *Begleitet uns nachts die eigene Kindheit? Oder ist die Angst ein Überlebenssensor? Sind wir Tiere geblieben in unserem Innersten? Oder kommt am Ende des Tages das hoch, was wir als Kinder nie verdaut haben?*

Die Biergärten waren voll von Menschen, die Tätowierungen und Muskeln zeigten. Sie spülten den Inhalt großer Gläser die Speiseröhre hinab in einen Sandkasten, von dem sie nicht ahnten, daß es ihn gab. Felder hörte es knirschen, wenn sie schluckten. Er spazierte in eine Seitenstraße, bog erneut um die Ecke und entfernte sich von den Kneipen und Restaurants.
Die Fassaden der Häuser wurden dunkler. Ab und an schnappte ein Rolladen nach unten und wischte ein letztes helles Rechteck aus Licht und Blumenschatten vom Bürgersteig.
Felder stellte sich hinter eine Mülltonne und wartete.
Als eine Frau an ihm vorbeiging, flüsterte er mehr zu sich selbst als zu der Frau: »Morgen habe ich Geburtstag.«
Die Frau sah ihn erschrocken an und ging etwas schneller.
Felder sagte: »Fünfunddreißig!«
Die Frau begann zu laufen.

Das ist die Nacht, dachte Felder, alles ist schwarz.
Er sah, wie die Frau mehr und mehr einem Schatten glich.
Dann tauchte sie ein in die warme Nachtbrühe.
Fast blind, dachte Felder.
Nur eine Straßenlampe morste eine diffuse Störung in einen Hauseingang.

Einige Häuserblocks weiter sah die Gegend aus, als schaue man auf ein altes, vergilbtes Foto. Felder fiel der Stadtplan ein, der im Imbiß hinter der Eingangstür hing. Er hatte das Gefühl, die Straßenlampen schweben zu sehen. Ihre Lichtkegel waren zu schwach, den Asphalt zu beleuchten, und endeten einen Meter über dem Boden. Ein diffuses Gelb schwamm auf dieser Höhe zwischen den Häusern, schwappte gegen die parkenden Wagen und zitterte sich nach unten ins Nichts.
Felder konzentrierte sich auf den etwa zwanzigjährigen Mann, der mit kleinen, raschen Schritten vor ihm ging. Der junge Mann trug weiße Turnschuhe, Jeans und ein blaues Sweat-Shirt mit Kapuze, das sich jeweils für einen Moment ins Türkise wandelte, wenn er unter einer der Straßenlampen hindurchlief.
Die meisten Männer verhalten sich gleich, stand in Heft 5, *sie tun so, als ob sie nichts merkten, drehen sich nicht um, aber ihre Schultern werden nach und nach breiter und ihr Schritt schwerer, so als fließe Blei aus einer unsichtbaren Öffnung in ihre Stiefel. Ihr Nacken versteift sich, und man weiß, daß sie gerade die Zähne zusammenpressen. Viele halten den Atem an. Sie haben Überdruck und drohen bei der kleinsten Berührung zu explodieren.*
Felder sah, wie der Mann die Hände in die Hosentaschen steckte und die Schultern hängen ließ. In seinen Haaren

glänzte etwas Gel. Er ging in der Mitte des Bürgersteiges und schien seinen Verfolger noch nicht bemerkt zu haben.
Über einer Plakatwand, auf der ein großes Rapsfeld zu sehen war, tauchte der Mond wie eine handgroße Öffnung in einem Vorhang auf. Felder versuchte einen Augenblick lang, die Bühne dahinter zu sehen, dann rutschte sein Blick wieder hinunter, durch das Rapsfeld auf den Asphalt.
Vor ihm war der Bürgersteig leer.
Felder erschrak über seine Unaufmerksamkeit. Blitzschnell suchten seine Augen die Straße ab und fanden den jungen Mann in etwa zwanzig Meter Entfernung, wie er auf der Straße den Bordstein entlangging.
Wo ist die Konzentration, dachte Felder, ich habe doch erst morgen Geburtstag.
Der junge Mann bog um die Ecke. Felder lief einige Schritte und bewegte sich dann so ruhig wie möglich ebenfalls um die Ecke. Dort stand der junge Mann an die Fassade gelehnt und zündete sich eine Zigarette an. Im Licht des Feuerzeuges sah Felder, daß der Mann ihn anblickte. Felder ließ sich nichts anmerken und ging an dem jungen Mann vorbei. Sofort stieß dieser sich von der Wand ab und ging Felder hinterher.
Ab dem zweiten Haus klebten Gärten wie dunkle Isolierstreifen zwischen dem Gemäuer und dem Bürgersteig. Das Licht hing noch immer ockerfarben bis auf Hüfthöhe.
Felder tat, als bemerke er den Mann nicht, und richtete sich etwas auf. Seine Schuhe trafen dumpf auf die Steinplatten. Ohne sich umzudrehen, horchte er nach hinten.
Dort trieb ein fremder Atem die Stille auseinander.
Felder spürte, wie eine Hitzewelle ihm den Rücken hoch-

schoß und ihm unter die Arme griff. Auf seiner Stirn vergrößerten sich kaum merklich die Poren.
Der junge Mann ging dicht hinter ihm. Felder schaute auf die Uhr und wußte im gleichen Moment, daß das ein absoluter Fehler war. In Heft 11 hatte er notiert: *Der Blick auf die Uhr ist fast immer eine Verlegenheitsgeste, bei der die Zeit keine Rolle spielt. Ich lenke durch das Heben des Armes die Aufmerksamkeit der anderen auf ein Objekt, das nicht ich ist. Spitzt die Lage sich ins Unerträgliche zu, wird der Blick auf die Uhr zum larmoyanten Versuch, die Kontrolle über sich und die Situation wiederzugewinnen. Ich tue etwas, das nach außen Sinn demonstrieren soll. In Wirklichkeit verrate ich mich mit dieser Geste aber augenblicklich an mein Gegenüber.*
»Na, wie spät haben wir denn?« fragte der junge Mann in Felders Rücken.
Felder wollte antworten, aber er wußte es nicht. Er spannte die Muskeln in seinen Oberarmen und blieb vor einem Sperrmüllhaufen am Straßenrand stehen.
Zerkratzte Schranktüren lagen quer übereinander, daneben eine alte Matratze, in die jemand armlange Metallrohre und einen zerfetzten Regenschirm gestoßen hatte. Felder bückte sich und tauchte unter die fahle Lichtoberfläche. Er hielt den Atem an, drehte einen Fünfzehn-Zoll-Monitor hin und her und hoffte, der junge Mann möge vorbeigehen. Aber der junge Mann setzte sich hinter ihn auf das Gartenmäuerchen und schien zu warten. Felder sah unter seinem rechten Arm hindurch, wie der Mann rauchte. Er mußte ausatmen. In seinem Kopf war ein Druck, als werde sein Gehirn aufgeblasen. Ein hauchfeiner Schweißfilm wurde auf seine Stirn gepreßt. Er zog ein Metallrohr aus der Matratze und hielt es hoch ins Licht, so

als begutachte er das Material. Dann öffnete er ein kleines Schränkchen und fand ein Buch, ohne Deckel. Er blätterte, konnte aber keine Zeile erkennen. Das Licht war an sich hell genug, aber von innen lag ein Druck auf seinen Augäpfeln, so als müßten sie jeden Moment platzen.

Der junge Mann saß noch immer auf dem Mäuerchen und zog an seiner Kippe.

Felder überlegte, was er tun konnte. Er ging seine Hefte durch, öffnete die harten Deckel und kam zu keinem Ergebnis. Er hatte Angst. Erneut drehte er den Fünfzehn-Zoll-Monitor hin und her, richtete sich dann auf und sagte: »Morgen habe ich Geburtstag.«

Der junge Mann blickte ihn an und grinste.

Felder fühlte sich sofort gestärkt. Er hatte das Gefühl, der Mann verstehe ihn und nicke ihm zu.

»Also dann«, sagte Felder und ging die Straße hoch an den Vorgärten vorbei, das Licht der Straßenlampen wie einen durchsichtigen gelben Rettungsreifen um die Hüften. Bis zur Ecke zwang er sich, nicht zurückzuschauen und nicht auf die Uhr zu sehen. Dann, bevor er in die Querstraße einbog, warf er schnell einen Blick hinter sich. Der junge Mann saß noch immer auf dem Vorgartenmäuerchen und rauchte.

In der Straßenbahn spürte Felder, wie sein Körper allmählich leichter wurde. Der Druck in seinem Kopf ließ nach, und seine Poren verschlossen sich.

Vor den Fensterscheiben rutschte eine Stadt an den Reklamelichtern der Nacht entlang.

Felder versuchte sich klarzumachen, was passiert war, aber das Gedächtnis ließ ihn im Stich. Er sah den Mann vor sich, die Umrisse der Vorgärten unter der teefarbenen

Lichtfläche, sah den Rauch der Zigarette hochsteigen, auch der Sperrmüll war da, aber was tatsächlich vorgefallen war, konnte er nicht sagen.
Menschen stiegen in die Bahn, redeten und tranken aus Bierflaschen, bevor sie weiter redeten. Niemand kaufte eine Fahrkarte.
Eine Frau nahm ihr Handy aus der Jackentasche und sagte »Hallo«. Dann noch »Nee« und »Echt?«, dann steckte sie das Handy wieder in die Tasche.
Über der Tür stand ein Hinweis, daß der Wagen videoüberwacht sei. Felder suchte die Kamera und entdeckte sie in Form eines faustgroßen Plastikzylinders mit schwarzen Punkten an der Decke in der Mitte des Wagens. Er hätte den Mann gerne kennengelernt, der diese Videobänder bei Bedarf auswertete.
Draußen verschwanden die Leuchtreklamen. Autoscheinwerfer strahlten vereinzelt die Häuser an. Wie ein langer, breiter Lichtstrahl schoß die Bahn durch die Dunkelheit. Felder schloß die Augen.
Die Stimmen der Fahrgäste zogen sich zusammen und wurden lauter. Jemand schneuzte sich. Ein älterer Herr sprach mit sich selbst. Flaschen wurden vorsichtig gegeneinandergestoßen. Schritte waren zu hören. Jemand schlurfte. Von hinten kam ein Geräusch, als fiele ein Metallrohr auf den Boden, ging dann in ein schrilles Handyklingeln über.
Felder zählte die Haltestellen.
Als die Türen sich zum siebten Mal mit einem Zischgeräusch öffneten, öffnete auch Felder wieder die Augen und stieg hinter der Frau, die ihr Handy in der Jackentasche trug, die zwei Stufen zum Bürgersteig hinunter.
Die Frau überquerte die Straße und ging an der Baustelle

vorbei Richtung Park. Sie war ein gutes Stück kleiner als Felder, und ihr Schatten wirkte selbst gestreckt noch unbedeutend. Der erste Absatz, den Felder damals in sein erstes Heft mit harten Deckeln geschrieben hatte, lautete: *Ich werde Schatten beschreiben, lange und kurze, breite und solche, die zwischen den Fugen der Gehwegplatten verschwinden; ich werde meinen Blick auf den Boden heften und mehr sehen, als ein Mensch von sich preisgeben mag. Keine sympathischen Gesichtszüge werden mich beeinflussen, keine Narbe wird mich abstoßen, denn wer Schatten beobachtet, ist über die Äußerlichkeiten hinweg und unmittelbar an der menschlichen Seele.*

Felder ging etwas schneller und bis auf zwei Meter an die Frau heran. Ihre kurzen Haare standen spitz und wie elektrisch geladen von ihrem Kopf ab. Die Bogenlampen drückten ihr grelles gelbes Licht dazwischen.

Kein Vergleich zur Nordstadt, dachte Felder.

Die Frau beeilte sich, drehte einmal kurz ihren Kopf und bewegte sich dann noch zielstrebiger.

Felder folgte ihr und verringerte ein weiteres Mal den Abstand. Dabei achtete er darauf, daß er wirklich in ihrem Rücken lief, nicht etwa rechts oder links von ihr, so als habe er vor, sie zu überholen. Er wollte sehen, wie sie reagieren würde.

Die Straße, die am Park vorbeiführte, war breit und unbeleuchtet. Nur von den beiden Enden her drang etwas Licht hinein. Trotzdem bog die Frau in die Straße ein.

In Heft 7 stand: *Es gibt einen Moment der Aufregung, der einen Menschen zielstrebig ins Verderben führt. Obwohl das Gehirn ahnt, daß es seine Aktion abbrechen und nicht weiterführen sollte, kann es nicht mehr umschalten. Alle Nerven stehen unter Streß. Der Mensch läuft weiter und weiter, bis das Unausweichliche vor ihm steht. Ruhe in Frieden.*

Felder hörte den schnellen Atem der Frau. Ihr Kopf machte unsinnig hastige Nickbewegungen. Sie lief so schnell die dunkle Straße entlang, daß Felder sich fragte, wie die kurzen Beine das schafften.

Hohe Tannen standen gebeugt am Parkrand. Der Mond hatte seine Sichel zwischen die Stämme geschlagen.

Die Frau griff in ihre Jackentasche und zog das Handy hervor. Felder sah das Display kurz aufleuchten, ehe es vom Körper der Frau verdeckt wurde. Einen Augenblick später lag das Handy auf der Erde. Die Frau blieb abrupt stehen, drehte sich um und schrie. Felder zuckte zusammen und blieb ebenfalls stehen.

Der Mond war verschwunden. Vom Park her roch es nach Harz.

Die Frau vor ihm schrie noch immer.

Bevor er etwas sagen konnte, spürte Felder plötzlich einen brutalen Schmerz, der seinen Kopf zerspringen ließ. Er sackte auf die Knie, schlug mit der Stirn auf den Bürgersteig auf und rollte auf den Rücken. Über sich sah er den Himmel und den jungen Mann aus der Nordstadt mit erhobenen Armen.

Wieder prallte das Metallrohr auf seinen Kopf.

Felder hörte seine Schädelplatte knacken.

Die Frau schrie noch immer.

Ich muß meinen Kopf schützen, dachte Felder, aber seine Hände gehorchten ihm nicht mehr und blieben neben seinem Körper liegen.

Der junge Mann hob erneut die Arme.

Felder sah das Metall auf sich zukommen, glaubte sogar

einen schwachen Pfeifton zu hören. Den Schmerz spürte er nicht. Er sah, wie der junge Mann das Rohr anhob. Etwa auf Augenhöhe wischte ein weißer Reflex über das Metall.

Die Frau schrie: »Hören Sie auf! Hören Sie auf!«

Dann war der Lichtreflex wieder da, kürzer und heller.

Und alles wiederholte sich. Die Frau schrie, das Metallrohr glänzte kurz auf. Die Frau schrie weiter.

Und mit jedem Schlag hatte Felder das Gefühl, die Frau und der junge Mann rückten Stück um Stück weiter von ihm weg, so als vergrößere sich in gleichmäßigen Schüben sein Blickfeld. Ruckartig rutschten seitlich die Tannen ins Bild, dann zwei Wagen am Straßenrand, dann noch mehr Tannen, während die Frau und der junge Mann ihm mehr und mehr zu einem dunklen Punkt am Horizont wurden.

Dann war alles schwarz.

Felder hatte Durst und roch den Tee in seiner grünen Tasse.

Noch einmal pochte es dumpf.

Er hörte, wie die Frau »Mein Gott« sagte.

Unter seinen Händen konnte er die harten, kalten Deckel seiner Hefte fühlen.

Wieder pfiff der Wind.

Die Frau flüsterte: »Aufhören!«

Felder versuchte seine Lippen zu bewegen. Er legte den Kopf etwas zur Seite, so daß sein Gesicht für die Frau gut sichtbar war. Seine Kehle war vom langen Spazieren völlig ausgetrocknet. Er röchelte.

Die Frau kniete sich neben ihn und sagte: »Was? Was?«

»Lauf weg«, sagte Felder, »lauf weg.«

Pelargonien

Es gab wenig, was Frank Perl so erfreute wie das Fahrradfahren. Da waren Tage, an denen hob er sich morgens kurz nach dem Frühstück in den Sattel, und erst wenn es dunkel wurde, merkte er, daß er die ganze Zeit nichts gegessen hatte. Er fuhr in der Stadt herum, und ab und an, wenn es sich anbot, wenn er wußte, daß es ihm dieses seltsame Glücksgefühl bescheren würde, ließ er den Lenker los, richtete sich auf und schlug einem Passanten im Vorbeigleiten auf den Hinterkopf. Er drehte sich danach nie um, schaute sich nie die überraschten Mienen der Gedemütigten an. Er fuhr einfach weiter, wissend, daß die Gesichter in seinem Rücken in all ihren stumpfen Variationen doch immer mit dem gleichen Ausdruck völliger Sprachlosigkeit über dem Bürgersteig hingen, während in seiner Brust im selben Moment eine Sauerstoffflasche geöffnet wurde und etwas sich aufrichtete in seinen Gliedern.
An sehr schönen Tagen radelte Perl nach so einem Schlag einmal um den Block und steuerte sein Opfer erneut an.

Die Stadt hatte etwas von einem riesigen Blumenkasten, in dem die vom Vorjahr übriggebliebenen Erdbrocken sich zu kleinen schimmeligen Wohneinheiten strukturierten. In den Furchen dazwischen lief die eine oder andere Kellerassel, erschrocken über so viel Licht, das plötzlich über den Dachgiebeln stand und von dort aus jede noch so verwinkelte Ecke ausputzte. Nur die Blumen fehlten.
»Etwas fehlt immer«, sagte Perl und faßte sich ans rechte Ohr.

Er sah die Wagen, die sich langsam und laut aus der Stadt hinaus Richtung Autobahn schoben, sah, wie ihre Schatten stotterten, länger wurden, sich in aller Ruhe ausdehnten und wie Geisterfahrer die Gegenfahrbahn benutzten, während sein Rad ihn fast lautlos und gleichmäßig über den Bürgersteig ans Ende des Tages trug.
In der Dämmerung stellten die Straßenleuchten ihre schwachen Kegel auf den Asphalt. Vögel hockten merkwürdig bewegungslos im Rinnstein und schienen auf das nächste Paar Reifen zu warten. Perl beschloß, an den Grünflächen am Stadtrand vorbeizufahren, dort, wo man nur an Tagen wie diesem etwas sehen konnte, wenn der Mond zu voll war und sein Licht wie aus einer Sprühflasche über der kaum befahrenen Straße hing. Trotzdem blieb der Asphalt trocken. Perl atmete so wenig wie möglich und horchte über die Wiesen.
Dort drückte jemand mit zu großen Händen die Stille ins Gras.
Dann platzte plötzlich dieser Wagen an ihm vorbei, schleuderte im selben Moment und überschlug sich einmal, bevor er auf allen vier Rädern wieder zum Stehen kam. Perl bremste sofort und sah sich das Auto aus der Entfernung an.
Nichts rührte sich.
Er legte sein Fahrrad auf den Asphalt und ging auf das Unglück zu.

Das Dach war eingedrückt und die Frontscheibe zersplittert. Eine Frau öffnete von innen ein Stück weit die Fahrertür. Perl sah, daß sie steif mit dem Sitz verschmolzen war und daß nur ihr linker Arm sich bewegte, so als gehöre er zu einem anderen Körper. Ihr Mund stand etwas offen, während sie Perl anschaute. Kleine Blutspritzer hatten sich wie zu dunkle Sommersprossen über ihr Gesicht verteilt. Auf ihrem Schoß häufte sich das Glas. Perl hielt ihrem Blick stand und dachte: Wir verstehen uns gut.

Er zog die Tür auf, beugte sich über die Frau und löste den Sicherheitsgurt. Dann versuchte er, sie unter den Armen zu greifen und etwas anzuheben.

Die Frau wimmerte.

Perl ließ sie zurück in den Sitz gleiten und schaute ihr erneut in die Augen.

»Ich bin jetzt da«, sagte er.

Die Frau blickte auf das Glas in ihrem Schoß.

Perl packte sie erneut unter den Armen und begann, sie aus dem Auto zu ziehen.

Die Frau wimmerte.

»Was machen Sie da«, rief jemand.

Perl drehte den Kopf, während er die Frau vorsichtig aus dem Wagen zog.

Der Mann eilte auf sie zu und rief: »Das dürfen Sie nicht!«

Perl legte die Frau auf den Asphalt. Ihre Beine fielen seltsam geknickt nach außen.

»Wenn sie was an der Wirbelsäule hat«, schrie der Mann, »sind Sie denn vollkommen verrückt.«

Perl wartete, bis der Mann bei ihm war und sagte: »Ich bin jetzt da.«

»Haben Sie einen Krankenwagen gerufen, die Polizei verständigt?« fragte der Mann schnaufend.

»Etwas fehlt immer«, sagte Perl und faßte sich ans rechte Ohr.

Einen Moment lang wurde es dunkler. Eine Schicht aus

schwarzen Wasserfarben zog vorbei. Dann stand der Himmel wieder da, nachtblau und unfehlbar.
Der Mann kniete sich neben die Frau, und Perl überlegte, ob er ihm auf den Hinterkopf schlagen sollte. Aber sein Fahrrad lag zu weit weg. Im Stehen brachte das nichts.
»Sind Sie fertig?« sagte Perl.
Der Mann stand auf und blickte ihm in die Augen.
Wir verstehen uns nicht, dachte Perl und sagte: »Am besten, Sie gehen jetzt!«
Von unten wimmerte die Frau.
Der Mann schaute Perl noch einen Moment lang an, dann ging er weg.
Perl hockte sich neben die Frau und streichelte ihr über den Kopf. Sie versteifte sich und wimmerte etwas lauter. Irgend etwas tat ihr weh.
»Ich bin Frank«, sagte Perl, »Frank Perl.«
Ein leichter Benzingeruch lag über der Straße im nieselnden Licht.
Die Frau hat sehr große Augen, dachte Perl, das mag ich.
Er schaute den Bordstein entlang nach seinem Fahrrad und sah, daß der Mann dort noch stand und wartete.
Ich hätte ihn schlagen sollen, dachte Perl und streichelte der Frau über den Kopf. Ihr rechter Arm lag seltsam leblos neben ihr. Perl rauchte nicht, sonst hätte er ihr eine Zigarette angeboten. Statt dessen sagte er: »Sie waren zu wild. Sie haben die Kontrolle verloren.«
Die Frau wimmerte.
Dann wurde es allmählich laut.
Über der Stille im Gras hatten sich Grillen versammelt und zirpten. Ihre Flügel bewegten sich rasch gegeneinander und trieben als weit verstreuter Chor einen gemeinsamen Klang über die Frau und den Wagen hinweg. Perl hatte das

Gefühl, daß nun alle Geräusche sich miteinander verbanden, sich durchdrangen, das Schrillen aus den Wiesen, das Wimmern der Frau, das Schnaufen des Mannes aus sicherer Entfernung. Alles zusammen bildete eine Kugel aus Tönen, und Perl saß mittendrin. Dann kam ein neues Geräusch hinzu. Erst dumpf und leise, so daß Perl es noch außerhalb seiner Kugel wähnte, dann immer deutlicher, und schließlich fuhr es laut in die Szene hinein.
Der Krankenwagen hielt direkt neben Perl.
Der Mann kam wieder angelaufen und rief: »Da ist er! Da ist er!«
Die Sanitäter knieten sich neben die Frau.
Einer sagte: »Gehen Sie doch mal zur Seite.«
»Ich war als erster da«, sagte Perl.
»Ja, ja«, sagte der Sanitäter.
Er strich der Frau über die Stirn und fragte: »Können Sie mich hören?«
»Mir ist kalt«, sagte die Frau.
»Wir bringen Sie in die Uniklinik«, sagte der Sanitäter.
Die Frau schloß die Augen.
Perl blieb noch, bis der erste Polizeiwagen ankam, dann setzte er sich aufs Fahrrad und fuhr nach Hause.

Am nächsten Morgen stand Frank Perl in der Uniklinik und fragte beim Empfang nach der Frau, die gestern abend nach einem Unfall eingeliefert worden sei.
Im Flur roch es nach Desinfektionsspray. Eine ältere Dame im Rollstuhl fuhr an ihm vorbei und grüßte.
Perl klopfte leise an die Zimmertür und trat ein.
Die Frau lag in einem Bett am Fenster und schien zu schlafen. Beide Beine sowie ihr rechter Arm waren eingegipst. Das zweite Bett im Zimmer war nicht belegt.

Sie wartet, dachte Perl.
Als er sich auf ihr Bett setzte, öffnete die Frau langsam die Augen.
»Wie geht es Ihnen?« fragte Perl, während das Licht in Form eines winzigen zitternden Reflexes eine passende Stelle in ihren Augen suchte.
Sie sah ihn an, und Perl wußte, daß sie sich verstanden.
»Was?« sagte die Frau.
»Ich habe Sie gerettet«, sagte Perl und faßte sich ans rechte Ohr.
»Danke«, sagte die Frau.
Ihr Blick heftete sich an die Decke. »Wer war der andere Mann?« fragte sie.
Perl schwieg.
Sobald sie nicht miteinander sprachen, wuchs eine blütenlose Stille ins Zimmer hinein. Aber nichts bewegte sich. Meistens tropfen doch die Hähne, dachte Perl und schaute auf den Plastikvorhang in der Ecke des Zimmers.
»Ich werde Ihnen Blumen vorbeibringen«, sagte er.
Die Frau sah zum Fenster hinaus. Dort spannte sich der Himmel großzügig hinter den Flug zweier Tauben.
Perl streichelte der Frau übers lange, dunkle Haar.
»Wie heißen Sie?« fragte er.
»Bischoffsky«, sagte die Frau, »Petra Bischoffsky.« Und nach einer Weile, in der Perl sich auf die kaum hörbaren, rhythmischen Schübe ihres Atems konzentriert hatte: »Wieso sind Sie hier?«
»Sie waren zu wild. Sie hätten sterben können. Wenigstens haben Sie gegessen«, sagte Perl, während sein Blick das Tablett mit den Resten vom Frühstück streifte.
Die Frau versuchte, ihren Körper etwas nach oben in die Kissen zu schieben. Ihr Gesicht verzerrte sich dabei.

»Ich fahre viel Fahrrad«, sagte Perl, »man sieht viel mehr von der Stadt, in der man lebt. Jeden Tag entdecke ich neue Dinge. Ab und zu fallen mir auch Menschen auf. Das macht mich froh.«
Die Frau blickte an ihm vorbei zur Zimmertür. Perl hörte, wie ein Wägelchen mit abgeräumten Tabletts über den Flur geschoben wurde.
»Was erwarten Sie von mir?« fragte die Frau, »wollen Sie Geld?«
Perl sah, wie sich die Augen der Frau verdunkelten. Das Licht rutschte ihr aus den Augenwinkeln und zog sich hinter die Fensterscheiben zurück.
Trotzdem blieb es hell im Zimmer.
»Sie sind geschwächt«, sagte er. »Ich verstehe das. Ich komme morgen wieder.« Dann stand er auf und verließ die Klinik.

Am folgenden Morgen hatte Perl Blumen dabei. Er hatte den Strauß selbst zusammengestellt.
»Nicht einfach nur Rosen«, hatte er zur Verkäuferin gesagt und sich über die Blumenkübel gebeugt.
Es waren junge Blumen. Die Frau im Krankenhaus war älter.
»Ich habe keine Vase«, sagte sie.
Perl besorgte eine bei der Stationsschwester.
Es geht der Frau besser, dachte er, aber ihre Haare sind etwas zu lang.
Im Zimmer häufte sich noch immer die Stille, sobald sie nicht miteinander redeten. Aber die Blütenblätter bewegten sich nun darin und rührten die Stimmung um.
»Was machen Sie beruflich?« fragte die Frau.
Perl überlegte einen Augenblick. Dann sagte er: »Ich trage

Zeitungen aus. Zeitungen und Prospekte. Früh morgens. Ab acht habe ich frei. Den ganzen Tag. Ich brauche nicht viel Schlaf. Und Sie?«
Die Frau sah ihn an, und Perl hatte das Gefühl, auf seinem Fahrrad zu sitzen und jemandem auf den Hinterkopf zu schlagen.
»Ich bin Soziologin«, sagte sie. »Ich arbeite bei der BZGA, der Bundeszentrale für gesundheitliche Aufklärung. Wir machen diese Aids-Aktionen. Sie kennen doch die Plakate.«
»Sie haben doch kein Aids, oder?« fragte Perl.
Petra Bischoffsky lachte.
Das ist das erste Mal, daß sie lacht, dachte Perl.
»Nein«, sagte sie, »wir klären auf. Wir weisen die Leute darauf hin, daß sie Kondome benutzen sollen.«
»Das hätte ich auch gemerkt«, sagte Perl und faßte sich ans rechte Ohr, »wenn Sie Aids hätten, meine ich.«
Hinter den Glasscheiben schien sich das Sonnenlicht zu stauen, ehe es sich zu einem Strahl gebündelt über die Blumen ergoß.
»Mögen Sie Blumen?« fragte Perl.
Die Frau antwortete nicht.
Nach einer Weile sagte Perl leise: »Ich mag sie sehr.«
Sofort begannen die Augen der Frau unruhig zu flattern, so als ob plötzlich ein Windstoß durch das Zimmer fegen würde. Perl legte eine Hand auf den Gips ihres linken Schenkels und sagte: »Pelargonien sind mir am liebsten.«
Er wartete einen Moment lang und schaute auf die kleinen Schnitte im Gesicht der Frau. »Sie wissen nicht, was das ist. Ja, das wissen die wenigsten. Weil alle sie Geranien nennen. Das ist aber falsch.« Perl merkte sofort, wie er in der Achtung der Frau stieg.

»Mit Geranium haben Pelargonien aber nichts zu tun«, sagte er. »Alles Storchschnabelgewächse. Und daher kommt der Irrtum. Storchschnabelgewächse heißen botanisch Geraniaceae. Nicht wahr«, sagte Perl und nickte mit dem Kopf. »Pelargonien sind reich sprießende Pflanzen, und wo gibt es das schon, daß die Blüten fast das gesamte Blattwerk bedecken.«

Die Zimmertür ging auf, und die Stationsschwester sagte: »Frau Bischoffsky, könnten wir ... Ach, Sie haben noch Besuch. Na, dann später« und schloß die Tür wieder.

»Nein, nein«, sagte Petra Bischoffsky.

Perl hörte, wie die Tür vom Nebenzimmer geöffnet wurde. Dann sah er der Frau in die Augen und sagte: »Ich glaube, es ist an der Zeit, uns zu duzen.«

In der Stadt lag viel Erde. Gärtner arbeiteten im Park. Zwischen den Bäumen am See standen Menschen wie faule Schilfrohre.

Perl radelte zwischen den Wiesen umher, fand aber niemanden, den er gerne geschlagen hätte.

Es war lange hell an diesem Tag, so lange, bis Perl in die Außenbezirke fuhr. Dort verrohte innerhalb einer Viertelstunde das Licht zwischen den spuckenden Kindern, und es wurde dunkel.

»Gut, gut, ich erzähle es Ihnen«, sagte Petra Bischoffsky.

Perl stand am Fenster und hörte, wie sich ihre Stimme aufregte, ohne auch nur im geringsten lauter zu werden. Der Geruch der Blumen lag schwer und dicht im Zimmer. Unten vor dem Krankenhaus verzweigten sich die Birkenbäume.

Perl sah, wie ein Wagen vor der Schranke hielt. Ein Arm

drückte auf die Klingel. Die Schranke ging nach kurzer Zeit hoch, und der Wagen fuhr auf den Parkplatz.

»Ich habe mich an dem Abend von Schippo getrennt«, sagte Petra Bischoffsky. »Ich war wütend und fuhr zu schnell. Das ist alles.«

»Schippo, das ist doch kein Name«, sagte Perl und drehte sich um.

»Er kommt aus Albanien. Alle nennen ihn so«, sagte die Frau. »Warum erzähle ich Ihnen das jetzt?«

»Ja«, sagte Perl und faßte sich ans rechte Ohr, »mit Ausländern ist das so eine Sache. Versteh mich nicht falsch, aber die kommen aus einer anderen Gegend. Da gibt es Regeln, die uns fremd sind. Blutrache zum Beispiel. Weißt du, was das ist?«

Perl sah, daß die Frau sich bewegen wollte. In ihrem linken Arm spannten sich die Muskeln. Er setzte sich neben sie und streichelte ihren Gipsverband am rechten Bein.

»Es gibt schon merkwürdige Menschen«, sagte er, »ich kannte einen, der hat Hunde geklaut und sie dann mit den Hinterbeinen an einem Haken in der Wohnung aufgehängt, um ihr Gejaule aufzuzeichnen. Er war kein schlechter Mensch, vielleicht ein Künstler. Ich weiß nicht.«

In den Zimmerecken wurden Schatten sichtbar. Perl sah aber die dazugehörigen Gegenstände nicht.

»Ich bin doppelt so alt wie Sie. Ich bin 38. Ich könnte Ihre Mutter sein«, sagte die Frau.

»Nein!« antwortete Perl ungewohnt schnell, »das könntest du nicht. Aber ich verstehe auch nicht, warum du das sagst.«

»Sagen Sie mir doch einfach, was Sie von mir wollen!« sagte die Frau.

Perl bog beim Krankenhaus um die Ecke. Am Ende der Straße sah er einen alten Mann mit Krückstock gehen. Er ging aus dem Sattel, aber als er mit dem alten Mann auf gleicher Höhe war, löste seine Hand sich nicht vom Lenker. Perl wäre fast gestürzt, behielt dann doch das Gleichgewicht und wischte am alten Mann vorbei. Der Bürgersteig schnalzte kurz unter dem Vorderrad, während Perl weiter an einer Gruppe von Jugendlichen vorbeiraste.
Lange fuhr er im Schatten der Häuser. Dann griff das Licht ihm plötzlich von vorne in die Augen, und Perl beschloß, die Frau morgen nicht zu besuchen.
Dann denkt sie nach, dachte Perl.
Das Licht blieb an diesem Tag in seinen Augen, bis er vom Fahrrad stieg.

Der Morgen war lang. Obwohl Perl die ersten Kästen vor einigen Fenstern sah und die kleinen samtartig behaarten Blätter als stehende Pelargonien identifizierte, machte ihn das Fahren müde.
Gegen Mittag hielt er bei einem Imbiß und bestellte sich mit Hackfleisch gefüllte Auberginen und eine Cola. Er blieb lange, nachdem er gegessen und gezahlt hatte, auf seinem Hocker sitzen und sah zu, wie die Sonne das Fladenbrot im Fenster ausdörrte. Menschen wuchsen vor der Theke, verzweigten sich und verschwanden.
»Fehlt Ihnen etwas«, fragte der Verkäufer ihn, als gerade niemand im Imbiß war.
Perl sah ihn an und faßte sich ans rechte Ohr.
Draußen trat er in den flach gepreßten Schatten der Häuserzeile.
Der Tag heute ist lang, dachte Perl, aber die Stunden sehr kurz. Wie geht das zusammen?

In den Briefkästen steckten Prospekte wie geknickte Wünsche. Perl hatte nicht vor, die Stadt zu verlassen.

»Das habe ich dir gebastelt heute nacht«, sagte Perl, als er das Krankenzimmer betrat. Er stellte einen meterhohen Kranich aus mit Gips gehärtetem Zeitungspapier und Prospekten auf Petra Bischoffskys Bett. Der Schnabel des Tieres war dunkel angemalt und die Flügel leicht angewinkelt, so als wollte er gerade zum Flug ansetzen.
»Mußten Sie die Zeitungen nicht austragen?« fragte die Frau.
»Oh, nein, das war Altpapier«, sagte Perl. »Ich habe mir Urlaub genommen, solange du mich noch brauchst.«
»Ich brauche Sie nicht«, sagte die Frau.
Perl strich dem Kranich über den Rücken und schloß die Augen.
»Das fühlt sich wie Federn an«, sagte er.
Im Zimmer war das Licht so blau, als blicke Perl nach oben in einen wolkenlosen Himmel und schaue den Kranichen bei ihrer Rückkehr nach Europa zu. Vom Fenster her dufteten Blumenwiesen. Perl dachte daran, den Wasserhahn aufzudrehen und das Becken zu füllen. Dann spürte er, wie der Kranich sich unter seiner Hand bewegte. Ein dumpfes Knacken zog wie ein schmaler Kondensstreifen durch den Raum. Perl öffnete die Augen und sah den linken Flügel des Kranichs auf der Bettdecke liegen. Die Augen der Frau glänzten eng und stumpf über dem Kopfkissen.
»Das hättest du nicht tun sollen«, sagte Perl.
»Hören Sie auf, sich ständig ans Ohr zu fassen«, kam es schrill aus der Frau. »Was glauben Sie eigentlich! Was? Was?« schrie sie und schlug mit ihrer linken Hand auf den Kranich ein.

Perl zog den Vogel vom Bett und verstand nicht, was sie gegen das Tier hatte. Er sah, wie der Himmel rasch hinter der Zimmerdecke verschwand. Kleine Risse oder Schnitte darin fielen ihm auf, so als habe man die Umgebung dem Gesicht der Patientin angepaßt.

»Hier«, schrie die Frau und warf den Flügel von ihrem Bett zu Boden.

»Ein schlimmer Unfall«, sagte Perl, »aber ich bin jetzt bei dir.«

Die Frau starrte ihn an und schwieg.

Perl hörte ein Klopfen und sah, wie sich die Zimmertür langsam öffnete. Eine ältere Dame im Rollstuhl bewegte sich ein Stück herein.

»Oh«, sagte sie, »hallo!« Dann machte sie kehrt und schloß die Tür wieder hinter sich.

Perl hörte, wie sie jemanden auf dem Flur grüßte. Einige Sekunden später war das Zimmer wieder isoliert.

Ein zentimeterdicker Verband, dachte Perl, um jedes Zimmer ein zentimeterdicker Verband. Er trat mit dem Kranich ans Fenster und sah, wie unten ein Wagen vor der Schranke hielt.

»Wir haben die gleiche Haarfarbe«, sagte Perl, »meine sehen etwas wie Unkraut aus, aber deine sind zu lang. Wenn du willst, schneide ich dir die Spitzen. Ich habe eine Schere mitgebracht.«

Ohne sich umzudrehen, sah Perl, wie ihr linker Arm die Klingel suchte. Unten war der Parkplatz bereits voll. Die Schranke öffnete sich nicht. Niemand kam. Perl stellte den Kranich aufs Fensterbrett, zog zwei Margeriten aus der Vase und entsorgte sie im Mülleimer hinter dem Plastikvorhang. Die Frau klingelte erneut.

»Es wird niemand kommen, jetzt«, sagte er.

»Was?« schrie die Frau.
»Es wird niemand kommen«, wiederholte Perl, »ich habe mit der Stationsschwester geredet, und sie gibt uns etwas Zeit.«
»Was haben Sie?« schrie die Frau.
»Wir sollten wirklich deine Haare schneiden«, sagte Perl.
»Ich rufe jetzt meinen Freund an«, sagte die Frau.
Perl ging um ihr Bett herum und reichte ihr den Telefonhörer.
Die Frau blickte ihn an, drehte dann ihren Kopf dem Fenster zu.

Auf ihrem Balkon war ein ziemliches Durcheinander. Müllsäcke standen in der Ecke, alte Zeitungen lagen gewellt auf einem roten Klappstuhl. Der Plastiktisch war braun von Dreck. Perl stellte erst die Balkonkästen mit den Pelargonien auf die Brüstung und wischte anschließend den Tisch sauber.
Das wird sie freuen, wenn sie aus dem Krankenhaus kommt, dachte er.
Mit den Zeitungen hatte er nichts zu tun. Er schaute sich seine Pflanzungen an und stieg die Leiter hinunter in ihren Garten. Dort blühte bereits der Kirschbaum.

Drei große Lichtfliesen lagen quer über dem PVC-Boden. Die Blumen ließen die Köpfe hängen. Perl trug die Vase hinter den Plastikvorhang, stopfte die welken Pflanzen in den Eimer und goß das leicht faulig riechende Wasser ins Waschbecken.
Die Frau sprach heute nicht.
Die leere Vase stellte er vor den Schrank auf den Boden.

»Pelargonien«, sagte er und faßte sich ans rechte Ohr, »werden am besten durch Samen oder Stecklinge vermehrt. Das solltest du wissen. Man bricht einfach Triebe ohne Blütenansatz von der Mutterpflanze ab. Die Größe des Stecklings spielt keine Rolle, aber er sollte mindestens ein einigermaßen entwickeltes Blatt haben. Ja, was noch. Sie brauchen viel Wasser und viel Sonne natürlich. Aber das machen wir schon.«

Wenn Perl nicht sprach, konnte er sein Blut rauschen hören. Er hielt kurz, ohne daß die Frau es merkte, die Luft an und horchte in seine Ohren hinein. Dort war ein lautes Fließen, ein Schäumen an den Ufern seiner Person. Es klang so, als sitze er auf seinem Rad, und der Wind schlittere an seinem Kopf vorbei.

Das hatte ich früher nie, dachte Perl, daß ich mich nicht bewege und doch so schnell unterwegs bin. Seine Hand klatschte gegen die Metallstange am Ende des Bettes.

Dann sprach die Frau doch.

»Könnten Sie nicht einmal einen anderen Pullover anziehen«, sagte sie.

»Ich schwitze nie«, sagte Perl. »Ich kann den ganzen Tag Fahrrad fahren, ohne daß sich auch nur ein Tropfen auf meiner Stirn zeigt.«

Über dem Kranich auf dem Fensterbrett flogen zwei Tauben und schnitten den Himmel in drei ungleich große Teile.

Die Lichtfliesen begannen sich zeitlupenhaft die Wand hochzuziehen. Perl hatte das Gefühl, der Pegel steige, so als säße er in einem Becken, in das sich die Sonne nach und nach verflüssigte. Nur einmal kam die Stationsschwester und fragte ihn, wie es der Frau gehe. Er gab ihr die Vase zurück und bedankte sich.

Draußen kletterten Eichhörnchen etwas zögerlich die Bir-

kenstämme hinab auf den Parkplatz und zogen den Abend hinter sich her.
Perl wünschte der Frau eine angenehme Nacht.

Am Tag ihrer Entlassung brauchte Perl nichts zu packen, denn die Nachthemden gehörten dem Krankenhaus. Er gab der Frau eine Hose und ein Hemd von sich und sagte: »Ich habe uns ein Spezialtaxi bestellt, so eins, wo auch Rollstühle reinpassen.«
Im Flur schob er die Frau an den Wägelchen mit den Essenstabletts vorbei und achtete darauf, daß die eingegipsten und nach vorn gestreckten Beine der Frau nirgends dagegenstießen.
Ich hätte sie gerne mit dem Fahrrad abgeholt, dachte Perl, aber das war nicht möglich.
Unten vorm Empfang saß eine ältere Dame im Rollstuhl und grüßte.
Als das Taxi losfuhr, sagte Perl: »Ich habe deinen Arbeitgeber angerufen und ihm mitgeteilt, daß du noch einige Zeit zu Hause bleiben mußt. Die Vera klingt sehr nett. Vielleicht könnten wir sie ja mal zum Essen einladen, wenn du wieder gesund bist, meine ich.«
Durch die geöffneten Fenster schnitt angenehm der Wind. Die Birken am Straßenrand wischten im Takt seines Herzschlages vorbei.
Ich bin jetzt da, dachte Perl.
Der Taxifahrer drehte sich einmal um, schaute die Frau an und blickte wieder nach vorn. Einen Moment lang verspürte Perl das Bedürfnis, in den ausrasierten Nacken zu schlagen, aber die Frau fragte: »Wohin fahren wir?«
In den Dachrinnen sammelte sich das Mittagslicht und staubte die Fassaden hinab.

»Wir gehen essen«, sagte Perl, »du mußt jetzt viel essen.« Als sie vor dem Imbiß ausstiegen und der Taxifahrer auf das Geld in seiner Hand blickte, sagte er: »Da fehlt was!«
»Ja«, sagte Perl, »Moment.«

Am Nachmittag des folgenden Tages klingelte Perl an ihrer Haustür. Das Licht war gut und wuchs randlos aus ihrem Garten. Sogar die untersten Äste des Kirschbaumes waren sonnenverhangen und beugten sich unter der Last der Erde zu.
Perl blickte hoch.
Auf dem Balkon fehlten die Pelargonien, die er gepflanzt hatte. Er klingelte erneut und horchte in die Wohnung hinein.
Dort war die Stille von etwas, das sich nicht bewegte.
Er nahm einen Werbeprospekt aus ihrem Briefkasten und setzte sich neben sein Fahrrad auf die kleine Vorgartenmauer.
»Ich warte«, dachte er und schaute sich die Hochglanzbilder an. Von Zeit zu Zeit spähte er nach beiden Seiten den Bürgersteig hinauf und hinab. Der alte Mann mit Krückstock fiel ihm ein und daß er fast gestürzt wäre.
Menschen gingen an ihm vorbei und zogen die Köpfe ein wie scheue Gewächse. Ein anderer redete sehr laut, und Perl starrte ihn an, bis er verstummte. Dann schaute Perl den Himmel an. Als es dunkel war, fuhr Perl ohne das Licht einzuschalten nach Hause.

Tags darauf stand Perl erneut vor ihrer Tür. Er hatte eine andere Zeit gewählt und klingelte in aller Frühe. An den Dachgiebeln hingen bereits die ersten Lichtverdickungen.

Auf dem Balkon fehlten noch immer die Pelargonien.
Da riß die Frau die Tür auf.
»Geh endlich!« schrie sie. »Laß mich in Ruhe!«
»Ich habe Blumen«, sagte Perl.
»Ich scheiß' auf deine Blumen«, schrie die Frau.
Perl fühlte, wie sich etwas in seinem Kopf veränderte. Ein dumpfer Schmerz pochte hinter der Stirn.
»Was ist los mit dir«, sagte er und faßte sich ans rechte Ohr.
»Geh!« schrie die Frau. »Geh!«
Dann knallte sie die Tür.
Und mit dem Knall fiel Perl ein, daß er ihre Haare noch immer nicht geschnitten hatte. Er dachte an die Leiter, die seitlich vom Haus in der Wiese lag, und sagte leise vor sich hin: »Eine Schere wird die Frau sicher haben.«
Er ging zu seinem Fahrrad und schloß es ab.

Theater

»Ich weiß nicht mehr, was ich machen soll, ich weiß einfach nicht mehr, was ich machen soll, verstehst du«, sagte Verena. Sie hatte das schnurlose Telefon zwischen Schulter und Ohr eingeklemmt und ging im Wohn-Schlafzimmer auf und ab. Die linke Hand zeichnete dabei wilde Kreise in den Rauch ihrer Zigarette.

Von draußen schob die Sonne ungehindert ihr Licht durch die geschlossenen Fenster.

Verena schüttelte den Kopf und zog an ihrer Kippe.

»Mir ist klar, daß er nur ein Zuschauer ist. Und ich stehe auch schon lange genug auf der Bühne, um zu wissen, daß das Publikum mein Feind ist. Darum geht es nicht, Leo. Er ist immer da.«

Mit dem Handrücken wischte Verena sich über die Nase und zog den Anfang eines Schnupfens hoch. Dann setzte sie sich aufs Bett und drückte die Zigarette im Aschenbecher aus.

»Das weiß ich nicht mehr genau. Vor drei Jahren ungefähr«, sagte sie.

Draußen steckte die Sonne in einem geschmacklos stillen Himmel. Verena nahm das Telefon in die Hand und legte ihren Kopf in den Nacken.

»Bei einer Brinkmann-Lesung«, sagte sie. »Vielleicht war er schon vorher mal dagewesen, aber das erste Mal, an das ich mich erinnere, war die Brinkmann-Lesung. Ich hatte zusammen mit Bodo und Karl-Friedrich einen Abend vorbereitet zu Brinkmanns Todestag, weißt du. Szenische

Lesung und so. Und während ich loslege, es war ›Die Orangensaftmaschine‹, und ich wollte so ein bißchen Geilheit reinbringen, da sehe ich diesen Typen in der ersten Reihe. Schwarzer Anzug, Krawatte, Ende vierzig, kurzes Haar, glattrasiert, ich mein', er sah nicht schlecht aus, und ich habe ihn angesprochen, also so getan, als spreche ich das Gedicht nur zu ihm, verstehst du, so als wären nur er und ich in diesem Raum. Das war's. Ich mein', so was gehört zum Beruf. Den Feind aus der Reserve locken. Die Lesung ging weiter. Bodo las, Karl-Friedrich, dann wieder ich. Ich mein', ich hatte den Typen vergessen. Und als ich das Theater nach der Vorstellung verlasse, hinten durch den Schauspielereingang am Pförtner vorbei die Treppe nach draußen nehme, steht dieser Typ da. Und er ist nicht allein. Neben ihm steht eine Frau, seine Frau, wie ich jetzt weiß, und dann zwei Mädchen, vierzehn und zehn, schätze ich. Wie Orgelpfeifen stehen die da in Reih und Glied und verlängern die Treppe. Zuerst er, dann seine Frau, dann die Vierzehnjährige und schließlich das Nesthäkchen. Kannst du dir das Bild vorstellen! Natürlich dachte ich, die sprechen mich jetzt an. Aber die blieben einfach stehen, ließen mich vorbeilaufen, und als ich mich nach etwa zehn Metern umdrehte, waren sie auch schon weg. Ich hab gelacht und am anderen Tag Bodo und den anderen im Schauspielhaus die Geschichte erzählt und alle haben gejohlt, ja, neue Fans! und La-ola-Welle und so ein Quatsch.«

Verena ließ ihren Kopf nach rechts und links wippen, bis sie die Wirbel knacken hörte. Ihr Bücherregal warf einen länglichen Schatten über den leicht gewellten Teppichboden.

»Ja, ja! Ich weiß, daß du auch gegackerst hättest. Du hast

den falschen Beruf, Leo. Habe ich dir schon mal gesagt«, sagte Verena.

Ihr Eßtisch und die Metallstühle wirkten wie ein unfertiges Gerüst, das sich im Zimmer breitmachte. Sie stand auf und begann, wieder zwischen Tür und Bett hin und her zu gehen.
»Am nächsten Abend ... Leo! Leo, hör mir zu! Das ist nicht lustig. Am nächsten Abend war die Wiederaufnahme von ›Maria Stuart‹, ja? Zweiter Auftritt, ich komme auf die Bühne mit meinem Kruzifix, und weißt du, was mein erster Satz ist? ›Faß dich!‹, sagt die Stuart, ich also: ›Faß dich!‹, und dann sehe ich in der ersten Reihe, direkt vorm Bühnenrand die Orgelpfeifen sitzen. Ich hätte fast laut losgelacht unter meinem Schleier.«
Verena blickte kurz hoch, dann wieder auf den Boden, auf dem ungeordnet ihre Kleider herumlagen wie Stellen außerhalb des Lichts.
»Ich mein', ich hab es irgendwie geahnt, aber als sie dann wirklich wieder dastanden am Schauspielerausgang und ich an ihnen vorbeilief und sie nichts sagten und ich auch nichts sagte und ihre Blicke meinen Körper streiften, da war das so, als ob mein Auftritt noch immer nicht zu Ende sei.«
Verena klemmte den Hörer erneut zwischen Schulter und Ohr ein und zündete sich eine Zigarette an.
Das Geräusch des Streichholzes ließ die Schatten im Zimmer einen Moment lang zurückschrecken, so als zögen sie ihre Köpfe ein, versteckten sich eine Sekunde lang. Dann wuchsen sie zielstrebig zurück in den Raum.
»Ich weiß, daß sie nichts getan haben. Stehst du abends auch vor deinem Lieblingsrestaurant und wartest, bis der

Koch Feierabend hat?« sagte Verena und öffnete die Tür zum Flur. »Na, also. Ich mein', sie tun es jeden Abend. Sie haben die Maria Stuart ungefähr fünfzigmal gesehen. Immer die gleiche Inszenierung. Du kannst mir doch nicht erzählen, daß den Kindern das gefällt. Eine Zehnjährige, die jeden Abend bis halb elf im Theater sitzt und danach am Hinterausgang steht, Leo, das ist Wahnsinn.«

Verenas Nase begann zu laufen.

»Ich rege mich aber auf. Fünfzigmal ›Maria Stuart‹, dreißigmal Brechts ›Baal‹, dreißigmal ›Medea‹, achtzehnmal ›Endstation Sehnsucht‹, vierundzwanzigmal ›Lulu‹. Ich könnte alle aufzählen, weil ich jeden Abend eine Vorstellung hinzuaddieren kann! Verstehst du. Und morgen abend habe ich Premiere mit ›Woyzeck‹. Ja, die ›Marie‹.«

So als habe die Sonne einen Satz gemacht oder als schieße ihr Licht nun um die Ecke, ragte der Schatten des Nachbarhauses plötzlich zwischen Tisch und Bett und verdunkelte das Zimmer. Verena schaltete das Licht im Flur ein und ging in die Küche.

»Nein, nein, Leo, du verstehst nicht. Das ging schon 'ne Zeitlang gut. Ich habe die Familie fast ein Jahr lang ignoriert. Zumindest habe ich es versucht. Aber immer wieder mußte ich an sie denken, immer wieder saßen sie in der ersten Reihe auf denselben Stühlen. Ich habe in der Verwaltung nachgefragt, ob jemand diese vier Stühle abonniert hätte, aber die Frau aus der Verwaltung sagte nein. Wie schaffte der Typ das? Es gab gute Tage, da verließ ich das Theater und war fröhlich. Ich blickte den Orgelpfeifen lächelnd in die ausdruckslosen Augen und ging nach Hause. Dann gab es Tage, an denen war ich schon genervt, ehe ich die Tür nach draußen öffnete. An diesen Abenden ging ich an der Familie vorbei, ohne sie eines Blickes zu würdigen. Das tat mir dann später oft leid. Und es gab Abende, da habe ich sie gehaßt, da hätte ich diesen Typen anspucken, der Frau ins Gesicht schlagen können. Ich wollte sie beim Jugendamt anzeigen. Aber alles ging immer weiter. Weder der Typ noch seine Frau, noch seine Kinder haben jemals versucht, mich anzusprechen. Sie lächeln auch nicht. Sie tun gar nichts. Sie stehen da wie Puppen, die jemand vergessen hat.«

In der Küche hing ein Klebestreifen von der Decke. Eine einzige Fliege hing daran und summte. Im Abfluß lagen Apfelschalen. Verena öffnete den Küchenschrank und nahm einen Aschenbecher und Papiertaschentücher heraus.

»Dann kam die ›Quartett‹-Premiere«, sagte sie, »und wir feierten anschließend in der Theaterkantine, blieben hängen, tranken Sekt. Ich mein', ich hatte meine Orgelpfeifen wirklich vergessen. Wir haben gelacht, und als ich schließlich das Theater verließ, es war zwei Uhr nachts, mein Gott, da steht der Typ da, daneben seine Frau, die Vierzehnjährige tritt von einem Fuß auf den anderen und heult fast, während die Kleine auf dem Asphalt liegt und schläft. Der Vater sah mich so haßerfüllt an, als ich vorbeiging, ich war sofort wieder nüchtern, lief nach Hause und heulte. Ich habe fast die ganze Nacht geheult.«

Verena inhalierte den Rauch und spürte, wie das Atmen ihr schwerfiel. Asche rieselte auf den Boden, als sie sich schneuzte. Die Fliesen wirkten seltsam dunkel. Es war Nachmittag. In der Küche ging bereits die Sonne unter.

Verena drehte sich um, dann nochmal, drehte sich zweimal im Kreis. Die Küche war klein.
»Seit diesem Abend«, sagte Verena und warf die brennende Zigarette in den Aschenbecher, »hat sich mein Leben verändert. Große Worte, ich weiß, aber ich war seitdem auf keiner Feier mehr, oder sagen wir, ich war schon ab und zu da, aber erstmal bin ich nach der Vorstellung angezogen rausgegangen, habe so getan, als ginge ich nach Hause, bin an der Familie vorbei, bin um die Ecke gebogen, habe fünf Minuten gewartet und bin dann zurück zum Theater gegangen. Das Beste ist, ich hatte jedesmal das Gefühl, ich betrüge diese Familie, den Vater, die Mutter, die Vierzehnjährige und die Kleine. Wieder im Theater, konnte ich nicht mehr feiern. Ich hatte einen Kloß im Hals, das Lachen fiel mir schwer. Also bin ich schließlich nicht mehr zurückgegangen, habe Gründe nach der Vorstellung gesucht, nicht dableiben zu müssen, Bauchschmerzen vorgetäuscht, damit die Kollegen mich gehen ließen. Leo, ich rudere und rudere, und das Leck im Rumpf wird immer größer.«

Mit ihrer Linken drehte Verena den Wasserhahn auf und sah zu, wie der Strahl die Apfelschalen zum Vibrieren brachte. Dann drehte sie den Hahn wieder zu.
Die Fliege am Klebeband summte noch immer.
In der Küche war es dunkel. Verena ging in den Flur, wo das Licht noch brannte.
»Nein, das ist es doch«, sagte Verena und merkte, wie die Tränen ihr in die Augen schossen, »bis auf diesen einen Abend zeigen sie keine Regung. Ich habe natürlich versucht, mich zu informieren. Ich habe Karl-Friedrich gebeten, sie an einem dieser Abende von weitem zu fotografie-

ren. Für alle Fälle. Er hat gelacht, sie dann aber doch verfolgt. Mir zuliebe. Sie gingen wortlos in die Tiefgarage, stiegen in einen silbergrauen Mercedes und fuhren los. Karl-Friedrich ist ihnen hinterhergefahren. Sie besitzen ein Haus auf dem Land, etwa fünfzig Kilometer von hier. Verstehst du, die fahren jeden Abend fünfzig Kilometer hin und fünfzig Kilometer zurück. Die Kinder kommen nie vor Mitternacht ins Bett. Das macht mir angst. Karl-Friedrich hat auf der Klingel nachgeschaut und rumgefragt. Der Typ heißt Alex Wuttkam und ist Richter hier. Ich frage mich, will er mir was anhängen? Jedenfalls kiffe ich seitdem nicht mehr, fahre nicht betrunken Auto und so. Ich mein', ich bin nur noch zu Hause oder spiele für die Wuttkams Theater. Meine Welt ist zusammengeschrumpft auf eine Fünfundvierzig-Quadratmeter-Wohnung und eine Bühne. Ich kann mich nicht mehr bewegen. Ich stoße mich überall. Meine Lungen pfeifen. Wenn ich zum Supermarkt muß, drehe ich mich ständig um, weil ich das Gefühl habe, jemand verfolgt mich. Ich habe angefangen, beim Pizzablitz zu bestellen, damit ich nicht mehr vor die Tür muß. Aber wenn es dann klingelt, traue ich mich nicht aufzumachen. Sie wissen, wo ich wohne.«

Im Badezimmer lag eine letzte Platte Licht viereckig ums Klo. Das Waschbecken und die Dusche hingen abgedunkelt an den Rändern. Verena setzte sich auf den geschlossenen Klodeckel und schluckte. Ihre Nase begann wieder zu laufen. Wenn sie sich aufrecht hinsetzte, stieß ihr Kopf ins Dunkel. Sie stützte ihre Ellenbogen auf die Oberschenkel und sagte: »Leo, morgen stehen sie wieder da.«
Ihre Backenzähne rieben gegeneinander. Ihre Stimme schob sich leise die Telefonleitung entlang. »Heute mor-

gen war die Postkarte im Briefkasten. Sie wissen definitiv, wo ich wohne, Leo.

›Friert's dich, Marie? Und doch bist du warm.
Was du heiße Lippen hast!‹

Das stand auf der Postkarte. Das ist Woyzeck, Leo. Das ist Woyzeck«, Verena schluckte, »Woyzeck, kurz bevor er Marie tötet. Ich weiß nicht mehr, was ich machen soll. Weil mich niemand ernst nähme, wenn ich es jemandem erzählte. Nicht einmal du, Leo.«

Im Flur knipste jemand das Licht aus.
Verena hob den Kopf.
Dann unterbrach sie das Gespräch, indem sie mit dem Daumen eine Taste am Telefon drückte, und trat in die Schatten ihrer Wohnung.

Geklärt

»Der hätte den doch reinmachen müssen«, sagte Apf und starrte auf den Fernseher.
Wampach stützte sich auf sein linkes Knie und griff nach der Bierflasche. In seinen Brillengläsern spiegelte sich ein Stück Rasen.
Von draußen war gedämpft ein startender Motor zu hören. Dann sammelte sich wieder die Stille.
Die Menschen im Stadion rissen ihre Münder auf, Zähne waren zu sehen, Schals, eine Halsschlagader. Wellenartig standen sie Reihe um Reihe von ihren Plätzen auf und setzten sich wieder, so als hätte das Aufbäumen keinen Sinn.
Wampach hatte das Gefühl, sein Gesicht in einen schallisolierten Strahlenkasten, der ihm die Zukunft zeigt, zu halten, während sich das Zimmer rundum im Dunkeln verlor.
Er hörte, wie sein Freund Apf ausatmete, nahm einen Schluck aus der Bierflasche und stellte sie zurück auf den niedrigen Glastisch. Ein leises Klicken sprang in den Raum und verschwand. Die Uhr am rechten oberen Bildrand zeigte die vierundvierzigste Minute an. Ein Stürmer wurde vom Spielfeld getragen.
Apf rutschte unruhig auf dem Sofa hin und her.
»Die schinden jetzt schon Zeit«, sagte er und schüttelte den Kopf.
»Weiß nicht«, sagte Wampach, »sah nicht gut aus.«
Für einen Augenblick trafen Scheinwerfer das Fenster und verteilten ihr Licht über die nackten Wohnzimmerwände. Ein langes, schwarzes Stromkabel zog sich vom Fernseher

quer durch den Raum zur Steckdose. Von der Decke hing eine Fassung ohne Glühbirne, aber voller Farbspritzer. Dann verschwanden die Mauern wieder, und der Raum wuchs ins Endlose.

Wir schweben im All, dachte Wampach und versuchte, ins Dunkel über dem Fernseher zu schauen.

Kein Stern leuchtete dort.

Er und Apf rasten in ein großes schwarzes Loch und schrumpften dabei. Alles löste sich auf bis auf den Fernseher. Netze zerfielen. Die Außenlinie verstaubte. Nicht einmal Asche blieb.

»Der pfeift ab! Der muß doch nachspielen lassen.« Apf hob beide Arme. Die geöffneten Handflächen zeigten nach oben.

Wampach sah, wie die Fernsehbilder sich in den Augen seines Freundes spiegelten. So im Profil glich Apf einer unfertigen Gipsbüste.

»Ich muß Kippen holen«, sagte Wampach, steckte sich die letzte Zigarette zwischen die Lippen und tastete sich durch den Flur.

»Du kommst sowieso nicht zurück«, rief Apf und lachte.

Wampach hörte, wie sein Freund den Ton vom Fernseher einschaltete.

Ein Spieler sagte atemlos: »Wir müssen uns jetzt etwas einfallen lassen. Die ersten ...«

Wampach zog die Wohnungstür hinter sich zu, knipste das Licht im Hausflur an und lief, jeweils drei Stufen auf einmal nehmend, die Treppe hinab.

Das Viertel war leer.

Alle sitzen beim Fußballspiel, dachte Wampach und zündete sich seine Zigarette an. Der Rauch strömte wohltu-

end die Luftröhre hinab. Er inhalierte mehrmals schnell hintereinander.
Von rechts kam die Straßenbahn und hielt. Türen gingen auf, aber niemand stieg ein oder aus. Der Kiosk an der Haltestelle hatte geschlossen.
Gereizt überquerte Wampach die Straße und ging an der Baustelle vorbei Richtung Park. Ein kühler Wind schob sich in regelmäßigen Abständen zwischen das grelle Licht der Bogenlampen. Es war nicht kalt, aber jeder Windstoß richtete die Härchen auf Wampachs Unterarmen auf. Am Himmel zeigten sich dunkle Punkte, die aufeinander zutrieben.
Wampach ging schneller, während er sein etwas zu kurzes T-Shirt in die Jeans zu stopfen versuchte. Er bog in die breite unbeleuchtete Straße, die am Park vorbeiführte, ein. Obwohl nur von den Enden her Licht in die Straße drang, sah Wampach den Zigarettenautomaten bereits von weitem. Er nahm einen letzten Zug von seiner Kippe und Kleingeld aus der Hosentasche. Den Stummel schmiß er auf die Straße. Kleine Funken leuchteten kurz über dem Asphalt.
Wampach zählte das Kleingeld ab und steckte den Rest zurück in die Tasche.
Am Parkrand standen hohe Tannen. Ihre Spitzen beugten sich kaum merklich über den Bürgersteig. Die Punkte am Himmel schlossen sich zusammen, vergrößerten sich und fransten aus. Alles wurde fleckiger.
Wampachs linker Fuß stieß gegen etwas.
Er blickte zu Boden und sah, wie ein Handy sich dort um die eigene Achse drehte.
Ein abgestürzter Satellit, dachte Wampach, das All spuckt seinen Müll auf die Erde.
Er wandte sich um.

Niemand beobachtete ihn. Die Straße war leer.
Er bückte sich, hob das Telefon auf und drückte mit dem Daumen auf eine Taste. Das Gerät war noch eingeschaltet, der Akku fast leer. Wampach behielt das abgezählte Kleingeld eingeklemmt in seiner Rechten und tippte mit dem freien Zeigefinger die Nummer von seinem Freund Bachmall ein. Mit dem Hörer am Ohr ging er zum Automaten.
Es klingelte lange, dann sprang der Anrufbeantworter an.
Ein Piepston war zu hören.
Wampach warf das Kleingeld in den Automaten und sagte: »Hi, Bachmall. Was macht denn so das Landleben, oder gibt's um die Vorstadt herum gar keine Wiesen? Noch nichts bereut? Ich hab' jetzt mit Apf 'ne Wohnung. Sieht noch scheußlich aus, aber das wird schon. Wäre froh, wenn du uns mal besuchen würdest. Tut mir ehrlich leid, was ich über dein Alter gesagt habe letztens. War betrunken, o.k.«
Erneut ging ein Piepston durch die Leitung.
Wampach schaute sich die Zigarettenmarken an und zog eine Schublade heraus. Ein Geräusch, als schlage jemand ein Metallrohr auf die Steinplatten, wieselte zwischen die Baumstämme.
»Unsere neue Adresse gebe ich dir mal, ja? Also ...«
Die Verbindung brach ab.
Wampach hielt die volle Zigarettenpackung in der rechten Hand und schaute auf das Telefondisplay in der anderen. Es leuchtete nicht mehr. Er drehte das Handy einige Male unschlüssig hin und her, dann schmiß er es in hohem Bogen zwischen die Tannen und drückte die Schublade vom Automaten wieder rein.

Die zweite Halbzeit hat schon begonnen, dachte Wampach, mein Bier wartet.
Über ihm sammelte sich der Regen in dunklen Säcken.
Das All im Wohnzimmer war schwärzer.

Die Haustür stand ein Stück weit auf. Jemand hatte einen Holzkeil zwischen Tür und Rahmen geschoben.
Wampach lief die Treppe hoch und versuchte, den Schlüssel ins Schloß der Wohnungstür zu stecken.
Er paßte nicht.
Wampach besah den Schlüssel, dann das Schloß, schließlich schaute er sich die Etage an und probierte erneut aufzuschließen.
Das Licht ging aus.
Er knipste es wieder an, indem er mit der flachen Hand auf den Schalter schlug.
Im Erdgeschoß wurde eine Tür geöffnet. Jemand horchte, dann fiel die Tür wieder ins Schloß.
»Was soll das?« sagte Wampach laut.
Er legte den Daumen auf den Klingelknopf und sah, daß weder sein noch Apfs Name auf dem Metallschildchen stand, sondern »Wertkamp«.
Wer ist Wertkamp? dachte Wampach, trat einen Schritt zurück und ging langsam die Treppe hinab vor die Haustür.

Draußen blickte er die Fassade hoch. Es war das richtige Haus. Er hatte sich nicht geirrt.
Über dem Dach verformten sich richtungslos die Wolken, zerrissen, schwebten in Fetzen wie schwarze Tinte in einem Wasserglas.
Wampach drückte erneut die Tür auf und trat in den Flur.

Oben schaute er lange auf den fremden Namen.
Hatte Apf ihr Klingelschild noch nicht angebracht? War »Wertkamp« der Name des Vormieters?
Wampach zögerte einen Moment, dann schellte er.
Ein langes Schrillen bahnte sich den Weg in die Wohnung, huschte um die Ecke, rutschte unter einer Tür durch.
Wampach spürte, wie ein Hitzeschwall durch seine Brust zog. Er atmete tief ein und blies die Luft in den Flur.
Von drinnen hörte er Schritte. Jemand blieb hinter der Tür stehen und blickte durch den Spion. Wampach schaute geradewegs in dieses unsichtbare Auge und strengte sich an zu lächeln. Dann wurde die Tür einen Spaltbreit geöffnet.
Eine Frau zeigte sich. Sie trug eine orangene, auffällig schillernde Bluse über einer roten Hose, und ihr Gesicht wurde auf Höhe des Nasenrückens durch die metallene Sicherheitskette an der Tür entzweigeschnitten.
»Ja, bitte«, sagte die Frau, mit einer leisen, fast tonlosen Stimme.
»Entschuldigen Sie«, antwortete Wampach, »aber ich dachte, ich wohne hier. Also, wissen Sie, ich war nur Zigaretten holen und …«
Wampach unterbrach sich. Er hob seine rechte Hand, schaute auf die volle Zigarettenschachtel, sah erneut die Frau an, die ihre Stirn zu runzeln begann und den Spalt in der Tür verkleinerte. Die Sicherheitskette hing ihr nun wie ein glänzender, nach oben gezwirbelter Schnurrbart vor der Oberlippe.
»Entschuldigen Sie«, sagte Wampach. Dann drehte er sich um und lief die Treppe hinab nach draußen.
Der Bürgersteig klatschte dumpf gegen seine Schuhsohlen. In seinem Kopf schwoll etwas an, drückte von innen gegen seinen Schädel. Er rannte an der Baustelle vorbei,

sah, wie sein Schatten ihn zu überholen versuchte, sich aufspaltete und sich vielfach um seine Schritte fächerte, um dann wieder gebündelt in seinem Rücken zu verschwinden. Er lief in die Straße, die am Park vorbeiführte, hastete in die Dunkelheit auf den Automaten zu.

Er hörte, wie Apf sagte: »Du kommst sowieso nicht zurück.«

Sein Herz schlug um sich, als hätte es nicht genug Platz im Brustkorb.

Dann stand Wampach vor den Zigaretten. Sein Atem ging schnell und kratzte die Kehle auf und ab. Auf seiner Stirn zeigten sich Schweißtröpfchen.

Die Tür des Automaten stand offen, und ein Mann in einem dunklen Sakko füllte die halbleeren Fächer auf. Wampach sah, daß seine Beine sehr dick waren und den Hosenstoff spannten.

Der Mann unterbrach seine Arbeit nicht, obwohl er Wampach gehört haben mußte. Während er sich bückte, um die Schachteln nach Marken getrennt einzuordnen, hing seine Krawatte steif und gerade wie ein Uhrzeiger in die Nacht.

»Ich möchte diese Packung umtauschen«, sagte Wampach lauter als nötig.

Der Mann richtete sich auf und lächelte. Die Haut seines Gesichtes war seltsam glatt, so daß Wampachs Blick abrutschte. Er sah die offene Hand des Mannes und legte die Schachtel hinein. Der Mann reichte Wampach eine andere Packung derselben Marke, während er die zurückgebrachte Schachtel im Automaten verstaute. Schließlich verschloß er die Tür.

»Wieso füllen Sie so spät abends die Automaten auf?« fragte Wampach.

Über ihm lösten sich mit einem Mal die Wolken auf. Wie

schwarze Bindfäden hingen sie einen Moment lang dort oben, bevor sie sich ins Nichts schlängelten.
»Ich wurde gerufen«, sagte der Mann.
Wampach wischte sich den Schweiß von der Stirn.
Der Mann nickte kurz und schob seine steife Krawatte leicht nach rechts.
»Normalerweise sitze ich zu dieser Zeit auf einem frisch gestrichenen Stuhl vor der Haustür. Aber Job ist Job«, sagte er, drehte sich um und ging.
Wampach sah ihm eine Zeitlang hinterher. Sein Atem wurde ruhiger.
Am Ende des Bürgersteiges lag der Mond dünn und blaß über dem Lichtblock der Querstraße.
Je weiter der Mann sich entfernte, desto deutlicher erkannte Wampach seine Umrisse. Dann war er plötzlich verschwunden.
»Die zweite Halbzeit«, flüsterte Wampach.
Die Tannen zogen an ihm vorbei. Licht näherte sich.
Wampach war auf dem Rückweg.

Zwischen Haustür und Rahmen steckte noch immer ein schmaler Holzkeil.
Wampach hielt den Atem an, während er die Treppe hochstieg. Er schaute nicht auf das Klingelschild, steckte den Schlüssel ins Schloß und betrat die Wohnung.
»Wie lange noch?« rief er. Seine Stimme rutschte unter der Wohnzimmertür durch.
»Sind schon ausn Kabinen«, antwortete Apf.
Wampach tastete sich durch den Flur.
Im Stadion wurde gesungen. Unverständlich und laut schlugen die Chorstimmen ins Wohnzimmer. Dahinter lag unbewegt und grenzenlos das All.

Er setzte sich neben Apf auf die Couch und riß die Zigarettenschachtel auf.
Die Flamme des Feuerzeuges ließ ihn kurz die Augen schließen. In seinen Lungen verteilte sich der Rauch. Er hörte, wie Apf die Fernbedienung vom Glastisch nahm und den Ton abstellte. Er nahm noch einen Zug und öffnete die Augen.
Das Spiel hatte wieder begonnen.
»Ich weiß jetzt, was es mit den Leuten auf sich hat, die Zigaretten holen und nicht wiederkommen«, sagte Wampach, griff nach seinem Bier und trank.
Es war so still im Zimmer, daß Wampach die schäumende Flüssigkeit seine Speiseröhre hinabrauschen hörte.
Apf hielt seinen Blick auf das Fernsehbild gerichtet. Sein Körper stand unter Spannung.
»So?!« sagte er, indem er das Wort dehnte und in der Dunkelheit des Raumes verklingen ließ.
Und nach einer Weile, in der Wampach plötzlich fürchterlich müde geworden war, fügte er hinzu: »Na, dann wär' das ja geklärt.«

Bachmall

»Was macht er da?« fragte Reger.
»Er vergräbt etwas«, flüsterte Arand.
»Aber es ist mitten in der Nacht!« sagte Reger.
»Eben«, antwortete Arand und blickte seinem Kollegen in die Augen, während sein Kopf mehrmals hintereinander nickte.
Sie standen mit ihrem Abendbier in der Hand in Regers Vorgarten und blickten zu Bachmall hinüber.
Der Mond siebte Lichtkörner ins Viertel.
»Eben«, wiederholte Arand.
»Das Schwein«, sagte Reger und schwemmte sich Bier in den Mund.

Zwei Tage später erzählte Frau Schertak beim Metzger, daß Bachmall Dinge an eine afrikanische Regierung verkaufe. Zumindest habe sie das gehört. So groß sei das Viertel ja nicht, daß man nicht wisse, wer hierhin ziehe.
»Was für Dinge?« fragte Herr Waringo. Er war Lehrer.
»Na!« sagte Frau Schertak und rollte mit den Augen, »das muß man doch wohl nicht ausbreiten!«
Der Metzger nickte.
»Schrecklich!« sagte er, »ich war noch nie in Afrika.«

Abends ging die Sonne unter.
In der Kneipe sagte Herr Waringo zu seinen Skatbrüdern: »Ein Waffenschieber! Wie? Wußtet ihr das nicht?«
Die Skatbrüder verneinten. Man konnte schließlich nicht alles wissen. Herr Waringo verteilte die Karten. Lange wür-

de es wohl nicht mehr dauern, bis die erste Bombe hochging. Die Skatbrüder schauten sich um. In der Kneipe war wenig Licht. Das Bier schmeckte wie pulverisiert an diesem Abend. Man ging früh zu Bett.

Es wurde nicht kühler. Die Straße hatte Hitze gespeichert und ließ nicht mit sich reden. Um Mitternacht drangen plötzlich Schreie aus Bachmalls Haus. Nur kurz, aber es waren Schreie.
Reger rannte sofort im Schlafanzug in den Garten.
»Hast du das gehört? Paula, hast du das gehört?« rief er seiner Frau zu, die sich oben im Nachthemd aus dem Fenster lehnte.
Es war still.
Alle Lichter in den Wohnungen waren gelöscht.
»Niemand hat es gehört«, sagte Reger, »außer mir.«
Seine Frau legte sich wieder ins Bett.
Reger sah, wie der Mond Wolldecken über sich zog, setzte sich auf die Holzbank in seinem Vorgarten und blieb wach.
Mehrmals mußte er schlucken.
Es geschah nichts weiter in dieser Nacht.

Am Morgen fehlte in Berchems Wagen das Benzin.
Berchem versuchte, den Motor zu starten, aber die Tankanzeige zeigte auf Null.
»Ich weiß nicht mehr, wann ich getankt habe«, sagte Berchem, »aber lange ist das noch nicht her.«
Arand nahm ihn mit zur Arbeit.
Als sie an Bachmalls Haus vorbeifuhren, waren die Rolläden bereits oben. Die Gardinen hingen bewegungslos hinter Glas.

Berchem und Arand schauten sich an. Dann nahmen sie die nächste Querstraße und bogen auf die große Allee Richtung Stadt ein.
Am selben Morgen schrie der dreijährige Sohn von Warn: »Meine Milch schmeckt komisch«.
Warn probierte die Milch. Er war sich nicht sicher.

Wie eine Kugel Flüssigeisen aus dem Hochofen schob sich die Sonne täglich über die Häuser, tropfte auf die Dachziegel und stand dann stundenlang zum Abkühlen in einer Ecke des Himmels.
Beim Metzger sagte Frau Schertak: »Er wird doch nicht das ganze Viertel vergiften!« und rollte mit den Augen.
Herr Waringo, der es genauer wissen wollte, fragte: »Weiß man schon, um welches Gift es sich handelt?«
Er erhielt aber keine Antwort.
An diesem Morgen kaufte niemand Aufschnitt.

Dann kam das Wochenende, bereits das siebte, seit Bachmall hier wohnte. Und wie an allen diesen Wochenenden blieben seine Rolläden geschlossen, so als sei niemand zu Hause.
Die Sonne wirkte fahrig und fleckte hie und da zwischen die Häuser, zog sich kurz zurück, fuchtelte erneut ungelenk durch die Vorgärten und verschwand schließlich früh am Abend, so als löse sie sich plötzlich völlig auf, zwischen den Stämmen, die die Straße säumten.

»Er streut das Nervengift auf die umliegenden Wiesen«, sagte Herr Waringo zu seinen Skatbrüdern. »Das sickert dann ins Grundwasser. Die Kühe fressen es. Er benutzt das Viertel als Versuchskaninchen.« Den Skatbrüdern sträubte sich das Fell, aber so ganz überzeugt waren sie nicht. Das merkte auch Herr Waringo. Er riß seine Augen auf und sagte: »Ich frage mich, wo zum Teufel lagert er die chemischen Waffen?«

Diese Frage konnten die Skatbrüder verstehen und fragten sich das gleiche. Dann dachten sie an ihre verwinkelten Keller und daß sie bereits länger nicht mehr unten gewesen waren. Sie verloren an diesem Abend viel Geld an Herrn Waringo.

Das Warten war das Schlimmste.

»Man kann nichts tun!« sagte Arand zu Reger. »Nichts!«

Reger merkte, wie ihm der Hals trocken wurde. Sein Bier war leer. Arand stand von der Holzbank auf und sagte: »Hast du mal nachgekuckt, was er im Garten vergraben hat?« und nickte mehrmals mit dem Kopf, bevor er ging.

Paula lag bereits im Bett, aber Reger hatte plötzlich so eine Idee.

Am Montag morgen sahen ihn alle.

Bachmall saß oben auf seinem Dach und brachte eine Satellitenschüssel an.

Ab da flüsterte der Metzger nur noch.

Und noch eine schlechte Nachricht erreichte das Viertel. Der Briefträger sagte es Berchem.

»Er kriegt Post aus der Schweiz«, sagte er, »Postgeheimnis hin oder her, in solchen Fällen muß das erlaubt sein. Es tut mir leid, es sagen zu müssen, aber Bachmall kriegt Post aus der Schweiz.«

Berchem ging sofort zur Bank und überprüfte sein Konto. Das Geld war noch da. Aber in seinem Wagen fehlte wieder das Benzin.

»Wie macht er das bloß?« sagte Arand.
Berchem wollte es lieber nicht wissen.

»Da muß man drüber reden«, sagte Frau Polokatt, die gehört hatte, daß das helfen soll, und schwieg.
Der Metzger pries seinen Aufschnitt in höchsten Flüstertönen. Draußen schoben sich Sonnenstrahlen wie schwere Nägel zwischen die Wagen.
»Er soll Opernfan sein«, hob Frau Polokatt nach einer Weile entschlossen wieder an.
»Was für Opern?« fragte Herr Waringo.
»Die Italienischen«, sagte Frau Polokatt, die noch nie von anderen gehört hatte.
»Ja, wenn man nicht weiß, was man mit seinem Geld anfangen soll«, sagte Frau Schertak, die wußte, was sie mit ihrem Geld anfangen sollte.
Frau Polokatt wackelte einmal mit den Ohren, dann fiel ihr ein, daß sie noch zum Bäcker mußte.
»Woher weiß die das alles?« sagte Frau Schertak, nachdem die Tür sich wieder geschlossen hatte. »Er ist doch immer allein. Sie spricht doch nicht etwa mit ihm, oder?« fragte Frau Schertak quer über die Theke. Ihre Augen blieben starr.
Der Metzger flüsterte: »Parmaschinken vom feinsten!«, und Herr Waringo kaufte zwölf Scheiben, obwohl er Schinken nicht ausstehen konnte.
»Niemand kann immer allein sein«, sagte Frau Schertak, die nun doch noch ihre Augen ins Rollen brachte, »das macht verrückt.« Draußen ging gerade wieder Frau Polokatt vorbei.

»Ich mag keine Milch«, schrie der dreijährige Sohn von Warn.
»Dann wird es wohl langsam ernst«, sagte Reger und versuchte, etwas Speichel gegen seinen Gaumen zu drücken. Mit Paula zu reden, hatte keinen Zweck. Sie sah die Gefahr nicht und lag seelenruhig im Bett.
Er ging zu Arand und sagte: »Wie lange wollen wir uns das noch gefallen lassen?«
Leider wußte Arand das auch nicht.

»Wer traut sich denn noch in unser Viertel. Spürt ihr die Isolation nicht?« fragte Herr Waringo seine Skatbrüder. Da fühlten sie sie auch, die Isolation. So als lege sich Schaumgummi um die Ohren. Ab dem Zeitpunkt verzeichnete der Zettel auf dem Kneipentisch eine ungeheure Glückssträhne von Herrn Waringo. Die Skatbrüder konnten sich nur schwer konzentrieren. Rauch lag wie ein breitkrempiger Hut über ihren Köpfen. Sie sahen in ihr Blatt und spürten deutlich die Einsamkeit, die zwischen den Karten steckte.

Nachts war es jetzt empfindlich still im Viertel. Arand hatte ab und an das Gefühl, Regers Atem von draußen zu hören, so als liefe er die Straße auf und ab. Auch er schlief wenig. Aber solche dunklen Ringe wie Reger hatte er noch nicht unter den Augen. Ihm fiel auf, daß Paula doch sehr gut aussah, wenn er sie mal sah und sie nicht im Bett lag.
Über den Häusern hing der Himmel wie ein schwarzer Topf. Darin war der Mond weiß und durchsichtig wie eine Lache entrahmter Milch.

»Hören Sie denn nichts von den Opern?« fragte Frau Polokatt.
»Ich höre so einiges«, sagte Reger und rollte die kühle Bierflasche zwischen seinen verschwitzten Händen hin und her.
Frau Polokatt bestand auf den Opern. »Es sind die Italienischen!« sagte sie und wartete gespannt.
Reger trank und blickte zum Haus von Bachmall hinüber.
Dort stand ein roter Renault.
Frau Polokatt wartete noch immer.
Ein roter Renault, dachte Reger.
Frau Polokatt wackelte einmal mit den Ohren und sagte: »Jetzt muß ich aber mal los.«

In den Fensterrahmen schien das Glas zu schmelzen. Alles flirrte und löste sich in seine schlierenziehenden Einzelteile auf. Die Gärten benötigten viel Wasser. Bei Herrn Waringo zu Hause lief ein Ventilator. Die Skatbrüder hatten ihn noch nie gesehen, weil sie vorher noch nie bei Herrn Waringo zu Hause gewesen waren. Aber die Lage erforderte Sprünge. Und nun sahen sie ihn.
»Man müßte an die Telefonrechnung kommen«, sagten die Skatbrüder zu Herrn Waringo. Sie hatten sich Gedanken gemacht. »Dann wüßte man, wie oft er mit Afrika telefoniert«, legten die Skatbrüder nach.
Herr Waringo war überrascht über soviel Denken und mußte den heutigen Skatabend absagen. Es ging leider nicht anders.

Vor Bachmalls Haus parkte noch immer der rote Renault. Es war kein normales Rot, das diese Karosserie trug. Es war so dunkel, daß einem mulmig wurde, schaute man es

länger an. Jeder, der vorbeiging, drehte sofort den Kopf weg. Nicht einmal die Sonne spiegelte sich in dieser Farbe.
»Ja!« schrie Arand plötzlich und nickte mehrmals mit dem Kopf. »Er hat sein Nummernschild gewechselt, wie konnte ich das übersehen!«
»Bist du sicher?« fragte Reger, »das meinte ich nicht.«
»Wenn ich es dir sage!« sagte Arand. Sein Kopf blieb abrupt in Schräglage stehen. Obwohl er etwas kleiner als sein Kollege war, schien es Reger, als blicke Arand ihn von oben herab an.
»Das Schwein«, sagte Reger. Sein Mund war wie trockengefönt.

Dann brach Berchem sich das rechte Bein, weil er über eine Schaufel fiel, die mitten auf dem Bürgersteig lag. Das geschah nicht exakt vor Bachmalls Haus, aber fast. Es war auf der anderen Seite, dort wo Reger wohnte. Aber daß der nicht mir nichts dir nichts eine Schaufel vor seine Tür legte, war allen klar.

»Den ersten hat es erwischt!« sagte Frau Schertak und blies ihre mächtigen Wangen auf, während ihre Augen leicht hin und her wippten.
»Wie kann der eine Schaufel übersehen?« flüsterte der Metzger.
»Das Gift«, sagte Herr Waringo, »ich recherchiere gerade.«
Draußen lief Frau Polokatt am Schaufenster vorbei. Sie drehte kurz den Kopf, blickte auf Frau Schertaks Doppelkinn und war weg.
»Die weiß noch mehr«, sagte Frau Schertak. »Wetten, daß die noch mehr weiß.«

»Wir werden bald alle mehr wissen«, sagte Herr Waringo und merkte, daß er unglücklicherweise wieder zwölf Scheiben Parmaschinken gekauft hatte.
»Wenn wir dann noch leben«, sagte Frau Schertak, deren Augen nun keinen Halt mehr fanden.

Die Sonne brannte erbarmungslos, aber der Briefträger war auf der Seite des Viertels. Er sagte es Berchem zwischen Tür und Angel.
»Er telefoniert so gut wie gar nicht«, sagte der Briefträger, »Postgeheimnis hin oder her, in solchen Fällen muß das erlaubt sein. Ich habe seine Rechnung geöffnet. Es tut mir leid, es sagen zu müssen, aber Bachmall weiß bereits Bescheid. Und folglich telefoniert er so gut wie gar nicht mehr.«
»Nichts mit Afrika?« fragte Berchem leise. Es war ihm unangenehm, daß der Briefträger ihn da so tief mit hineinzog.

»Der grüßt so freundlich, es ist zum Kotzen«, sagte Reger. »Hält uns alle für Idioten. Aber ich hab' gegraben!« sagte Reger und preßte seine Kiefer zusammen. »Er hat uns verarscht. Es war ein Ablenkungsmanöver.«
»Was hast du gefunden?« fragte Arand und nickte wild und unkontrolliert.
»Tulpenzwiebeln«, sagte Reger und versuchte in seinen Vorgarten zu spucken.
»Tulpenzwiebeln?« fragte Arand.
Regers Augen wurden zu Schlitzen.
»So ein gerissener Hund«, sagte Arand und schüttelte den Kopf nicht ohne Bewunderung. Nach einer Weile fragte er: »Schläft Paula?«
»Ich hol' uns ein Bier«, sagte Reger.

Jede Dämmerung glich der nächsten. Es gab keinen Nebel, aber der Morgen war immer so dicht gewebt, daß man es an allen Ecken und Enden reißen hörte. Davon wachte Reger meist auf, wenn er denn ein Auge zubekommen hatte. Er richtete sich auf, löste seinen steifen Körper von der Holzbank und blickte hinüber. Wenig später gingen die Rolläden bei Bachmall hoch, und das Schwein nickte ihm lächelnd zu.

Tagsüber wurde es heißer und heißer. Das Klima hatte sich verändert. Soviel stand fest. Alles brannte, und Regers Mund war voller Asche.

»Daß keiner die Opern hört«, sagte Frau Polokatt, »das verstehe ich nicht. Die sind doch laut. Besonders die Italienischen.« Sie blickte den Metzger entschlossen an.

»Ich verstehe nichts von Musik«, flüsterte der Metzger und ordnete den Aufschnitt. Seine Stimme schien von Tag zu Tag an Volumen zu verlieren. »Aber ich gehe davon aus, daß er bereits alles von uns weiß.«

»Unmöglich!« sagte Frau Polokatt.

»Nichts ist unmöglich!« schmetterte Frau Schertak, die lautlos den Laden betreten hatte. Eigentlich brauchte sie heute kein Fleisch. Aber die Polokatt im Laden vom Metzger, da war noch nicht das letzte Wort gesprochen.

»Seien Sie nicht naiv, Frau Polokatt! Wo so einer hinzieht, da wächst kein Gras mehr«, fügte Frau Schertak ihrem Intro hinzu und wärmte schon mal ihre Augen für die fällige Rotation.

Frau Polokatt versuchte zu lächeln, was nur ihr Ohrenwackeln verstärkte, ihr Gesicht aber ansonsten unverändert ließ.

»Schönen Tag dann«, sagte sie und verließ die Metzgerei.

Die Tür sank fast ohnmächtig ins Schloß.
»Und ich sage Ihnen, die weiß viel, viel mehr!« sagte Frau Schertak und ging ebenfalls.
Als der Laden wieder leer war, sagte der Metzger mit lauter Stimme: »Hören Sie, sagen Sie mir einfach, was Sie wollen. Ich bin bereit. Aber bitte, ich kann nicht jeden Tag den ganzen Aufschnitt wegschmeißen.«

Von draußen sah Herr Waringo den Metzger seine Lippen deutlich bewegen. Er sprach mit irgend etwas, das sich an der Decke befand. Hören konnte er den Metzger nicht. Jetzt hat es den nächsten erwischt, dachte Herr Waringo.

Dann ging eine der vielen Bomben hoch.
»Nämlich als ich mich schon hinlegen wollte«, sagte Reger und machte eine bedeutende Pause, »als ich mich schon hinlegen wollte, sehe ich, wie sich die Tür drüben öffnet und eine Frau herauskommt. Von wegen immer allein«, sagte Reger und wischte sich mit dem Handrükken über seine spröden, vertrockneten Lippen, »der verarscht uns die ganze Zeit.«
»Und du bist sicher«, fragte Arand.
»Ich weiß doch, wie so eine Frau ausschaut!«
Arand stellte sich Paula im Nachthemd vor. Er hatte sie noch nie in anderer Kleidung gesehen, und ihr das Nachthemd auszuziehen, dafür reichte seine Phantasie nicht.
»Was hatte sie an?« fragte Arand.
»Mein lieber Schwan«, sagte Reger.
Arand stieg der Geruch von Vogelfedern in die Nase. Er wußte, daß solche Frauen Federboas trugen, und nieste.
»Es wird immer trockener«, sagte Reger. Seine Zunge war sichtlich geschwollen.

»Huren und Waffen«, erklärte Herr Waringo seinen Skatbrüdern, »das gehört zusammen wie Pech und Schwefel. Das eine zieht das andere unweigerlich nach sich. Eine potenzierte Liaison«, sagte Herr Waringo und kniff die Augen zusammen, bis die Skatbrüder sich in Lichtreflexen auflösten, »wenn ihr versteht, was ich meine.« Die Skatbrüder verstanden nicht, aber potent waren sie auch noch. Daran war nichts Schlechtes.

Am nächsten Morgen war in Berchems Wagen wieder kein Benzin mehr. Berchem hatte so eine Vorahnung gehabt und war trotz Gipsfuß in sein Auto gestiegen und hatte versucht zu starten. Nichts. Daraufhin beschlossen Reger und Arand, dem Schwein eine Falle zu stellen. Sie würden einen Kanister mit Benzin holen und den Kanister in Berchems Garten stellen, während sie selbst sich die ganze Nacht hinter Berchems Wagen verstecken würden. Noch sickerte Licht aus allen Sonnenporen. Reger fiel es schwer zu reden.

Der dreijährige Sohn von Warn trank nun Wasser statt Milch. Eine merkwürdige Entwicklung, fand Warn. Und Frau Schertak sagte: »Man kann nie wissen, ob etwas aus den Kindern wird. Ich kannte mal einen ...«
»Ja, ja!« unterbrach Warn sie und ging zurück ins Haus.
Da wußte Frau Schertak, daß es den dritten erwischt hatte.

Dann war es mit einem Schlag dunkel geworden.
Arand freute sich über seinen Plan und ließ Reger den vollen Benzinkanister zurücktragen.
Sie gingen schweigend.

Da tauchte am anderen Ende der Straße Bachmall auf und kam ihnen entgegen.
Arand begann unwillkürlich mit dem Kopf zu nicken.
Sie schritten an Regers Haus vorbei, wo Paula im Bett lag.
Auf der Höhe von Berchems Haus trafen sie aufeinander.
Reger stellte sich Bachmall in den Weg. Bachmall verstand nicht und wollte vorbeigehen.
Da riß Reger ihn gewaltig am Arm.
»Du stehst doch so auf Benzin!« sagte Reger kaum verständlich und schraubte den Kanister auf. »Du kannst doch gar nicht genug davon bekommen.«
»Wie bitte?« sagte Bachmall und schaute fragend von Reger zu Arand und wieder zurück.
Die letzten Lichter wurden in den umliegenden Häusern gelöscht. Der Mond lag verchromt wie eine Stoßstange.
Dann öffneten sich Fenster. Gesichter schoben sich ins Windlose. Berchem stand halb in der Tür.
»Uns reicht es nämlich«, sagte Arand und richtete sich auf.
Sein Kopf hing schräg verkantet im Nacken.
»Was?« sagte Bachmall.
»Hier!« schrie Reger und riß den Kanister hoch, so daß Benzin auf seine Hose schwappte.
Bachmall wich erst einige Schritte zurück, aber Reger schwenkte den Kanister bedrohlich hin und her und schrie immer wieder, während er mit seiner dicken Zunge kämpfte: »Hier! Hier!«
In den Fenstern tauchten mehr und mehr Gesichter auf; halb im Schatten, halb im Licht sahen sie aus wie schlechte Mondkopien.
Bachmall rief: »Sind Sie verrückt!« und riß Reger den Kanister aus der Hand. Damit hatten weder Reger noch Arand gerechnet. Wie zwei ausgedörrte Pilze standen sie

plötzlich unbeweglich auf dem Asphalt und warteten darauf, niedergetrampelt zu werden.
»Ihr blöden Arschlöcher«, sagte Bachmall und kniff die Lippen zusammen.
Dann goß er Benzin über seine beiden Angreifer, nahm sein Feuerzeug aus der Tasche und zündete sie an.
Niemand schrie.
Die Flammen schnappten lautlos nach Sauerstoff.
Bachmall hörte, wie Berchem seine Tür schloß.
Und Licht fiel übers Viertel sehr hell und unbedeutend.

Mittelmeer

»Im Fall ›Wertkamp‹ haben wir einen Verdächtigen«, sagte Flicker, »ich kann jetzt nicht. Wir sind mitten im Verhör.«

Er drehte den Kopf und schaute aus dem Fenster in den Innenhof. Dort hockte in einer Ecke das Licht, gefangen zwischen den Außenwänden des Polizeipräsidiums.

Drinnen lief die Klimaanlage, jagte von Zeit zu Zeit ein surrendes Geräusch über die Decke und verstummte wieder.

»Marie, ich kann jetzt wirklich nicht!« wiederholte Flikker, ohne die Stimme zu heben. Über seinen Hals straffte sich das Telefonkabel, drückte auf seinen Kehlkopf, zitterte sich zum Tisch der Schreibkraft, vor dem Flicker stand.

Die Tür vom Nebenraum ging auf, und Marc fragte: »Kommst du?«

Flicker hielt die Hand auf die Sprechmuschel, schaute zu Marc und sagte: »Ja«.

Die Schreibkraft blätterte unbeteiligt in einem Aktenordner und gab Zahlen in den Computer ein.

Flicker sah auf ihre zu große Wolljacke und flüsterte: »Ja, ich dich auch«. Er legte den Hörer zurück auf die Gabel, nickte der Schreibkraft zu und fragte: »Ist Ihnen kalt?«

Die Frau hörte auf zu tippen, schaute hoch zu Flicker. Sie war klein, und ihre Haare rahmten ungeschickt ihr blasses Gesicht.

»Ja«, sagte sie, »die Klimaanlage« und wies mit dem Zeigefinger nach oben.

Wieder so eine Studentin, die den ganzen Tag fröstelt, dachte Flicker.
»Ohne Klima hält man das hier nicht aus«, sagte er und merkte, daß sein Ton etwas zu grob ausgefallen war.
Die Schreibkraft blickte auf ihren Monitor, dann wieder zurück auf ihren Chef.
Flicker wollte etwas Versöhnliches sagen, zeigte auf das Telefon und murmelte: »Jetzt will die einen Hund. Ich hab' auch sonst gerade nichts zu tun.« Er lächelte.
Die Klimaanlage begann zu surren.
Die Schreibkraft zog ihre Wolljacke enger zusammen und sagte: »Ich mag keine Hunde. Schon gar nicht in der Wohnung.«
Marc stand noch immer in der Tür und fragte: »Was ist?«
Flicker nickte der Schreibkraft zu und ging in den Nebenraum.
»Kann man der Frau nicht mal ein modernes Telefon hinstellen?« fragte er, »daß es diese Dinger mit dem Schweineschwanzkabel überhaupt noch gibt!«
Marc hob kurz die Schultern, schob gleichzeitig seine Brauen nach oben, während Flicker sich an den einzigen Tisch im Raum setzte, die Ellenbogen auf die Metallplatte stützte und sagte: »Wo waren wir stehengeblieben?«

Durch die mit Draht verstärkte Fensterscheibe schlitzte sich das Licht, fiel in feinen Spänen in den Raum.
»Woran erinnern Sie sich denn überhaupt?« fragte Flicker und schaute sein Gegenüber an.
Walter Klarn blickte seitlich zur Tür. Sein Körper schien in sich zusammenzufallen. Nicht einmal sein Atem konnte diesen kraftlosen Leib aufrichten.

»Ich weiß nicht«, sagte er leise.
»Stop«, unterbrach ihn Marc sofort, »daß Sie viel vergessen haben, haben wir bereits bemerkt, aber wenn sie jetzt behaupten, sie wüßten nicht, an was sie sich erinnern, dann zählt das doch wohl zum Vergessen. Und das hatten wir schon.«
Jetzt wird der wieder spitzfindig, dachte Flicker und rieb mit den Fingerkuppen über seine Stirn. Winzige Partikel abgestorbener Haut fielen auf den Tisch. Flicker wischte sie mit der Hand zu Boden und sagte: »Wir gehen mal ein wenig weiter in ihre Vergangenheit zurück. Das Langzeitgedächtnis ist ja oft besser in Schuß.«
Klarn legte den Kopf in den Nacken, gab ein seltsames Geräusch von sich, so als verende ein nicht aussprechbarer Laut in seinem Hals. Über seine Haare schuppte das Licht, blieb gefleckt auf den Schultern liegen, als Klarn den Kopf wieder anhob.
»Sie leben in dieser Vorstadtsiedlung, ja, am Ende der großen Allee, richtig?« fragte Flicker und dachte, bin ich froh, daß ich nie dort gelandet bin. War das einzige Mal, daß ich Marie den Gefallen nicht getan habe.
»Aber dort haben Sie Else Wertkamp nicht kennengelernt?« fuhr Flicker fort, während Marc sich etwas zu laut hinter dem Verdächtigen auf den Stuhl unterm Fenster setzte.
»Nein«, sagte Klarn, umfaßte seine Oberschenkel und schaute Flicker mit seitwärts geneigtem Kopf ins Gesicht, »im Lauer 10.«
Flicker wartete, machte dann eine kreisende Bewegung mit seiner rechten Hand, während er die Brauen hochzog.
»Ich war vorher noch nie da gewesen«, sagte Klarn und verzog das Gesicht, »die Kneipe hat einen schlechten Ruf.

Aber an diesem Abend sagte mir eine Stimme, ich müsse dorthin.«

»War es Gott, der Ihnen das befahl?« fragte Marc von hinten.

Wo soll das enden, wenn der jetzt schon ganz oben ist, dachte Flicker und schüttelte den Kopf.

»Kann man ja fragen«, sagte Marc und blickte über Klarns Schulter seinen Kollegen an.

»Ich weiß nicht«, sagte Klarn, »soweit würde ich nicht gehen. Ich meine, wäre es nicht vermessen zu sagen ...«

»Ja, ja«, unterbrach ihn Flicker, » Sie sind also hin und haben Frau Wertkamp dort angetroffen?«

Klarn nickte.

Die Tür ging auf, und die Schreibkraft sagte: »Telefon, Herr Flicker.«

»Wer ist es«, fragte Flicker und dachte, wie kann man als junge Frau so eine Strickjacke anziehen? Und dann auch noch Turnschuhe.

»Sie wissen schon«, sagte die Schreibkraft und zog entschuldigend den Kopf zwischen ihre Schultern.

»Schon wieder Marie?« fragte Flicker und entließ alle Züge aus seinem Gesicht. »Erzählen Sie ihr, ich sei nicht da!«

»Das habe ich schon«, sagte die Schreibkraft.

»Sagen Sie mir bitte nicht, wie sie reagiert hat«, antwortete Flicker und ging an der Frau vorbei in den Dienstraum.

Die Schreibkraft blieb noch einen Moment in der Tür stehen, sah, wie sich die Sonnenstrahlen vom Fenster über Marcs Kopf hinweg zum Rücken des Verdächtigen spannten und ihn ins Licht rückten.

Dann schloß sie die Tür und ging an ihren Schreibtisch zurück.

»Es ist mir egal, ob der ganz klein ist. Ich mag keine Hunde. Schon gar nicht in der Wohnung«, sagte Flicker in den Hörer hinein und merkte im gleichen Moment, daß er exakt die Worte der Schreibkraft wiederholt hatte. Er griff nach dem geringelten Kabel, schaute auf den hellen Haaransatz der Schreibkraft und bemerkte ein Nicken ihres Kopfes.
Ein Klicken in der Leitung beendete das Gespräch.
Flicker reichte der Schreibkraft den Hörer und hörte sie sagen: »Ich kannte mal einen, der hat ...«
Aber da hatte Flicker bereits die Tür zum Nebenraum erreicht, und die Schreibkraft hörte mitten im Satz auf zu reden.
Die Klimaanlage schaltete sich aus.
Flicker trat von einer Stille in die nächste.

»Es war sehr heiß. Mir lief der Schweiß immer die Beine hinab in die Socken. Aber irgend etwas sagte mir, daß ich keine kurzen Hosen tragen sollte. Und Else wollte so viel wie möglich auf den Wagen verzichten. Also gingen wir zu Fuß, liefen die Straße nach Taormina hoch, während die Autos an uns vorbeizogen. Oben waren wir so durstig, daß wir ein Wasser nach dem anderen auf einer Terrasse tranken und vergaßen, einen Blick auf das Panorama und den Ätna zu werfen. Das war irgendwie immer so. Wir waren an vielen Orten in diesen drei Wochen, aber ich sehe uns immer nur trinkend auf Terrassen sitzen. Und ich weiß auch nicht, wie wir immer dorthin kamen. Ich weiß aber, daß es eine Terrasse in Taormina war, eine in Fiumefreddo, eine in Pedara, Lentini, Sortino und eine in Syrakus. Immer diese weißen Plastikstühle mit Armlehnen«, sagte Klarn und wischte sich einen Tropfen von der Stirn, wäh-

rend er über den leeren Stuhl vor ihm hinweg auf die Weltkarte schaute, die an der Wand hing.
»Finden Sie es nicht ungewöhnlich, daß Sie drei Tage, nachdem Sie eine Frau kennenlernen, bereits mit ihr im Billigflieger nach Sizilien sitzen?« fragte Marc.
Klarn schwieg. Seiner Stirn konnte man ansehen, daß er nachdachte, aber keine Antworten fand.
»Die Kellnerin war unglaublich aggressiv«, sagte er schließlich.
»Auf einer der Terrassen?« fragte Flicker, lehnte sich gegen die verschlossene Tür und sah einen Eierkarton unter Marcs Stuhl. Nicht wieder, dachte er und hatte plötzlich zu viel Speichel im Mund.
»Im Lauer 10«, sagte Klarn und drückte zweimal kraftlos sein Kreuz durch, so als wollte er etwas Wind zwischen das Hemd und seinen Rücken fächeln, ehe er wieder in sich zusammensackte.
Die Schreibkraft geht bestimmt auch in dieses Lauer 10, dachte Flicker, wenn ich eines Tages Marie loswerden möchte, lade ich sie auch mal dorthin ein.
»Dann waren wir plötzlich auf diesem Schiff, ein Segelschiff«, sagte Klarn und umfaßte mit beiden Händen seinen Kopf. »Der Mann schob andauernd zwei Finger senkrecht unter seine Nase und redete auf mich ein. Ich weiß noch, daß ich Angst hatte und nicht mehr schlief.«
»Was für ein Mann?« fragte Marc, zog den Eierkarton unterm Stuhl hervor, nahm ein rohes Ei heraus, schlug mit seinem Haustürschlüssel oben und unten ein Loch in die Schale und begann es auszusaugen.
Flicker kämpfte mit seinem Speichel, schaute weg, ließ seinen Blick über die Weltkarte an der Wand gleiten, blieb an Sizilien hängen und sagte: »Weiter.«

»Ich weiß nicht«, antwortete Klarn, »er war plötzlich da. Und dann standen wir auf einem Golfplatz. Else wollte immer nur mit dem roten Ball spielen. Ich weiß noch, daß ich mich gefragt habe, ob wir das überhaupt dürfen, einfach so auf einen Golfplatz, aber der Mann schob sich beide Finger unter die Nase, und wir blieben.«
»Was nun, Segelschiff oder Golfplatz?« fragte Marc und leckte sich die Lippen, während er das leere Ei in den Karton zurücklegte und ein neues mit dem Schlüssel zu bearbeiten begann.
Flicker dachte, warum macht er das? Aber bei jemandem, der freiwillig Kurse in der Pathologie belegt, kann man wohl noch froh sein, daß er nur Eier auslutscht.
»Beides«, sagte Klarn, schob einen Finger in seinen Hemdkragen, bevor er flüsterte: »Ich habe Durst.«
»Wir sind hier nicht auf einer ihrer Terrassen«, antwortete Marc, hob das Ei nach oben und ließ die schleimige Füllung langsam auf seine Zunge gleiten.
Völlig abartig, dachte Flicker, schluckte und fragte: »Wie sah der Mann aus?«
»Er trug immer ein T-Shirt«, sagte Klarn.
»Wirklich ungewöhnlich«, antwortete Marc, »dann haben wir ihn ja schon.«
Friß deine Eier, dachte Flicker.
»Ich habe mich immer gefragt, wie er noch atmen kann, so wie er sich die Finger unter die Nasenlöcher schob?« sagte Klarn und legte sich eine Hand schützend in den Nakken.
Das Licht biß gefleckt in seine Finger.
Marc und Flicker blieben im Schatten.
»Er wollte Else«, fuhr Klarn fort.
»Soll vorkommen, so was«, sagte Marc, stellte den Eier-

karton auf seinen Schoß und drückte mit dem Daumen auf ein leeres Ei, bis die Schale brach.

»Nein, er wollte sie nicht für sich, er wollte sie mitnehmen«, sagte Klarn, »Else trug immer diese orangenen, auffällig schillernden Blusen, dazu rote Hosen. Sie war nicht religiös veranlagt, falls sie das jetzt meinen, aber diese Kleidung machte ihn irgendwie an. Er sagte, so eine brauchen wir noch. Ich weiß nicht mehr. Wir haben viel Golf gespielt, und dann dieses Segelschiff, das ganze Geld. Überall war das Meer, Glitzern und Spiegelungen. Ich hielt mir die Augen zu. Der Mann schimpfte. Dann war da Blut.«

»Wo«, fragte Flicker, »auf dem Schiff?«

»Ich weiß es nicht«, antwortete Klarn und schlug sich mit beiden Händen auf den Kopf, »es war ein Holzfußboden, Planken, es könnte ein Schiff gewesen sein. Kann ich mich rübersetzen, es ist furchtbar heiß hier.«

»Wie im Urlaub«, sagte Marc und schob seinen Zeigefinger zwischen die eingedrückte Schale, »sie können gerne ihr Hemd ausziehen.«

Wetten, dem macht es Spaß, die Leichen aufzuschlitzen und in ihnen herumzuwühlen, dachte Flicker und schob seine Hände zwischen die Tür und sein Kreuz. »Sie bleiben, wo Sie sind!« sagte er.

Klarn atmete laut vor sich hin, so als gehe ihm der Sauerstoff aus, dann sagte er: »Else hatte noch mehr Angst als ich. Aber wir hatten so viel Geld plötzlich, und wir kannten uns noch nicht lange, und dieser Mann war da. Ich habe mich gefragt, ob Else die Richtige für mich ist. Sie hatte starke Verfolgungsängste, seit der Mann da war und sich seine Finger unter die Nase schob. Alte Geschichten kamen in ihr hoch, von denen ich aber glaube, daß sie nie passiert sind. Sie erfand, war wie in Trance, erzählte von jemandem, der am späten Abend an ihrer Tür geklingelt und behauptet hatte, er würde in ihrer Wohnung wohnen. Ein völlig Gestörter, sagte sie, der mit seiner Zigarettenpackung redete. Seitdem blickte sie ständig hinter sich, ob ihr niemand folgte. Wie gesagt, ich glaubte das nicht. Aber der Wellengang war gut, und das Essen, viel Obst, und dann habe ich die Augen geschlossen.«

Flicker ging zum Schreibtisch, zog eine Schublade auf, entnahm ihr ein leeres Schnellheft und fächerte sich Luft zu, während er sich wieder an die Tür lehnte.

»Und das Blut?« fragte Marc und hielt seinen Zeigefinger mit der aufgespießten Eischale vor sein Gesicht.

Klar, daß er sofort danach fragt, dachte Flicker.

Das Schnellheft knickte bei jeder Bewegung leicht ein, machte Geräusche, die Klarn zur Tür blicken ließen.

»Das ist nicht in Ordnung, was Sie da machen«, sagte er leise.

»Was? Daß er sich Luft zufächelt?« fragte Marc und schleuderte mit einer kurzen Handbewegung die Eischale vom Zeigefinger gegen Klarns Hinterkopf.

Klarn zuckte zusammen und blickte auf den Boden, wo die Schale liegenblieb.

»Noch nie ein Ei gesehen?« fragte Marc.

Auf Psychoterror versteht er sich, dachte Flicker.

Klarn hob den Kopf und starrte wieder auf die Weltkarte auf der Wand vor ihm. Sein Hemd zeigte deutliche Schweißflecken.

»Das ist alles so wirr«, sagte Flicker und hielt sich das Schnellheft an die Lippen.

»Ich war immer wieder glücklich und dann voller Panik und dann wieder glücklich. Der Mann hatte so eine Art, und Else, dachte ich, ist auch gerne da, aber dann hatte sie diese Erinnerungen und wollte weg, wenig später wollte sie wieder bleiben, lag vorne auf dem Deck und sonnte sich, tat als gäbe es mich nicht, und die Sonne stand genau über uns. Lange, gleißende Röhren, die sich über den Himmel bis zum Horizont zogen. Wie auf der Sonnenbank, dachte ich oder wie im Kino, und dieser Mann war da …«

Klarn brach ab. Sein Mund stand offen, er hechelte leicht.

Flicker machte einen Schritt auf den Tisch zu, warf das Schnellheft darauf und ging zur Tür zurück.

Das wird nie was, dachte er. Der Hund, den Marie wollte, fiel ihm ein und dann der Abend, als sie zusammen ins Kino gegangen waren. Er haßte es, in der Schlange anstehen, sich das dumme Gelaber der anderen anhören zu müssen. Marie in ihren hochhackigen Schuhen, mit kurzem Rock, alle Blicke registrierend, die die Leute ihr zuwarfen. Er nahm ihre Hand, aber sie entzog sie ihm, und der Abend war gelaufen. Dann stand dieser Typ in kariertem Hemd neben ihnen und machte ihr Komplimente. Schöne Schuhe, sagte er und zeigte auf die rosa Riemchen über ihren Zehen. Du bist tot, hatte Flicker gedacht und instinktiv nach seiner Waffe unter der Jacke gegriffen. Marie strahlte unter ihrer Abendgesichtscreme wie eine Gestörte. Wenn sie es braucht, hatte er schließlich gedacht und weggehört. Aber der Film war wie Spülwasser an seinen Händen vorbeigelaufen. Er sah das karierte Hemd einige Reihen vor sich sitzen und hakte dem Mann seinen Blick in den Nacken.

Nach der Vorstellung waren sie zum Italiener gegangen, hatten sich auf die Terrasse gesetzt. Mußte man nicht bis nach Sizilien für. Noch nicht mal bestellt hatten sie, da taucht das karierte Hemd in der Straße auf, bleibt vor einem Haus, dessen Fassade voll mit Graffiti ist, stehen, schaut kurz zur Terrasse und öffnet die Tür. Marie konnte ihn nicht sehen, weil sie Richtung Kreuzung schaute, und er hatte natürlich nichts gesagt, nur gedacht, da also wohnst du.

Die Tür ging auf und schubste Flicker in den Raum.
»Entschuldigung«, sagte die Schreibkraft, »aber am Telefon ist wieder ...«
»Nein!« brüllte Flicker, packte einen nicht existierenden Gegenstand in der Luft und zerquetschte ihn. An seiner Schläfe zeigte sich eine Ader.
Die Schreibkraft zog die Tür zu.
Flicker stützte sich auf den Tisch, schob sein Gesicht in Klarns Richtung. Schweißgeruch kam ihm entgegen.
Auf Klarns Kopf bewegten sich die Lichtflecken, als hätte es einen Luftzug gegeben, rutschten über seine Schultern und sprangen auf die Tischoberfläche.
»Sie versuchen jemand anderen zu beschuldigen!« sagte Flicker. Die Ader an seiner Schläfe zog sich langsam zurück.
»Nein«, antwortete Klarn, verdrehte seine Augen, um Flicker von unten ansehen zu können, ohne den Kopf drehen zu müssen.
Er bricht, dachte Flicker.
In diesem Moment kam die zweite Eierschale geflogen und traf Klarn am Ohr.
»Nein«, wiederholte er, hob schützend seine Schultern. Dann sagte er etwas leiser: »Ich weiß es nicht.«
»Heul doch«, sagte Marc.
In Klarns Nacken schillerten die Schweißperlen. Wenn

Klarn sprach, hörte Flicker, wie seine Zunge sich erst vom Gaumen lösen mußte, bevor ein Laut den Mund verließ.
»O.k. Was passierte auf dem Flughafen, als Sie wieder gelandet waren?« fragte Flicker.
»Elses Vater hat uns abgeholt«, antwortete Klarn. »Er war natürlich gegen die Reise gewesen. Ich stand neben ihm, und wir haben geredet. Plötzlich fragte er, wo ist Else? Ich blickte neben mich, und sie war nicht da. Ich drehte mich um, aber es kam niemand mehr durch die Schiebetür. Elses Vater drehte durch, schrie mich an. Und ich wußte nicht, was ich erwidern sollte. Sie saß eben noch neben mir im Flugzeug, murmelte ich schließlich. Die Frau am Schalter schüttelte den Kopf und sagte, das kann nicht sein. Frau Wertkamp war gar nicht an Bord. Ich war völlig verwirrt. Wir hatten doch zusammen die Duty-Free-Zeitung durchgeblättert. Else wollte eine Uhr, und ich hatte soviel Geld in der Tasche.
Dann war plötzlich auch Elses Vater weg, und zwei Polizisten beugten sich über mich und sagten, sie können hier in der Ankunftshalle nicht schlafen. Ich schloß die Augen, und eine Stimme flüsterte mir zu, mach dir keine Gedanken, und ich nahm ein Taxi und fuhr in die Stadt.«
»Der alte Wertkamp hat dich angezeigt«, sagte Marc.
»Warum in die Stadt?« fragte Flicker. »Sie wohnen doch in der Vorstadt.«
»Warum duzen Sie mich jetzt?« fragte Klarn.
»War ein Test«, sagte Marc.
Der ging aber daneben, dachte Flicker, schneid mal wieder eine Leiche auf.
»Ich würde gerne etwas trinken«, sagte Klarn, »die Sonne ...« und zeigte mit dem Daumen hinter sich auf das Fenster.

»Je schneller Sie reden, desto eher sind wir fertig«, sagte Marc, stand auf und sammelte seine Eierschalen wieder ein.

»Es war diese Stimme, die sagte: Geh und iß! Das habe ich getan«, nahm Klarn seinen Faden wieder auf. »Ich ging in einen Imbiß, grüßte und setzte mich ans Fenster. Der Mann vom Imbiß schien mich zu kennen. Er fragte, wie immer? Und ich nickte, weil ich überrascht war, stellte meine Tasche in die Ecke und bekam vier Lammkoteletts mit Reis. Die mag ich tatsächlich, die Lammkoteletts. Dann stellte er sich zu mir an den Tisch und sagte, ich dachte, Sie kommen auch nicht mehr. Auf meine Frage, warum, sagte er, daß Felder nicht mehr komme. Ich wollte nicht fragen, wer Felder ist und sagte, so?! Ja, sagte der Imbißbesitzer, schon seit einigen Monaten nicht mehr. Ich blickte auf den Stadtplan, der hinter der Eingangstür hing und vor sich hingilbte, und der Imbißbesitzer fragte, haben Sie noch Kontakt zu ihm. Ich frage nur, sagte er, denn kurz nachdem er zum letzten Mal hier aufgetaucht ist und wieder das gleiche aß wie immer, da tauchte die Polizei vor seinem Haus auf. Ich habe nicht extra geschaut, aber so schräg gegenüber, wenn da soviel Polizei auftaucht, na ja.«

»Felder?« fragte Flicker, »den Namen kenne ich doch.« Er stieß sich vom Tisch ab, öffnete die Tür, drehte den Kopf in den Raum und sagte zur Schreibkraft: »Schauen Sie mal unter dem Namen Felder nach, ob es da einen Eintrag in den letzten Monaten gab.«

»Ja«, sagte die Schreibkraft, »die Dame möchte sie sprechen«, und zeigte auf eine Frau mit langen Haaren, die neben der Eingangstür an der Wand lehnte, als traue sie sich nicht, in den Raum zu treten.

»Was?« fragte Flicker, drehte den Kopf und blickte geradeaus auf die Eingangstür.
»Da läuft irgend etwas«, sagte die Frau mit den langen Haaren, »das ist absolut schrecklich. Ich weiß nicht, was da läuft, aber ich habe Angst.«
»Das ist nicht der richtige Moment«, sagte Flicker, blieb aber in der Tür stehen, weil die Frau ihn an Marie erinnerte. Sie trug hohe Schuhe und einen kurzen Rock.
»Sie wollte unbedingt warten«, sagte die Schreibkraft und drehte die Handflächen nach oben, während sie ihre Hände hob.
»Das sind fremde Leute. Die wohnen da nicht. Nachts schleppen sie dicke Wolldecken rein und raus. Da ist jemand drin eingewickelt«, sagte die Frau, ohne irgend etwas zu bewegen außer ihren Lippen.
Ich bin umgeben von Idioten, dachte Flicker und sagte: »Vielleicht zieht jemand um.«
»Nein«, antwortete die Frau, »das geht schon länger. Es sind meistens zwei Männer, ab und zu kommt ein dritter dazu. Ich kann sie beschreiben. Der eine hat eine Glatze und eine Brille, der andere trägt immer T-Shirts.«
»Und der dritte?« fragte die Schreibkraft.
Flicker streckte erstaunt seinen Kopf an der Tür vorbei. Die Schreibkraft schien aufgeregt und öffnete weit die Augen.
»Der kommt nur selten und hat immer ein kariertes Hemd an«, antwortete die Frau. Ihre Haare fielen ihr starr bis zum Bauch, so als habe sie sie mit Zuckerwasser gefestigt.
Niemand kann so unbeweglich stehen, dachte Flicker. Karierte Hemden mochte er auch nicht.
»Sie tragen Menschen in die Wohnung und wieder her-

aus«, sagte die Frau. Ihre Augen fixierten Flicker, während sie weitersprach: »Immer nur nachts. Dann warten sie. Und der eine, der im T-Shirt, stellt sich ans Fenster und beobachtet mich. Mein Wohnzimmer liegt direkt gegenüber. Immer steht er da und schaut zu mir herüber. Ich esse, und er steht da und schaut, ich komme aus dem Bad, und er steht da und schaut. Ich verstecke mich stundenlang hinterm Türrahmen. Wenn ich es nicht mehr aushalte, mache ich kurz Licht, hole meinen Mantel und tue so, als ob ich die Wohnung verlassen würde.«

Flicker schaute auf ihre Beine. Marie stand vor ihm und sagte, ich will aber einen Hund.

»Das ist ja schrecklich«, hörte Flicker die Schreibkraft sagen.

»Jetzt ist aber mal gut«, sagte er und ließ seinen Kopf wie eine Boje auf dieser Geschichtenwelle tanzen, »schauen Sie, was es zu Felder gibt. Und Sie müssen sich leider etwas gedulden. Vielleicht beobachten sie ihre Umzügler nochmal ein bis zwei Wochen und dann erzählen Sie uns Genaueres, ja.«

Als er die Tür hinter sich schloß, warf Marc gerade eine Eierschale auf Klarn, der nun völlig durchgeschwitzt in der Sonne hing. Seine Lippen lagen nicht aufeinander, wölbten sich über den Zahnreihen und rahmten trocken einen Schlitz, aus dem der Atem langgezogen ein- und austrat.

»Na, wie geht es Ihnen«, fragte Flicker und griff erneut nach dem Schnellheft, um sich etwas Luft zuzufächeln.

Er sah, wie Klarn antworten wollte, aber die richtigen Wörter nicht fand. Das also heißt ringen, dachte Flicker, ging zur Weltkarte an der Wand und schaute sich Italien an. Mit Marie war er zum ersten Mal dort gewesen, Rimini! Mußte er nicht unbedingt nochmal hin. Er drehte

sich um, während Klarn unruhig mit seiner rechten Hand zu zittern begann.
Den habe ich, dachte Flicker und sagte: »Kommen wir nochmal auf die Segeltour zurück, Herr Klarn.«
»Wir haben viel öfter Golf gespielt«, sagte Klarn schnell, »Segeln waren wir nur einmal.«
Unterm Fenster streckte Marc sich und rülpste in Klarns Rücken.
Flicker befürchtete, der Geruch von faulen Eiern ziehe ihm in die Nase, hielt kurz die Luft an und hatte das Gefühl, sein Speichel glibbere dickflüssig um seine Zunge. Er versuchte zu schlucken, aber sein Mund blieb voll.
»Als ich den Imbiß verließ ...«, sagte Klarn und bewegte seine Hand immer kräftiger hin und her.
»Jetzt sind wir wieder beim Imbiß«, rief Marc und schien das lustig zu finden.
Oder lachst du, weil ich mit meinem Speichel kämpfe, dachte Flicker.
»... da hatte ich plötzlich den roten Golfball in der Hand. Ich drehte mich um, weil ich dachte, Else sei da. Aber die junge Frau, die in einem Hauseingang stand, war nicht Else. Ich lief durch die Straßen, meine Tasche wurde schwerer, und es war so heiß, heißer als am Mittelmeer, und als ich dann diesen Wagen zwischen all den anderen sah und die Scheibe der Beifahrertür war ein Stück weit heruntergelassen, und die Stimme sagte mir, wenn du alles vergessen willst ..., da habe ich den Ball einfach reingeworfen in den Wagen, ein Klumpen Erinnerungen, der unter den Sitz rollte.«
Flicker schaute über Klarn hinweg auf seinen Kollegen, der damit beschäftigt war, die Schalen wieder in eine eigerechte Form zu bringen.

»Brauchen wir also nur noch den Golfball zu finden«, sagte Flicker.
»Den bekommt er dann zu essen«, sagte Marc und schaute sich seine Ei-Skulpturen an, »und schon hat der Mörder sein Gedächtnis wieder.«
»Ich habe nichts getan«, sagte Klarn, »ist denn überhaupt etwas passiert?«
Plötzlich war eine helle Fläche hinter seinen Augen, kein Schwarz, das nirgendwohin führte, sondern eine gleißende Folie, wie eine Rolle, die sich langsam abwickelte. Klarn schloß die Augen und las den Text, der darauf stand, vor. Er hörte seine eigene Stimme nicht, wußte nicht, was er vorlas, er wußte nur, daß er es tun mußte und daß die anderen ihn hören würden. Als der Text zu Ende war, öffnete er die Augen wieder.
Flicker stand vor ihm und schien sich mit den Fingerspitzen am Tisch festzuhalten.
Er ist schockiert, dachte Klarn, warum? Er drehte ein wenig den Kopf und horchte hinter sich. Absolut kein Geräusch war zu hören. Was hatte auf der Folie gestanden? Er schaute auf die Weltkarte an der Wand. Das Mittelmeer war klein.
Der Polizist vor ihm starrte ihn noch immer an, als hätte er eine Erscheinung.
Dann hörte er den in seinem Rücken sagen: »Das ist stark. Wow, der reinste Bret Easton Ellis!«
Auf Klarns Kopf brannte die Sonne. Er lag an Deck und fühlte, wie sein Schweiß die Rippen hinablief. Blut schoß in sein Geschlecht. Die Wellen schaukelten das Schiff auf und nieder.
»Und der andere Mann?« fragte Flicker und wich zwei Schritte zurück, bis er an der Wand stand.

»Der auch«, sagte Klarn, obwohl er nicht verstand, was er damit meinte. Er fühlte mit einem Mal eine schläfrige Ruhe in sich, erhob sich von seinem Badetuch, ging um den Tisch herum und tippte mit dem Zeigefinger auf die Weltkarte.

Flicker sah, daß Klarn dabei die Augen geschlossen hatte. Er konnte nicht sehen, wohin er tippte.

»Genau hier«, sagte Klarn.

Marc sprang von seinem Stuhl auf, ließ die Eierschalen zu Boden fallen und stellte sich auf die andere Seite neben den Verdächtigen.

»Wo?« fragte er.

Klarn behielt die Augen geschlossen und tippte erneut auf die gleiche Stelle, genau ins Mittelmeer zwischen Kreta und Zypern.

»Das ist aber nicht gerade nahe an Sizilien«, sagte Flicker und schaute auf Klarns Profil.

»Sie kennen sich doch aus«, antwortete Klarn, »im Töten.«

Jemand klopfte an die Tür.

Flicker drehte den Kopf, aber niemand kam herein.

Auf dem Tisch lag eine viereckige Platte Licht und spiegelte die Strahlen aus dem Fenster hinaus.

»Setzen Sie sich wieder«, sagte Flicker.

Klarn öffnete die Augen und ging zurück zu seinem Stuhl, während Flicker seinen Blick durchs Mittelmeer waten ließ. Dann kletterten seine Augen langsam die Küste des Stiefels hinauf. Viele Orte waren dort eingezeichnet.

Rimini fand Flicker nicht.

Schulfrei

»Er wollte immer ein Gartenhäuschen«, sagte Leena, »weißt du, so eins mit einem Holzdach. Lächerlich. Im Winter ist es da viel zu kalt, und im Sommer sind diese Dinger voll Ungeziefer. Ich hätte kein Auge zugemacht. Aber er fing immer wieder davon an.«

In der Küche hing noch der Geruch vom Abendessen. Leena stand am Herd und spritzte eine weiße, milchartige Flüssigkeit auf die Ceranplatte.

»Nein, nein«, sagte sie, »wir kommen ganz gut ohne deinen Vater zurecht. Aber diese ganze Familie war so. Haben immer nur an sich gedacht. Wie kann man denn so zusammenleben?«

Rupert saß verschlafen am Küchentisch, steckte den Löffel in die Schüssel mit gesüßter Milch und wirbelte die Weißbrotstücke darin herum. Je schneller er drehte, desto deutlicher entstand ein Strudel. Aber die Brotstücke wurden dabei nach außen an die Glaswände der Schüssel gedrückt und nicht, wie er es vermutet hatte, in die Mitte gezogen.

Bei uns ist es anders, dachte Rupert und gähnte.

»Ich habe nicht gut geschlafen«, sagte Leena, wusch sich die Hände und strich ihren weißen Kittel glatt.

Die Sonne spannte ihr Licht zwischen Fenster und Küchentür, faustdicke Leinen ungeordnet neben- und übereinander, ein Bündel an hellen Seilen. Rupert stellte sich vor, wie sein Vater versuchte, daran die nasse Wäsche aufzuhängen und grinste.

»Ich weiß«, sagte Leena, »ich schlafe oft nicht gut, aber lustig ist das nicht.«

Das Brot war aufgeweicht und löste sich in Nichts auf, wenn Rupert ein Stück mit der Zunge gegen seinen Gaumen drückte.
»Iß dein Frühstück«, sagte Leena.
»Ich habe keinen Hunger«, antwortete Rupert und drehte die Augen nach oben, so daß sie halb im Kopf zu verschwinden schienen.
Dann tunkte er den Löffel in die Schüssel und erwischte zwei große Brotstücke, die er sich in den Mund schob, während ein Rinnsal Milch über sein Kinn lief und auf seine Pyjamahose tropfte.
»Ich lasse mir jedenfalls nie anmerken, wenn ich müde bin. Auf der Arbeit hundert Prozent, weißt du. Dann mögen dich alle. Deshalb bekomme ich ständig Dinge von den Patienten geschenkt. Liebe Stationsschwester, sagen sie, das ist für Sie. Blumen, viel Blumen, aber auch Bücher, manchmal Geld.«
Leena warf das Küchenpapier, mit dem sie die Flüssigkeit auf dem Herd verrieben hatte, in den Mülleimer, band die orangene Tüte zusammen und stellte sie neben die Küchentür, bevor sie den Eimer mit einer neuen, sauberen Tüte auskleidete. Dann trat sie ans Fenster und streichelte im Vorbeigehen ihrem siebenjährigen Sohn über den Kopf.

Draußen schleuderte der Berufsverkehr unkontrolliert Geräusche über die Fahrbahn und den angrenzenden Platz. Leena hatte das Gefühl, das Surren der Motoren hinterlasse kleine Kratzer an der Fensterscheibe, den Fassaden und Bäumen. Auch ihr Wagen, der seit sechs Monaten unbenutzt vor der Haustür, halb auf dem Bordstein, halb auf der Straße geparkt stand, schien von silbrigen Krat-

zern übersät. Sie hörte, wie ihr Sohn den Löffel über den Boden der Schüssel zog und anschließend schlürfte.
»Das aß dein Großvater auch am liebsten zum Frühstück«, sagte sie. »Viel Zucker mußte rein. Wir waren nie so eine knauserige Familie.«
Sie drehte sich um, beugte sich über ihren Sohn und küßte ihn auf die Schläfe. Rupert verdrehte die Augen nach oben und verharrte eine Weile so. Er konnte einige winzige Härchen seiner Brauen sehen und die runde Uhr über der Küchentür, deren Zifferblatt aus einem schwarzen Salamander und im Kreis angeordneten Strichen bestand. Zahlen waren darauf nicht zu sehen, was nichts machte. Es war sieben Uhr. Dann tat ihm die Stirn weh oder die Augen oder die Knochen unter den Augen, er wußte es nicht genau und rollte seine Augäpfel wieder nach unten. Seitlich rutschte seine Mutter in sein Blickfeld. Sie öffnete den Medikamentenschrank über der Spüle und ordnete einige Packungen um.
»Warum trägst du zu Hause immer deine Arbeitskleidung?« fragte Rupert. »Vor allem das Schildchen mit deinem Namen finde ich doof. Ich weiß doch, wie du heißt.«
Leena schloß den Medikamentenschrank und drehte den Wasserhahn auf. Der Strahl schoß auf das Metall der Spüle zu, polterte kurz und spritzte in alle Richtungen. Sie drehte den Hahn wieder zu, sah gerade noch, wie das letzte Wasser im Ausguß verschwand. Ringsum aber hielten sich Tropfen fest. Es würde eine Zeitlang dauern, bis auch sie der Schwerkraft zum Opfer fielen und ihr Einzeldasein sich in der Wassermasse irgendeines Beckens auflöste.
Wie bei den Menschen, dachte Leena, ohne sich entscheiden zu können, was besser war, alles aufgeben, mit dem

Strom schwimmen oder am Rand des Spülbeckens hängen.

»Iß dein Frühstück«, sagte sie.

Rupert nahm die Schüssel in beide Hände und trank die gesüßte Milch, während zermatschte Brotreste auf seiner Oberlippe lagen.

»Rupert ist zwar nett, aber mächtig fett«, sangen Erwin und Milena auf dem Schulhof. Er blickte zur Lehrerin. Die Lehrerin schaute weg.

»Ich weiß nicht, ob das alle in Finnland essen. Konnte ich deinen Großvater nie fragen. Weißt du, mit zehn, da denkt man an so etwas nicht, und als er tot war, hat sich deine Großmutter so verändert, also du bist vielleicht noch etwas klein, aber du verstehst doch, was es bedeuten würde, wenn ich mich nun nicht mehr um dich kümmern würde?«

Rupert stellte die fast leere Schüssel auf den Küchentisch und fischte die zermatschten Brotkrumen heraus.

Die Lichtseile waren zerfasert, hatten sich aufgelöst, sich gestreckt, sich breitgemacht und sich anschließend zu einem durchsichtigen Block zusammengeschoben. Die Wäsche seines Vaters lag auf der Erde. Rupert grinste. Seine Mutter legte einen Lappen auf den Fußboden und wischte die Fliesen.

»Wir werden auf jeden Fall mal nach Finnland fahren, das verspreche ich dir«, sagte sie. »Man muß ja wissen, woher man stammt.«

Ich bin hier geboren, dachte Rupert und schob seinen Stuhl zurück, indem er sich mit den Händen vom Tisch wegdrückte.

Seine Mutter nahm den Putzlappen und wrang ihn über der Spüle aus.

»Deinem Großvater Matti war es in Deutschland immer zu heiß. Sogar im Winter lag er im Unterhemd im Fenster und sah den Wagen zu, wie sie vorbeirauschten. Erkältet hat er sich nie. Nicht wie dein anderer Großvater, dieser dünne Storch.«

Rupert ging aus der Küche in den Flur. Sein Gang war merkwürdig rollend, so als bewege er seine Beine abwechselnd etwas nach außen, bevor sie einen Schritt nach vorn taten. Er rülpste und öffnete die Klotür. Seine Mutter sprach ununterbrochen weiter, während sie den Fußboden wischte. Rupert zog seine Hose über die Knie, klappte den Klodeckel nach oben und setzte sich. Während er pinkelte, umfaßte er mit beiden Händen seinen Bauch.

»Rupert ist zwar nett, aber mächtig fett«, sangen Erwin und Milena und lachten sich schlapp.

Rupert lachte auch und blinzelte in die Sonne, während er das Gefühl hatte, in ihm sei es so dunkel wie auf dem Platz vor ihrem Haus in jener Nacht, als die Lampen plötzlich alle auf einen Schlag erloschen und die Menschen draußen stehengeblieben waren, weil niemand sich mehr getraut hatte, einen Schritt zu machen. Auch die Lehrerin blieb stehen, zog ihren Schuh aus und drehte ihn um.

Rupert sah das Steinchen auf den Schulhof fallen.

»Ausgerechnet Madrid«, hörte er seine Mutter sagen und lachen, »auf der Plaza de Cortes haben sie sich kennengelernt. Matti fütterte Tauben und bot deiner Großmutter Vogelfutter an.«

Rupert drückte die Klospülung und hörte, wie das Wasser die Stimme seiner Mutter mitsamt dem Vogelfutter in die Tiefe zog. Dann ging er zurück in die Küche und setzte sich auf den Stuhl vor seine leere Schüssel. Die Milch hatte das Glas undurchsichtig gemacht. Er hob die Schüssel hoch und versuchte hindurch auf die Pfannen und Tüten zu schauen, die auf dem Schrank über dem Herd und der Spüle standen.

»Das ist die lustigste Anmache, die ich je gehört habe«, sagte Leena und stellte zwei leere Wasserflaschen in eine Plastiktasche.

Rupert senkte die Schüssel langsam. Die Verpackung eines Mixers wuchs über den Rand, Tüten tauchten auf, der Stiel einer Pfanne, dann wurde der ganze Schrank sichtbar.

»Ein Finne und eine Deutsche in Madrid. Das ergab deine Mama«, lachte Leena und füllte Wasser in eine Gießkanne.

Das Licht lag nun wie ein mehrschichtiger Teppich über den Fliesen.

Rupert stellte die Schüssel auf den Tisch und sah, wie sein Vater diesen Teppich an einer Ecke hochhob und die schmutzige Wäsche mit dem Fuß darunterschob. Er lachte.

»Ja, das ist schon lustig«, sagte Leena. »Wir kommen ganz gut ohne deinen Vater zurecht.«

Auf der Uhr über der Tür zeigten die Zeiger Viertel nach Sieben an.

»Ich geh' mich mal anziehen«, sagte Rupert.

Leena drehte den meterhohen, aus Gips und gehärtetem Zeitungspapier gefertigten Kranich, der neben dem Fenster auf dem Boden stand, etwas nach rechts, so daß die Stelle, wo der eine Flügel abgebrochen war, nicht direkt ins Auge sprang, und begann die Blumen auf dem Fensterbrett zu gießen.

»Ich habe heute frei«, sagte sie, »du mußt nicht zur Schule gehen.«

»Aber ich will!« erwiderte Rupert und ging merkwürdig rollend aus der Küche.
Draußen fuhren die Geräusche aufeinander los, stockten, bremsten zuweilen, schleuderten und schoben sich ineinander. Aufgetürmt wie weggeworfener Schrott standen die morgendlichen Klangskulpturen vorm Fenster, während Leena zu ihren Pflanzen sagte: »Es ist genug da für alle! Es ist genug da für alle!« und die kleine blaue Gießkanne von Topf zu Topf führte.
Eine Frau schob ihren Kinderwagen über den Bürgersteig und bückte sich dabei nach vorn über ihr Kind, als habe sie einen Hexenschuß. Ein Junge kam ihr entgegen und wischte mit der Hand über die schmutzige Karosserie von Leenas Wagen. Die Straße lag breit im Sonnenlicht.
Leena stellte die Gießkanne unter die Spüle, nahm die Milchschüssel vom Tisch und hielt sie unter den offenen Wasserhahn, bevor sie sie mit einem nassen Schwamm sauberwischte. Beim Abtrocknen quietschte das Glas mehrmals, und Leena sagte: »Ja, ja.« Sie schaute sich in der Küche um und entdeckte die Milchspritzer auf dem Tisch. Während sie den Schwamm erneut befeuchtete, kam Rupert angezogen in die Küche. Er warf seinen Schulranzen neben die Mülltüte, setzte sich auf den Stuhl und drückte auf seinem Gameboy herum. Leena freute sich, daß ihr Sohn den Ton des Gerätes von Anfang an abgeschaltet hatte.
»Bei mir darfst du das, wenn der Ton aus ist«, sagte sie.
»Ja, Mama«, erwiderte Rupert.
»Man muß den Menschen ihren Willen lassen, weißt du«, sagte Leena. »Dein Großvater wollte zum Beispiel immer nur Fisch essen. Morgens, mittags, abends, immer Sardinen, Forellen, Karpfen, Aal, Heringe, Hauptsache Fisch.

Matti, hat deine Großmutter immer gesagt, probier doch mal etwas anderes. Das hat sie aber immer nur im Winter gesagt, denn dann fühlte sich dein Großvater einigermaßen wohl in Deutschland. Im Sommer war er oft überhaupt nicht ansprechbar.«

Ruperts Daumen sprangen in rasendem Tempo über die Tasten seines Gameboys. Er beugte sich über das Spiel, um das Sonnenlicht vom Display fernzuhalten. In seinem Nacken war kein Lüftchen zu spüren, nicht einmal der Atem seines Vaters.

»Aber im Winter hat sie es oft gesagt. Ich mache dir heute ein halbes Hähnchen, hat sie zu Matti gesagt. Du wirst sehen, wie das schmeckt«, sagte Leena und rieb mit dem Finger über eine Stelle auf der Ablage zwischen Spüle und Herd.

Rupert klemmte seine Zunge zwischen die Backenzähne und kaute leicht darauf herum. Dabei schob er mit seinem linken Mundwinkel die Wange nach oben, bis sein Auge nur noch ein Schlitz war.

»Ich habe oft gedacht, laß ihn«, sagte Leena, »aber das ist leicht gesagt. Und dann mit zehn, was man da halt so denkt. Schnee fiel, und ich kam vom Schlittenfahren, das weiß ich noch wie heute.«

Rupert starrte angespannt auf das Männchen auf seinem Monitor. Noch ein paar Sprünge, dann hatte er es geschafft.

»Dein Großvater war so gut gelaunt. Es war so kalt draußen, und Matti strahlte über das ganze Gesicht. Mach nur, sagte er, heute ist ein Tag zum Nachgeben. Und dann stellte deine Großmutter das Hähnchen auf den Tisch«, sagte Leena und verschränkte die Arme vor der Brust. Sie lehnte an der Kante des Herdes und schaute ihren Sohn an.

Die Sonnenstrahlen hatten sich aus der Küche zurückgezogen und eine farblose Helligkeit hinterlassen.
»Wir saßen am Tisch«, fuhr Leena fort, »und dein Großvater nahm ein riesiges Stück Hähnchen samt Knochen in den Mund. Wir lachten, deine Großmutter und ich. Wir lachten auch noch, als er zu würgen anfing und sich an den Hals faßte. Wir lachten über ihn, wie wir immer über seine Witze lachten. Wir lachten, als er rot im Gesicht wurde, und wir lachten, als sein Kopf auf den Tisch fiel und den Tellerrand traf, so daß die Gabel durch die Luft katapultiert wurde und geräuschlos auf dem Teppich landete. Wir lachten, bis deine Großmutter sagte, jetzt ist aber mal gut, Matti. Da lachten wir nicht mehr. ›Matti!‹ schrie deine Großmutter, ›Matti!‹ Aber da war er schon tot.«
»Ich weiß«, sagte Rupert und atmete hörbar aus.
»Gar nichts weißt du«, brüllte Leena plötzlich, »gar nichts!«
Rupert erschrak so sehr, daß der Gameboy zu Boden fiel. Er blickte seine Mutter an und ließ seinen Unterkiefer dabei etwas nach unten hängen.
Leena spürte, wie sie zu schwitzen begann. Ihre Finger waren gespreizt und ragten scharf in die Küche hinein. Sie sah aus, als wolle sie jeden Moment zum Sprung ansetzen.
Gegen die Fensterscheiben schnitt gedämpft der Verkehrslärm.
Rupert bückte sich und hob den Gameboy auf. Dann setzte er sich wieder auf den Stuhl und blickte seine Mutter an, die noch immer in der gleichen Haltung verharrte. Der oberste Knopf ihres Arbeitskittels war aufgesprungen und das Namensschild leicht verdreht.
Rupert hatte das Gefühl, etwas sagen zu müssen, um seine Mutter aus ihrer Versteinerung zu lösen, aber er wußte

nicht was. Dann nahm er aus dem Augenwinkel die Uhr über der Küchentür wahr, zuerst unscharf, schließlich, mit einer Drehung des Kopfes, sagte er: »Es ist halb acht, Mama, ich muß zur Schule.«
Seine Mutter löste ihre Augen von ihm und blickte nach draußen zu den Baumkronen, die sich bewegungslos über dem Platz hielten.
Bei uns ist es anders, dachte Rupert und ging merkwürdig rollend in den Flur, um seine Jacke anzuziehen. In der Küche schulterte er anschließend seinen Schulranzen und wartete.
Leena sah, wie die Blätter regungslos auf den Ästen saßen und hingen, sich übereinanderschichteten, bis ihre Farben sich zu einem einzigen leuchtenden Grün verdichteten, als einzelne konturlos wurden, um sich als Masse um so deutlicher von den umliegenden Fassaden abzuheben.
»Gehen wir jetzt?« fragte Rupert.
Leena umarmte ihren Sohn und drückte ihn.
Rupert verdrehte dabei die Augen nach oben, so daß sie hinter den Brauen zu verschwinden schienen.
Der Kittel seiner Mutter roch nach Waschpulver. Er spürte ihr Namensschild an seiner Schläfe.
»Ich weiß nicht, ob er zurückkommt, kleiner Mann«, sagte Leena und hielt ihren Sohn in ihren Armen gefangen.
Das habe ich nicht gefragt, dachte Rupert.
Dann ließ Leena ihren Sohn los und schaute ihn lächelnd an.
»Dein Hosenknopf ist ja noch offen«, sagte sie, »so kannst du aber nicht in die Schule gehen.«
»Rupert ist zwar nett, aber mächtig fett«, sangen Erwin und Milena. Die Lehrerin suchte nach etwas in ihrer Jak-

kentasche. Rupert wußte, daß, sooft sie auch suchte, sie nie etwas fand.

»Er geht nicht zu«, sagte Rupert, »das ist mir zu eng.«

»Na, dann lassen wir ihn halt auf«, sagte Leena fröhlich.

Wenn du eine Jackentasche hättest, würdest du auch suchen, dachte Rupert.

Leena griff nach der Mülltüte und ging in den Flur.

Rupert lehnte blitzschnell die Küchentür an, öffnete die Schublade unter der Ablage und nahm ein Fleischmesser mit blauem Griff heraus, das er in seinem Ranzen verschwinden ließ.

»Rupert ist zwar nett, aber mächtig fett«, sangen Erwin und Milena.

Dann folgte er merkwürdig rollend seiner Mutter.

Draußen zogen die Fahrgeräusche Linien über den Asphalt. Rupert sah seine Mutter neben sich die fünf Stufen hinabgehen und schämte sich für ihre Arbeitskleidung.

»Warum fahren wir nicht mit dem Wagen?« fragte er und blickte auf die buschigen weißen Wolken, die wie weggeworfene Watte über den Himmel verteilt lagen.

»Dein Vater ist immer gefahren«, antwortete Leena. »Er hat dich gerne zur Schule gebracht und das Autoradio laut gestellt.«

»Aber du hast doch auch einen Führerschein«, sagte Rupert, während seine Mutter die orangene Tüte in die Mülltonne vorm Haus stopfte.

Es ging kein Wind. Nicht einmal die vorbeifahrenden Wagen verursachten ein Lüftchen, das zu spüren gewesen wäre.

Leena zog mit kurzen Schritten ihre sandalenartigen Schuhe über den Bürgersteig und klapperte sich vorwärts, während ihr Sohn diesen Krankenhausklang zu überhören und darüber hinwegzurollen versuchte. Schon nach kurzer Zeit begann Rupert zu schwitzen. Er rieb sich die Kopfhaut und dachte an das Fleischmesser mit blauem Griff in seinem Schulranzen, dann dachte er an Milena, dann an Erwin und schließlich an die Lehrerin.

Auf den Schulhof fiel ein winziges Steinchen, lautlos und dunkel wie ein warmer Tropfen.

Die hohen Hausfassaden blieben allmählich zurück, verschwanden, wurden durch Hecken und Baumstämme ersetzt. Im Hintergrund brodelte der Verkehrslärm.

Rupert sah auf den staubigen Parkweg und sagte: »Das ist nicht der Weg zur Schule, Mama!«

Linkerhand tauchten die ersten Gartenhäuschen auf, schimmerten durch die Lücken zwischen den Sträuchern und frisch gepflanzten Bäumen hindurch.

»Was hast du gesagt?« antwortete Leena und blickte geradeaus in die Ferne, während sie mit gleichmäßigen Schritten weiterlief.

Rupert wischte sich mit der Hand über seinen feuchten Nacken.

»Nichts«, sagte er und nahm seine Mutter an die Hand.

Irland

»Schau dich doch an«, brüllte Fee und streckte ihm ihre offene Handfläche entgegen, »du siehst aus wie ein Vogel und benimmst dich wie einer. Immer ängstlich in die Ecken. Wehr dich doch mal!«
Gerd Flaumer saß auf dem Fensterbrett in der Küche und hatte seine nackten Füße auf dem Heizkörper stehen.
»Du kapierst das nicht«, sagte er ruhig und ging in den Flur, um seine Socken und Schuhe anzuziehen.
»Ich geh' auch arbeiten und habe meine Probleme mit dem, was ich tue. Wie willst du denn überleben, ohne Geld zu verdienen?« fragte Fee.
Flaumer hörte sie laut durch die Nase atmen, so als plustere sie ihre Lungen auf, um gleich wieder losbrüllen zu können. Er schob seinen rechten Fuß vorsichtig ins Leder und sagte: »In Zukunft werde ich dir nichts mehr erzählen. So eine Reaktion habe ich nicht nötig!«
In der Küche lagen überall Schatten, schoben sich über den Fußboden, knickten ab und ragten die Spüle entlang schräg nach oben.
Fee preßte ihre Lippen zusammen, drückte gleichzeitig ihren Atem aus der Mundhöhle. Ein verächtlicher Laut huschte über den Tisch.
»In Zukunft?« fragte sie und ließ ihren Kopf schaukeln. »Du hast doch gar keine Zukunft, denke ich?«
Flaumer knallte die Tür.

Draußen umarmte ihn gierig das Licht. Er drehte den Kopf seitwärts und blinzelte, während die Kinder ihr Spiel einen

Moment lang unterbrachen und ihn anschauten. Als er losgehen wollte, sah er Fee im ersten Stock im geöffneten Fenster lehnen.

»Immer schön weglaufen!« schrie sie ihm hinterher.

Die Kinder lachten.

Flaumer beeilte sich, die Siedlung zu verlassen, und bog um die Ecke in eine Allee ein, deren Bäume sich allmählich zum Horizont schrumpften.

Dort in weiter Ferne stand ein gleißendes Licht.

Er stieg in seinen aufgeheizten Wagen, startete den Motor und ließ die Fenster herunter.

Du siehst mich nie wieder, dachte er, während die Blätter und Zweige ihre hellgrauen Schatten von der Fahrbahn nahmen und sie beiläufig über das Dach seines Autos zogen.

Ein angenehmer Wind kroch seinen linken Ärmel hoch und verbreitete sich unter dem Hemdstoff. Sitzend merkte Flaumer, daß er vor Wut zitterte.

»Geld! Geld! Geld!« schrie er laut gegen die Windschutzscheibe und drückte sein Kinn auf die Brust. Sein Hals nahm dabei merklich an Breite zu. Gleichzeitig verdrehten seine Augen sich nach oben, um die Fahrbahn im Blick zu behalten.

Er schaltete in den fünften Gang und fuhr mit erhöhter Geschwindigkeit Richtung Stadt.

Im Parkhaus war es so still, wie es nur unter der Erde sein konnte. Nicht einmal die Lüftung summte. Flaumer setzte geräuschlos einen Fuß vor den anderen und horchte in die Tiefe des schwach beleuchteten Raumes. Dann drehte er ruckartig seinen Kopf nach hinten und wieder nach vorn.

Sein Herz klopfte schneller als gewöhnlich.

Er öffnete die Tür zum Treppenhaus und begann den Aufstieg. Schon nach wenigen Stufen kam ihm die Stadt entgegen. Es roch nach Urin und gedämpftem Motorensurren. Dann fielen Stimmen in den Schacht, Gelächter rutschte über die Betontreppe, ein kurzes Hupen. Er öffnete oben leicht außer Atem die Metalltür und trat zwischen die unsichtbaren Lärmblasen der Innenstadt. Sein Herzschlag beruhigte sich.
Im Bordstein sammelte sich Licht und wurde braun.
Flaumer ging am städtischen Theater vorbei und krempelte die Ärmel seines Hemdes hoch.
Die Fassaden legten kurze Schatten vor die Haustüren.
Er nahm den oberen Rand dieser Schatten unter seinen Schritt und lief wie auf einem Grat Richtung Fußgängerzone. An seinem rechten Fuß schmerzte bereits das Nagelbett des großen Zehs. Der Nagel schob sich bei jedem Aufsetzen der Sohle ins Fleisch. Flaumer beschnitt ihn regelmäßig, aber der Nagel wuchs völlig krumm nach unten, ähnlich einer Kralle, so daß sein Zeh sich als zu lang für diese spitze Hornkurve herausstellte. Er verlagerte sein Gewicht auf den Außenrist und ließ seine Vorderzähne mehrmals schnell gegeneinanderspringen, was ein angenehmes Klappergeräusch in seinem Kopf erzeugte.

Menschen strömten ihm entgegen. Eine Frau kaufte Erdbeeren an einem Stand. Der Verkäufer pries ununterbrochen und lautstark seine Waren an, nannte die Preise, brüllte, wie billig doch alles sei, während er die Erdbeerschalen in eine Plastiktüte schob und diese der Frau reichte.
»Wir werden sehen, wer als erster anruft!« sagte Flaumer laut vor sich hin.

Ein Jugendlicher mit weißem T-Shirt und einem Skateboard unterm Arm blickte ihn von der Seite an und grinste. Flaumer grinste nicht zurück.

Im Schaufenster zu seiner Linken lag Damenunterwäsche; in der nächsten Auslage fuhr eine Eisenbahn durch einen Tunnel, dann auf die Kinder zu, die vorm Fenster standen, um erneut im Tunnel zu verschwinden.

Fee fuhr nie in Urlaub. Sie arbeitete, und sie sparte. Flaumer wußte nicht wofür, aber er hatte sich oft anhören müssen, wie elementar das Sparen für das Leben war. Also sparte er auch.

Er sah seinen Schädel, auf dem die dunklen Haare in naßglänzenden Strähnen nach hinten geglättet waren, im Schaufenster eines Schreibwarenladens. Seine Augen erschienen ihm etwas zu rund und zu weit aufgerissen. Sie betasteten abwechselnd sich selbst, dann die Gegenstände hinter ihrem Spiegelbild.

Dort stand eine Staffelei, an der ein großes Foto befestigt war, das grüne Hügel zeigte. Nur am linken Rand lag klein und unscheinbar ein altes Steinhaus.

Dahinter im Laden saß eine Frau an der Kasse und blätterte, den Oberkörper nach vorn gebeugt, in einer Illustrierten. Flaumer sah die kleinen dunklen Härchen in ihrem Nacken. Ihre schwarzen Locken teilten sich und fielen zu beiden Seiten des Halses herab auf ihre Brust.

Er betrat den Laden, ging grüßend an der Frau vorbei, die kaum den Kopf hob, lief zwischen den Regalen auf die Rückwand des Geschäftes zu und schaute sich die Kugelschreiber an, die dort hinter Glas ausgestellt lagen. Etwas Teueres! dachte er und sagte laut: »Na, Fee.«

Zwischen den Regalen roch es nach Chlor, fast wie in einem Schwimmbad. Flaumer nahm sein Portemonnaie

aus der Hosentasche und schaute nach, wieviel Geld er dabei hatte.
»Kann ich helfen?« fragte eine Stimme hinter ihm.
Flaumer drehte sich um und bellte: »Kugelschreiber!«
Das Wort platzte einfach heraus.
Der Verkäufer trat einen Schritt zurück und streckte den Hals. Dann ging er um Flaumer herum und schloß die Vitrine auf.

Im Geschäft war es kühl. Flaumer spürte, wie die Luft an seinem Nacken vorbeizog, seine nackten Unterarme streifte.
»Wollen Sie einen Kugelschreiber oder einen Tintenroller?« fragte der Verkäufer und griff, ohne die Antwort abzuwarten nach einem schwarzen dicken Schreibgerät mit Goldverzierungen.
»Es muß einer für die Ewigkeit sein«, sagte Flaumer, drehte den Kopf und sah zu der Frau an der Kasse hinüber.
»Oh, die halten alle lange«, sagte der Verkäufer lächelnd.
»Ich weiß nicht, ob das reicht«, antwortete Flaumer und runzelte die Stirn.
Der Verkäufer kniff einen Moment lang die Augen zusammen, so als sehe er nicht gut, blickte dann über Flaumers Schulter hinweg ebenfalls zur Kasse.
Die Frau befeuchtete ihren Daumen und Zeigefinger und blätterte eine Seite um. Flaumer sah die Spitze ihrer Zunge zwischen den Lippen hervorschnellen, bevor ihr Mund wieder hinter den herabfallenden Haaren verschwand.
»Sie können ihn gerne ausprobieren«, sagte der Verkäufer und hielt Flaumer den Kugelschreiber entgegen.
Flaumer schraubte die Verschlußkappe ab und sah auf die Spitze.

»So ein Stift ist ein Prestigeobjekt«, sagte der Verkäufer, »der macht sie zu einem Mann, dem man etwas zutraut. Die Leute sehen so einen Kugelschreiber und denken, wer damit schreibt, der bestimmt, was morgen passiert. Und weil die Menschen sich alle für morgen interessieren, interessieren sie sich auch für Sie. In so einem Gerät steckt Philosophie.«

Über der Vitrine hing ein weiteres Foto mit grünen Hügeln. Diesmal standen einige gesprenkelte Schafe darauf herum.

Flaumer hatte plötzlich das Bedürfnis, die Frau an der Kasse zu beeindrucken. Er sah einen gleißenden Horizont hinter den Hügeln auf dem Bild; Wind eilte darauf zu. Die Wolle der Schafe zitterte.

Er hielt die Spitze des Kugelschreibers dicht vor seine Augen und sagte mit lauter Stimme: »Zukunft ist doch nur dann interessant, wenn man sie selbst erlebt, und dann heißt sie bereits anders, ist keine Zukunft mehr. Im Moment leben! Es sich gutgehen lassen! Das ist ein Motto.«

»Da sagen Sie was«, erwiderte der Verkäufer und deutete auf den Kugelschreiber in Flaumers Hand. »Ein schönes Modell.«

Die Frau an der Kasse blickte kurz zu ihnen herüber. Flaumer konnte ihr gerade noch zulächeln, dann versank sie erneut zwischen den Blättern ihrer Illustrierten.

»Glauben Sie, daß man die Zukunft beeinflussen kann?« fragte Flaumer den Verkäufer, während er die Hand mit dem Kugelschreiber sinken ließ und die Kasse im Blick behielt.

Die Luft begann etwas wilder durch den Laden zu zirkulieren. Einige Zeitungen winkten kurz mit ihren Schlagzeilen und beruhigten sich wieder.

»Ich meine damit nicht den Kühlschrank auffüllen, damit Sie auch morgen etwas zu essen haben, wenn Sie von der Arbeit kommen«, fuhr Flaumer fort. »Ich meine etwas Fundamentales.«

»Also ...«, sagte der Verkäufer und folgte Flaumers Blick in Richtung Kasse.

Er hat bereits verloren, dachte Flaumer und sagte: »Es könnte ja auch sein, wir geben uns Mühe, versuchen alle Entscheidungen so zu treffen, daß die Zukunft berechenbar wird, und übersehen dabei, daß doch jeder Weg nach Rom führt, egal in welche Richtung wir losmarschieren. Alles vorherbestimmt. Ist das Religion?«

Flaumer wunderte sich über die plötzliche Leichtigkeit, mit der er argumentierte. Sein Hirn schlug ungewohnte Kapriolen. Er sprang vom Zehn-Meter-Brett, drehte eine Pirouette, landete elegant im Wasser und verbeugte sich anschließend. Die Frau an der Kasse saß am Beckenrand und war beeindruckt.

Der Verkäufer setzte unschlüssig einen Fuß hinter den anderen, schaukelte kurz mit dem Oberkörper, ehe er beide Füße wieder nebeneinander plazierte. Er schluckte und sagte heiser: »Gehen Sie mir aus der Sonne!« Auf seinem Gesicht bewegten sich blitzschnell und unkontrolliert die Nerven, schienen durcheinander zu huschen, sich zu verirren, ehe sie sich wieder zu einem leblosen Ausdruck ordneten. Dann lächelte er.

»Was?« sagte Flaumer, verlor den nach vorn gebeugten Oberkörper der Frau für kurze Zeit aus den Augen und schaute dem Mann auf den gekrümmten Mund.

»Der Philosoph, Sie wissen schon«, sagte der Verkäufer und blickte nervös zwischen Kugelschreiber und der Frau an der Kasse hin und her, »der im Faß.«

In seinem Gesicht glaubte Flaumer ein Flehen auszumachen.
Von den Hügeln verdunstete der Tau. Die Vitrinentür spiegelte das Deckenlicht und vibrierte kaum sichtbar im Wind.
»Und was hat die Zukunft ihm gebracht?« fragte Flaumer und ließ sein Kinn auf die Brust fallen, so daß sein Hals sich zu beiden Seiten kropfartig aufblähte.
Der Verkäufer errötete und geriet außer Atem.
Flaumer verstand, daß dieser Mensch sich endgültig zu weit hinausgewagt und nun Angst hatte, jenseits des Horizonts abzustürzen. Die Frau an der Kasse konnte ihn nicht auffangen. Ihre Illustrierte taugte nicht zum Sprungtuch.
»Den nehme ich«, sagte er und hielt den Kugelschreiber mit zwei Fingern hoch über seinen Kopf.
Der Verkäufer stellte sich auf die Zehenspitzen und schien nach dem Kugelschreiber springen zu wollen. Die Frau an der Kasse räusperte sich und starrte in ihre Richtung. Flaumer zahlte. Die Frau konzentrierte sich auf die Scheine und schloß die Kassenschublade.
Flaumer blieb noch einen Moment lang stehen und blickte auf ihren Mittelscheitel. Dann steckte er das Schreibgerät in seine Hemdtasche und wollte zur Tür hinaus.
»Nehmen Sie lieber den Hinterausgang«, sagte der Verkäufer und lächelte verlegen.
Flaumer nickte, ging zwischen den Regalen hindurch und trat rechts hinten durch die Glastür hinaus in eine Seitenstraße. Er legte eine Hand auf die Brusttasche, fühlte den Kugelschreiber und überlegte, ob er zurückgehen und die Frau zum Essen einladen solle, als ihn ein Schlag auf den Hinterkopf traf. Er taumelte leicht nach vorn, spürte ein

Brennen im Nacken und sah, wie der Fahrradfahrer, der an ihm vorbeischoß, seinen Lenker wieder umfaßte und weiterfuhr. Flaumer schaute ihm fassungslos nach, bis er um die Ecke gebogen war. Dann ging auch er weiter, seinen rechten großen Zeh so wenig wie möglich belastend.

Die Sonne lag regungslos am Ende der Fußgängerzone auf einem hohen Podest und brachte die Erdbeeren an den Ständen zum Schwitzen.

Vor einem Geldautomaten saß ein Obdachloser und hielt Flaumer seinen Plastikbecher entgegen. Flaumer sah einen Moment lang Fees Gesicht vor sich, warf eine Münze in den Becher, und der Mann rutschte etwas zur Seite, so daß Flaumer an die Tastatur des Automaten kam und seine PIN-Nummer eingeben konnte.

Schülerinnen probierten Armreifen und Ohrringe an, die zwei Meter weiter auf einer Decke auf dem Boden lagen, während ihre Begleiter rauchend danebenstanden und möglichst unbeteiligt wirkten. Ein Mann mit verkrüppelten Händen und einem Zylinder auf dem Kopf betätigte die Kurbel seiner Drehorgel und nudelte alte Schlager ab.

Ich werde kündigen, dachte Flaumer. Er legte seinen Kopf in den Nacken und sah einem Vogelschwarm zu, der wie eine aufgerissene dunkle Wolke in Zeitlupe über die Dächer und die Fußgängerzone zog.

Das Nagelbett seines rechten Zehs fühlte sich roh und entzündet an.

»Geh doch nach Hause!« schrie eine der Schülerinnen ihren Begleiter an.

Flaumer steckte die Geldscheine in seine Hemdtasche zum Kugelschreiber, grüßte den Bettler mit einem Kopfnicken und sagte laut: »Das werde ich tun.«

Zwei Tage später war nichts geregelt, aber alles gepackt.
Fee hatte sich noch immer nicht gemeldet, dafür hatte Flaumer gekündigt, zumindest den Brief zur Post gebracht und anschließend eine Reise gebucht. Er hätte Fee gerne am Telefon mitgeteilt, daß er nun für eine Weile weg sei und etwas Geld verschleudern würde, aber selber zum Hörer greifen wollte er nicht.
Er verließ seine Wohnung und trat in den Nachmittag.
Das Licht sprang schonungslos aus den Dachrinnen auf alles, was herumstand oder sich bewegte.
Flaumer schlich dicht an den Fassaden entlang und atmete heiße Luft, so als sei der Bürgersteig ein einziger Heizungsschacht. Er bog in eine Seitenstraße ein und schaute sich im Vorbeigehen die Nacktbilder in den Glaskästen neben den Eingangstüren der Clubs an. Die Frau an der Kasse des Schreibwarenladens fiel ihm ein. Dann stellte er sich Fee in der Badewanne vor.
Über den abgedunkelten Fensterscheiben hingen blaß und verstaubt die Leuchtschilder.
Er zog an seinem Hemdkragen, versuchte etwas Luft über seinen feuchten Rücken zu fächeln. Seine rechter großer Zeh schmerzte bereits.
Daß jemand so etwas nicht kapiert, dachte Flaumer und ärgerte sich, daß er in Gedanken schon wieder bei Fee war. Um sie zu bestrafen, beschloß er, einen der Läden zu besuchen. Er schlenderte einige Meter weiter und sprang die fünf Stufen bis zur Eingangstür des »Paradiso« hoch.
Dort saß ein Mann mitten auf der Treppe, und Flaumer wäre fast über ihn gestolpert.
Er entschuldigte sich.
Der Mann sagte nichts, hob nicht einmal den Kopf, blieb

einfach sitzen, bis alles um ihn herum nach und nach still wurde.
Flaumer achtete instinktiv auf die Lautstärke seines Atmens. Im gleichen Augenblick begann sich das ganze Viertel zu drehen, schien wie durch einen ungeheuren Sog in Flaumers Schädel einzudringen. Dinge wurden vermengt und vermischt, bis kein klares Bild mehr übrigblieb. Sein Herz pumpte, als fließe zu viel Blut durch die Adern.
Fee sagte: »Läufst du schon wieder weg!«
Obwohl er nun im Schatten des Hauseingangs stand, und es hier etwas kühler war als vor den Fassaden, entließ Flaumers Körper mit unangenehmer Geschwindigkeit Schweißtropfen in sein Hemd. Er merkte, wie überflüssig seine Arme an den Schultern hingen, verschränkte die Hände auf dem Rücken und spürte sein ganzes Gewicht im großen Zeh.
Die Tür vor ihm blieb geschlossen.
»Warten Sie auch?« hörte Flaumer sich plötzlich fragen.
Seine Stimme hatte tief im Hals den richtigen Ton gesucht und verkratzte Stimmbänder gefunden.
Der Mann hob den Kopf, schaute ihn von unten an. Die stoppeligen Haare wirkten wie eine Warnung.
Flaumer ignorierte sie und fragte: »Geschlossen?« Dabei zeigte er auf die Tür im Rücken des Mannes.
Zwischen den Wänden des Eingangsbereiches begann die Luft zu kochen.
Flaumer hatte das Gefühl, irgend etwas entziehe seinem Mund den Speichel. Er atmete tief ein. Sein Rücken zeichnete einen See in sein Hemd, ließ das Salzwasser über die Ufer treten.
Dann schrie jemand: »Hey, Russe! Wen haste denn da mitgebracht?«

Unten am Treppenansatz stand ein glatzköpfiger Mann in einem Sakko und schneuzte sich. Das benutzte Papiertaschentuch warf er gegen Flaumers Hosenbein und zündete sich, die Augen hinter der Brille immer auf Flaumer gerichtet, eine Zigarette an.

»Kenne ich nicht. Will ficken!« antwortete der Mann vor der Eingangstür und stand auf.

Flaumer spürte, wie das Blut in seine Schläfen schoß. Er drückte seinen Rücken gegen die Wand und ließ den Mann die Treppe hinabgehen.

»Du bist spät dran«, sagte der Russe in die Rauchwolke hinein.

»Hab' noch die Katze gefüttert«, antwortete der Mann mit der Glatze und blies Rauch in einem spitzen Strahl in den Hauseingang.

»Noch immer Schnupfen?« fragte der Russe, während sie sich entfernten.

Flaumer stand allein auf der Treppe und fühlte jede Pore in seinem Gesicht. Er schloß die Augen und wischte sich den Schweiß vom Mund.

Stille lag erneut im Eingangsbereich. Nur von weitem drang der Verkehrslärm in die Straße und mit ihm ein kühler Windstoß.

Flaumers Herzschlag beruhigte sich. Fee saß am Küchentisch und lachte. Er blies seinen Atem zwischen die Wände, und Fee löste sich in einem leichten Zwiebelgeruch auf.

Als Flaumer seine Augen wieder öffnete, stand der Russe dicht vor ihm. Flaumer entfuhr ein Schrei. Seine rechte Hand schnellte schützend hoch.

»Wußtest du nicht, daß Russen nicht viel reden?« fragte der Russe.

Flaumer öffnete den Mund.
Nach fünf endlosen Sekunden flüsterte er: »Nein, das wußte ich nicht. Entschuldigung.«
Der Russe schaute ihm in die Augen, drehte sich um und verschwand.
Flaumer drückte die Klinke nach unten und glitt ins Innere des Clubs.

Von der Decke hingen mehrere lange Kabel und mündeten jeweils in einen mit Stoff bezogenen Schirm, in dessen Mitte eine Glühbirne schwach leuchtete. Rechter Hand war der Raum in Sitznischen, die durch schmale geschwungene Holzkonstruktionen voneinander getrennt waren, eingeteilt und endete am Fuße einer kleinen Bühne, über der sich eine Discokugel langsam drehte.
Flaumer dachte, so winzig also sieht das Paradies aus, blickte hinter sich die Stufen hinab auf den leeren Bürgersteig und schloß die Tür. Der Russe war weg.
Links an der Theke saßen drei Frauen auf Barhockern und tranken Kaffee. Musik winselte um das spärliche Licht, lief die Wände hinab, verteilte sich auf dem Teppichboden.
Eine der Frauen stand auf und ging hinter den Tresen, während die beiden anderen wegschauten.
Es war kühl hier, und Flaumer hatte sofort das Bild von Fees Küche vor Augen.
Er grüßte und bestellte ein Bier.
Zwischen den Flaschen hinter der Theke standen kleine Plastikpalmen, über die abwechselnd rotes, gelbes und blaues Licht fiel.
Flaumer bezahlte sein Getränk und stützte sich mit verschränkten Armen auf die Theke. Er wartete, aber nichts geschah.

Nur der Schmerz in seinem rechten Zeh ließ etwas nach.
Fee sagte: »Und nun?«
Aus den Boxen tropfte »Je t'aime«.
»Nichts«, sagte Flaumer.
An der Decke, die über den Lampenschirmen fast vollständig im Dunkeln lag, zitterten kaum sichtbar einige Goldgirlanden.
Er hatte sich das anders vorgestellt in so einem Club. Vor allem die Frauen schienen überhaupt kein Interesse an ihm zu haben, blieben einfach sitzen, ignorierten ihn. So als hätten sie bereits genug verdient, dachte Flaumer und trank. Die Frau hinter der Theke nahm eine Fernbedienung vom Flaschenbord und zielte auf die Wand am Ende der Bühne. Im gleichen Augenblick begann ein Mann sich dort auf der Leinwand auszuziehen und trat auf die vor ihm kniende Frau zu.
Flaumer tat, als interessiere ihn der Film nicht, drehte den Kopf zur Seite und betrachtete die Palmen auf dem Flaschenbord. Nach einer Weile sah er zu den beiden Frauen, die am anderen Ende des Tresens vor ihren Kaffeetassen saßen, hinüber, vertiefte sich in den Schaum seines Getränkes und schielte dann doch wieder auf die Leinwand.
Die kniende Frau schaute ihn direkt an, während sie kaute.
Flaumer streckte seinen Hintern etwas nach hinten und versuchte, sein Geschlecht richtig zu plazieren, ohne die Hand zwischen seine Beine schieben zu müssen. Dabei preßte er sein Kinn auf die Brust, so daß sein Hals sich nach beiden Seiten zu einem prächtigen Oval formte.
Die Frau hinter der Theke legte die Fernbedienung zurück auf das Regal und setzte sich zu ihren Kolleginnen.
Fee stellte die Tassen auf die Spüle.

Die Frauen sprachen nicht miteinander, hockten nur da und starrten Löcher in die Flaschen. Ihre hohen Absätze waren im unteren Metallring des jeweiligen Barhockers eingehakt und schienen sie an ihren Platz zu ketten.
Eine der Frauen war eine Asiatin. Flaumer bemerkte, daß sie eine Schiene an der rechten Hand trug und zwei ihrer Finger in einem Gipsverband steckten. Er trank sein Bier aus und sah, wie die Frau auf der Leinwand sich, immer noch kniend, umdrehte und ihre Lippen spreizte.
»Komm mit!« sagte sie.
Flaumer verstand zuerst nicht, weil die Sängerin aus den Boxen noch immer »Je vais et je viens« stöhnte.
»Komm mit!« sagte die Frau noch einmal.
Flaumer drehte sich um und blickte in ein stark überschminktes Gesicht.
Sie hatte lange schwarze Haare wie die Frau an der Kasse im Schreibwarenladen, und Flaumer folgte ihr durch eine Tür neben der Theke in ein Treppenhaus und von da in ein Zimmer im ersten Stock. Während des Aufstiegs zählte sie ihm die Preise und die damit verbundenen Dienste auf, zog sich, nachdem sie die Tür oben geschlossen hatte, sofort aus und forderte Flaumer auf, das gleiche zu tun.
Sie war recht klein und hatte O-Beine.
Flaumer bat sie, sich hinzulegen, und schob sich zwischen ihre Schenkel. Als er in sie eindrang, kam ihm der Gedanke, dies könnte sein letzter Beischlaf sein, und er fühlte, wie der Gedanke ihn erregte. Er bewegte sich hin und her, und jedesmal, wenn er sich mit den Füßen abstützte, ging ein Schmerz durch seinen rechten Zeh.
Um ihn herum wurde es dunkler.
Er bewegte sich schneller; der Schmerz wurde größer, er lief und rannte, sein Fuß war nur noch ein Klumpen Blut.

Sein Kommen empfand er als beiläufig, was ihm im nachhinein leid tat.
Er bezahlte die Frau. Und sie zogen sich jeder für sich wieder an. Flaumer grüßte, und die Frau sagte, während sie ihre langen Haare nach hinten über ihre Schultern warf: »Weißt du, daß du ständig mit den Zähnen klapperst, während du rammelst?«
Flaumer wollte etwas antworten, aber die Frau unterbrach ihn und sagte: »Am besten du benutzt den Hinterausgang. Die Treppe runter und dann um 180 Grad nach rechts.«

Als Flaumer seinen Fuß auf den Bürgersteig setzte, fühlte er das Blut noch immer in seinem Zeh klopfen. Er drehte ruckartig den Kopf und schaute hinter sich. Kein Russe weit und breit. Nur die Sonne beanspruchte den Asphalt und schien sich gegen die wachsenden Schatten der Häuser zu wehren.
Flaumer eilte leicht hinkend auf den Verkehrslärm zu, setzte sich in ein Café am Straßenrand.
Vor ihm schoben sich die Wagen in langen Kolonnen in beide Richtungen. Wenn man nicht genau hinhörte, sondern seine Ohren in Ruhestellung brachte, verbanden sich die Motorengeräusche zu einem gleichmäßigen Rauschen, das hin und her schwappte. Flaumer hängte seinen Blick an die gegenüberliegende Dachrinne und schaute in die Ferne.

Meer. Gischt. Jodgeruch. Ein Schwappen der Wellen gegen Beton. Obwohl es erst halb sieben Uhr morgens war, herrschte im Hafen von Calais ein Treiben wie in einem Termitenbau. Menschen liefen aufgescheucht zwischen

Containern auf und ab, Wagen fuhren ruckartig an und standen plötzlich quer. Rufen, Gebrüll. Und über allem die aufdringlichen Schreie der Möwen, die das diesige Sonnenlicht in ihrem Gefieder mitschleppten, es immer wieder vom offenen Meer herholten und es um die ankernden Schiffe streuten.

Fee hatte sich noch immer nicht gemeldet.

Flaumer steuerte seinen Wagen in den Bauch der Fähre. Dann ging er mit unzähligen anderen Menschen die Treppe hoch und betrat auf dem zweiten Deck eine der Bordgaststätten mit dem Namen »La Parisienne«.

Es wimmelte überall nur so von Passagieren. Wie farblose Fremdkörper klatschten sie auf den samtblauen Hintergrund des Lokals. Auch die Sessel und Tische, auf denen sich vereinzelt massives Handgepäck stapelte, strahlten hie und da ein klares Meerblau zwischen die Gäste.

Flaumer setzte sich an einen Tisch, über den sich bereits eine junge, etwa dreißigjährige Frau beugte und mit angestrengtem Gesicht ihr Schinkenbaguette aß. Er blieb eine Weile sitzen, beobachtete die Frau aus dem Augenwinkel, ihr merkwürdig verzerrtes Gesicht, jedesmal wenn sie kaute, und stand wieder auf, um nach einem Kellner Ausschau zu halten.

Die umstehenden Mitreisenden hielten sich wie riesige Algen im Raum, schaukelten hin und her und trübten die Sicht.

Flaumer ließ sich zurück in den Sessel fallen und sagte: »Sind ja auch nur eineinhalb Stunden bis Dover.«

Die Frau unterbrach einen Moment lang ihr Kauen und sah ihn an.

Flaumer nickte ihr zu und sagte: »Ist ja nicht weit, und so dringend brauche ich den Kaffee auch nicht.«

Die Frau schaute wieder auf ihr Baguette und biß vorsichtig, als könnte der Schinken heiß sein, ein kleines Stück ab.

Frauen benehmen sich alle gleich, dachte Flaumer, besah sich die Rücken der Passagiere, die Hinterköpfe, die ausrasierten Nacken und Ohrringe.

Beine wuchsen aus kurzen Hosen, Finger hakten ineinander und verloren sich wieder. Ein Mann im Profil gähnte und zeigte eine matte Goldkrone. Kinder zogen an den Handtaschen ihrer Mütter. Die Frau neben Flaumer schlug die Beine übereinander, wobei ihr rechtes Hosenbein etwas hochrutschte und den Blick auf einen rosa Schuh mit hohem, bleistiftdünnem Absatz freigab. Sie hatte die Zehennägel rot lackiert, und Flaumer wunderte sich etwas über die Kombination Rucksack und Pfennigabsätze. Fee trug immer nur Turnschuhe.

Er legte die Hand auf seine Hemdtasche und befühlte den Kugelschreiber, den er sich vor drei Tagen gekauft hatte.

Von der Decke seesternte das Licht aus hunderten Halogenstrahlern und verschwamm in der Endlichkeit des Bordrestaurants.

Flaumer konzentrierte sich auf eventuelle Bewegungen des Schiffes, aber er spürte nichts. Draußen entfernte sich womöglich bereits das Festland. Der Hafen wurde kleiner, ein Baukasten, der in den Wellen hing und sich langsam auflöste. Eine frische Brise streifte seine Schultern. Über der Siedlung ging die Sonne hoch. Fee saß in der Küche und wartete.

Flaumer war unterwegs.

Seine Bauchmuskeln begannen unkontrolliert zu zucken und preßten schubweise Glücksgefühle durch seinen Körper.

»Sie reisen bestimmt so um die ganze Welt, was?« hörte er sich sagen.
Die Frau hielt ihr zur Hälfte verspeistes Baguette mit beiden Händen vor ihren Mund und antwortete nach einem Moment, ohne ihren Kopf zu wenden, so als spräche sie mit dem Weißbrot: »Nein.«
Flaumer dachte, sie will nicht reden, und sagte: »Ich fahre nach Irland. Waren Sie schon oft da?«
Die Frau kaute bedächtig auf ihrem Bissen und kniff dabei immer wieder das linke Auge zusammen.
»Nein, noch nie«, sagte sie schließlich.
Flaumer sah auf ihren Fuß, auf die rote Farbe ihrer Nägel und bewegte seinen großen Zeh leicht auf und ab. Ein dumpfer Schmerz kroch langsam bis in seine Ferse und verebbte.
»Aber Sie sind schon viel gereist«, sagte er mehr vor sich hin, als die Frau ansprechend.
Die Frau ließ sich etwas zu brüsk nach hinten in den Sessel fallen und schaute Flaumer mit leicht geöffnetem Mund an. Er sah ihre Zunge über die Innenseite der Unterlippe streichen. Einige Brotkrümel fielen in ihren Schoß.
Sie atmete durch die schmale Nase ein und sagte leise: »Nein, das ist meine erste Reise, soweit Sie damit Urlaub meinen.«
Sie sagt oft NEIN, dachte Flaumer, keine gute Basis für ein Gespräch.
Er nahm seinen Kugelschreiber aus der Hemdtasche, schraubte die goldverzierte Verschlußkappe ab, griff nach einem Prospekt, der auf dem Tisch lag und tat, als notiere er einen Einfall darauf. Während er schrieb, fragte er: »Wo kommen Sie her?«
»Ich bin Russin«, sagte die Frau schnell und deutlich und

schob sich mit dem langen Nagel ihres kleinen Fingers ein Stückchen Schinken aus dem Mundwinkel zwischen die Lippen.

»Ach so!« rief Flaumer, unterbrach seine Kritzelei und schaute ihr direkt in die Augen, »ich weiß, Russen reden nicht viel!«

Die Frau wirkte irritiert, schob ihren Kopf leicht nach hinten, ohne dabei ihren Hals zu bewegen, so daß ihre halblangen braunen Haare nach vorn über die Ohren rutschten, und sagte mit vollem Mund: »Blödsinn! Ich habe den Mund voller Aphthen, und das tut weh, sowohl beim Essen als auch beim Reden.«

Flaumer entschuldigte sich, fragte sich aber im gleichen Augenblick, weshalb er das tat und sagte: »Ich war noch nie auf einer Fähre. Mir ist ganz merkwürdig zumute, obwohl man vom Meer ja eigentlich gar nichts merkt. Dieser Koloß, in dem wir sitzen, schaukelt ja nicht einmal. Aber fliegen konnte ich nicht, das ging wirklich nicht.«

Er legte den Prospekt mit seinem Gekritzel auf den Tisch, setzte die Verschlußkappe auf den Kugelschreiber und legte ihn quer über das Papier.

»Wenn ich ehrlich bin ..., also ..., ich bin mir nahezu sicher ..., wenn ich ein Flugzeug besteige, dann stürzt es ab. Das nennt man wohl Flugangst«, sagte Flaumer. Er stützte sich auf den Arm des Sessels und näherte so seinen Oberkörper der Frau. In ihm war plötzlich eine Aufgeregtheit, als hielte er das Schicksal von einigen hundert Menschen in seinen Händen. »Sie können ruhig lachen. Ich weiß selbst, wie verrückt das klingt, aber wäre ich geflogen, hätte ich alle anderen Passagiere mit in den Tod gerissen. Ich wäre verantwortlich gewesen«, sagte er und nickte mehrmals. Dabei drückte sein Kinn sich federnd

gegen seine Brust und pumpte seinen Hals nach beiden Seiten für einen kurzen Moment auf.
Die Frau legte ihr Baguette auf den Tisch neben den Kugelschreiber, öffnete eine Seitentasche ihres Rucksacks, aus der sie eine Wasserflasche hervorkramte und trank.
»Juristisch gesehen überschätzen Sie sich gewaltig«, sagte sie und spülte ihren Mund erneut aus.
Das Licht an der Decke flackerte kurz, verteilte sich dann wieder gleichmäßig in Form ausufernder Sterne zwischen die Passagiere.
Flaumer wurde klar, daß er auf der Stuhllehne hing und sich etwas zu weit hinüberbeugte.
Er richtete sich auf und dachte, was rede ich da eigentlich?
Seine Euphorie war mit einem Schlag verschwunden und flutete übergangslos ins Gegenteil.
Nebel zog am Schiff vorbei. War der Hafen von Dover bereits in Sicht?
Möwen warfen ihre schrillen Begrüßungsrufe zwischen die Stimmen der Reisenden.
Flaumer hatte plötzlich das Gefühl, in sich zusammenzufallen. Seine Reiselust verschwand in einem schwarzen Loch. Er stand auf, nickte der Frau zu und schob seinen Körper zwischen den Passagieren hindurch. Die Treppe zum Unterdeck hing fest in ihren Verankerungen. Vorsichtig stieg er die Stufen hinab in den Bauch des Schiffes, schloß seinen Wagen auf und setzte sich hinein.
Als die Klappe im Schiffsrumpf sich öffnete, fuhr er von Bord, lenkte seinen Wagen aus Dover heraus, an London vorbei, Richtung Liverpool.
Im ersten Kreisverkehr drehte er viermal die Runde, bis er die richtige Ausfahrt fand.

Nach einer Stunde hatte er die Sonne schräg hinter sich, und die Straße wurde schmal. Flaumer suchte unkonzentriert nach Ortsschildern oder Wegweisern. Er fand keine.
Die Fähre in Liverpool legte erst um 22.00 Uhr nach Dublin ab. Er hatte Zeit, aber es begegnete ihm kein Wagen auf dieser Landstraße, was er seltsam fand.
Er öffnete das Beifahrerfenster und ließ den Wind über den Rücksitz wirbeln. Im Rückspiegel tunkten Rinder ihre mächtigen Schädel in die Wiesen.
Vielleicht sollte ich Fee doch anrufen, wenn ich angekommen bin, dachte Flaumer und legte seine Hand auf die Hemdtasche. Der Kugelschreiber fehlte. Er sah an sich hinab auf den Sitz zwischen seinen Beinen und wieder auf die leere Straße vor ihm. Dann blickte er auf den Beifahrersitz, hob eine Plastiktüte mit Bananen und einigen Butterbroten hoch und schaute darunter.
Der Kugelschreiber war weg.
Links und rechts wischten die Zaunpfähle an ihm vorbei. Dahinter grünte das Land in den Tag.
Mit seiner Linken hielt er das Steuer und bückte sich nach einem kurzen Blick auf die Fahrbahn nach rechts unten, um unter den Beifahrersitz zu fassen und den Boden abzutasten.
Nichts.
Nur eine alte Rechnung und ein roter Golfball, von dem er nicht wußte, wie er in seinen Wagen gekommen war.
Als er den Kopf wieder hob und nach vorne blickte, raste ein gleißendes Licht auf ihn zu.
Flaumer begriff, daß er auf die rechte Fahrbahn geraten war und ihm ein Laster entgegenkam. Er versuchte zu bremsen, stemmte sich gegen das Pedal, bis er das Gefühl hatte, sein großer Zeh müsse zerspringen.

Der Fahrer des Lasters hupte mehrmals.
Flaumer sah noch, daß er eine Lederjacke trug.
Dann rutschten die Scheinwerfer des Lkws über die Motorhaube ins Innere des Wagens und drückten sein Kinn gegen das Brustbein.
Flaumer fühlte, wie sein Hals seitlich platzte.
Etwas weiter hinten ordnete sich das Licht im wilden Gras der Wiesen.
Zwei Schafe hoben gleichzeitig den Kopf.

Golden Retriever

Rino Polokatt nahm sich Dinge nicht vor. Sie passierten einfach. Erst kaufte er Wurst, dann war ihm, als müßte er noch einen Moment vor der Metzgerei warten.
Das Licht schlenzte über die Schaufenster, blitzte in einer Ecke auf, verschwand, funkelte über die Wagen und stach ohne Vorwarnung an anderer Stelle auf die Rücken der Passanten ein. Die Sonne hat keinen Mittelpunkt, sie zappelt, dachte Rino und legte eine Hand auf seinen Kopf.
Dann tauchte diese Frau mit ihrem beige-braunen Vierbeiner auf. Sie band das Tier am Fahrradständer fest, und Rino kam so eine Idee.
Als die Frau im Metzgerladen verschwunden war, schaute Rino nach oben ins gleißende Licht, trat dann mit dunklen Punkten vor den Augen auf das Tier zu, gab ihm eine Scheibe Wurst und band es los.
Die tränenden Augen stiegen willenlos in seinen Wagen.

Zu Hause lag der Hund im Wohnzimmer vor dem Sofa, während Rino einen großen Metallhaken in die Decke schraubte.
Durch das offene Fenster drang türkische Musik.
Rino schwitzte und stieg von der Leiter. Dann band er dem Tier die hinteren Pfoten zusammen, schleppte es die Leiter hoch und hängte es mit einem Ruck an den Haken.
Der Retriever begann sofort zu jaulen und wirbelte mit den Vorderpfoten die Luft im Zimmer um.
Rino schaltete das Tonbandgerät auf »Aufnahme«.
Der Hund schrie.

Rino Polokatt war erstaunt.
Hektisch schaukelte das Tier hin und her.

Zwei Stunden später war es stiller geworden.
Rino saß auf dem Sofa.
Der Hund hing ruhig am Haken. Ab und an knurrte er leise.
Die türkische Musik war nicht mehr zu hören.
Rino wunderte sich, daß das Tier bislang nicht gebellt hatte. Es hatte eine ganze Palette an Geräuschen von sich gegeben, aber es hatte nicht gebellt. Rino Polokatt stand auf, kniete sich vor das Tonbandgerät, wechselte die Tonspule und drückte erneut auf »Aufnahme«. Dann ging er in die Zimmerecke neben der Eingangstür, zielte und schoß dem Retriever mit dem Luftgewehr in den Bauch.
Die Sonne legte ein dunkles Tuch über das Sofa.
Der Retriever hatte viel Licht.

Abends im Treppenhaus sagte die Nachbarin: »Herr Polokatt, Sie wissen, daß Hunde im Haus nicht erlaubt sind, oder?«
»Er weiß nicht, wohin«, sagte Rino.
Die Nachbarin dachte nicht daran, ihren Blick zu lockern.
Nach einer Weile zog sie ihre linke Augenbraue hoch, drehte sich wortlos um und schloß die Tür ihrer Wohnung von innen.
Rino schlenderte die Treppe hinab und trat ins Freie.
Das Licht kroch diesig und gebückt über den Asphalt.
Menschen streckten sich in die Biergärten, griffen nach großen Gläsern.
Wenn ich nach Hause komme, muß ich dem Hund etwas zu trinken geben, dachte Rino.

Der Himmel hing hellblau an unsichtbaren Haken.
Im »Lauer 10« war es leer. Rino setzte sich an die Theke und wartete.
»Zu heiß«, sagte die Kellnerin und stellte ihm ein schnelles Pils hin. »Alle in den Biergärten.«
Rino tunkte seine Lippen in den Schaum und ließ sie eine Weile drin. Dann stellte er das Bier wieder auf den Deckel, ohne zu trinken.
»Gibt es Hunde, die nicht bellen?« fragte er und schaute aus dem Fenster. Draußen war es heller als in der Kneipe.
»Was?« fragte die Kellnerin. Ihre Finger trugen schwere Metallringe.
»Hunde, die nicht bellen«, wiederholte Rino.
»Die beißen«, sagte die Kellnerin und verschränkte die Arme hinter dem Tresen.
Rino leckte sich den feuchten Schaum von den Lippen. Die Musik gefiel ihm nicht. Er suchte sich einen Punkt im Raum und starrte.
Nach einer Weile bemerkte er zum ersten Mal, daß sein Körper ein Gewicht hatte. Er spürte, wie die Schwerkraft an seiner Haut, an seinen Knochen zog und wie sich seine Muskeln diesem Sog entgegenstemmten. Die Sitzfläche des Barhockers schien fester und fester gegen sein Gesäß zu drücken, und bald schon hatte er das Gefühl, eine Einheit mit dem Holz zu bilden, so wie die Beine des Hockers mit dem Fußboden eine Einheit bildeten und der Fußboden wiederum mit den Kellerwänden. Alles schien fest verankert. Alles hatte denselben Mittelpunkt. Nun konnte die Erde sich drehen, ihn auf den Kopf stellen. Er war angeschnallt. Dreißig Grad Rotation. Der Gurt saß. Alles verlötet. Alles aus einem Guß. Fünfzig Grad Rotation. Lichteinfall von seitlich.

Leichter Druck in der Schulter. Die linke Wange hing etwas nach unten. Hüftspannung. Die Kellerräume klebten an den Füßen. Neunzig Grad Rotation. Jahrmarktsgefühle. Rino lachte, dann legte sich sein Kopf in einen Schoß.

»Liegst du bequem?« fragte jemand, ohne eine Antwort zu erwarten.

Rino schaute nach oben.

Über sich sah er seinen rechten Arm, der sich an der Theke festhielt, und einen Frauenkopf. Sofort zog er seinen Körper vollständig auf den Barhocker zurück.

Die kleinen Lichter über dem Tresen spalteten sich in die Whiskyflaschen hinein, schwammen auf der Flüssigkeit wie winzige Bojen.

Draußen war es plötzlich dunkel.

Rino konnte zwar erkennen, daß Menschen dort standen, aber mit der Sonne hatte das nichts mehr zu tun.

»Ich dachte gerade, ich bin alles um mich herum«, sagte Rino und schaute erneut in das Gesicht der Frau neben sich.

Die Kneipe war jetzt gefüllt, zumindest gab es keinen Thekenplatz mehr, und auch mitten im Raum standen Menschen.

»Bin ich lange unterwegs gewesen, ich meine, geflogen?« sagte Rino.

Die Frau lachte. Sie war klein, und ihre Haare rahmten ungeschickt ihr blasses Gesicht.

»Trinkst du das noch? Oder soll ich das schale Pils wegkippen?« fragte die Kellnerin.

»Das ist mir im Moment zuviel«, sagte Rino. Und während die Kellnerin das Glas von der Theke nahm und seinen Inhalt kopfschüttelnd in einen Trichter, der im Wasch-

becken steckte, schüttete, fügte er hinzu: »Ich meinte nicht das Bier.«
»Ich bestelle dir ein neues«, sagte die Frau neben Rino. Auch sie schien mit ihrem Hocker verwachsen zu sein, aber sie hatte sich vorhin nicht mitgedreht. Alles hatte rotiert, dachte Rino, die Frau nicht.
»Ich war heute lange in der Sonne«, sagte er und legte eine Hand auf seinen Kopf.
Dann kam es ganz wider Erwarten zu einem längeren Gespräch.

Im Park war eine Stille, als wäre nicht einmal der Park.
Rino ging neben der Frau auf dem Weg, während der Mond sein sandiges Licht in die Bäume siebte.
Die Verankerungen hatten sich gelöst, die Schwere nachgelassen. Beide schwiegen.

Vor seiner Haustür nahm sie seine Hand. Sie hatte Turnschuhe an und ging hinter ihm lautlos die Treppe hoch.
»Nachts hört man das eigene Herz viel deutlicher klopfen«, sagte sie, während Rino die Wohnung betrat.
Als er das Licht im Wohnzimmer anknipste, sahen sie den Retriever, der bewegungslos von der Decke hing.
»Ach ja«, sagte Rino.
Die Frau blieb einen Moment lang neben dem Sofa stehen.
Rino sah, wie das Deckenlicht ihr einen schwachen Reflex ins rechte Auge legte. Dann ging sie um das Tonbandgerät herum auf den Hund zu und drückte ihm einen Finger in die Seite. Sofort begann das Tier, laut zu jaulen und seinen Kopf hin und her zu schmeißen. Die Frau trat einen Schritt zurück. Der Hund knurrte, schnaubte merkwürdig und

jaulte erneut. Sein Körper bog sich, als wollte er Pfeile ins Sofa schießen.

»Ich mag keine Hunde«, sagte die Frau, »schon gar nicht in der Wohnung.«

Rino suchte nach dem matten Lichtreflex in ihrem Auge, aber da war nur noch Schwarz auf Weiß.

»Tut mir leid«, sagte die Frau, »aber ich mag Hunde wirklich nicht. Es ist wohl besser, wenn ich gehe.«

Rino begleitete sie bis vor die Haustür.

Sie küßte ihn auf die Wange.

»Er weiß nicht, wohin«, sagte Rino.

Am Morgen hielt Rino dem Hund eine Wurst vors Maul, und der Hund schnappte zu. Rino blutete leicht an der Hand. Die Kellnerin kannte sich offensichtlich mit Hunden aus.

Von draußen war türkische Musik zu hören.

Rino zog sich an, klebte zwei Pflaster auf seine Hand und ging zum Bäcker. Dort stellte er sich an einen Stehtisch und verlangte Kaffee und ein Puddingteilchen.

»Vorsicht! Sehr heiß«, sagte die Verkäuferin.

»Mögen Sie Hunde?« fragte Rino und hatte das Gefühl, der Kaffee sei aufgewärmt worden.

»Sicher«, sagte die Verkäuferin, »wer nicht?«

»Da ist was dran«, sagte Rino, »sie haben so eine Art einen zu beruhigen.«

Auf dem Dach des gegenüberliegenden Hauses staubte bereits flügges Licht zwischen den Taubenschwärmen. Die Frühe war bald vorbei.

Wenn ich nach Hause komme, muß ich dem Hund etwas zu trinken geben, dachte Rino.

Jemand kochte die Welt. Die Fassaden schwitzten. Vögel kokelten in den Dachrinnen. Zwischen den Hausgiebeln öffneten sich die Öfen.
Rino legte eine Hand auf seinen Kopf und betrat den Supermarkt. Als er mit der Rotweinflasche und der Rolle blauer Mülltüten an der Kasse stand, sagte eine Frau: »Sie riechen schrecklich nach Hund«.
Rino drehte sich um. Die Frau drehte angewidert ihren Kopf zur Seite.
»Davon verstehen Sie nichts«, sagte Rino, »er weiß nicht, wohin.«

Zu Hause ordnete Rino seine Aufnahmen, legte die bespielten Bänder in ihren Schubern auf den Nachttisch im Schlafzimmer. Dann drehte er am Rädchen seines Feuerzeuges, bis die Flamme sehr groß wurde.
Die türkische Musik war noch immer zu hören.
Als das Telefon klingelte, schwitzte Rino bereits.
»Nein«, sagte er, »nein, wirklich nicht. Ich habe Vaters Geburtstag nicht vergessen. Ich bin schon fast auf dem Weg.«
Er hörte, wie seine Mutter auflegte, und horchte in die Muschel hinein. Dort streckte sich die Stille bis in die Vorstadt.

Im Wagen versteckten sich kleine Schatten, aber das Licht glitt durch alle Ritzen, schlug gegen das Blech, drang ins Innere.
Rino kurbelte die beiden Seitenfenster hinunter.
Das Licht blieb.
Auch als der Motor ansprang, blieb das Licht, zitterte sich in den Beifahrersitz, dehnte sich nach den Schatten, einen Arm auf Rinos Rückenlehne.

Rino fuhr zweimal um den Häuserblock, in dem er wohnte, und bog dann ab auf die Straße, die zu seinen Eltern führte.

In der Stadt war viel Bewegung.

Das sieht man erst, wenn man daran vorbeifährt, dachte Rino.

Fenster gingen auf und zu. Köpfe schaukelten zwischen den Hausfassaden wie überreife Äpfel kurz vorm Fallen. Einige glänzten sternartig und verloschen im Rückspiegel. Es gab Stellen, da hangelten sich Kleider und Körper eine unsichtbare Schnur entlang, ballten sich zu einem Knäuel, ehe sie vereinzelt wieder auftauchten aus dieser Masse aus Haut und Wolle.

Rino fuhr schnell.

Der Asphalt lief zähflüssig auf seinen Wagen zu wie dunkler Honig. Zuerst hing ein Summen, dann hingen die Bienenschwärme selbst an den Fassaden. Die Waben waren geöffnet.

»Ich esse Honig nur noch, wenn ich krank bin, Mutter, nur noch, wenn ich krank bin«, rief Rino laut gegen die Frontscheibe und schloß seine Hände fest um den Lenker. Die Bienen vertrockneten zu schwarzen Punkten.

»Wascht eure Fassaden«, schrie Rino.

Dann verschwanden die Häuser.

Wiesen rollten sich aus unter die Fußballschuhe der Kinder. Bäume kamen an den Rand. Schließlich noch eine Wiese, wieder Bäume, hinter denen sich ein Zug vorbeischob.

Dann stand Rino Polokatt im Stau.

Es war kein langer Stau. Niemand hupte. Rino konnte den Krankenwagen sehen und die Polizei. Er stieg aus und ging nach vorn an den Autos vorbei.

Blechteile lagen auf dem Bürgersteig. Menschen zappelten

daneben. Zwei Wagen hatten sich ineinandergeschoben. Der eine war leer. Im eingedrückten Coupé ohne Fensterscheiben aber saß eine Frau und atmete schwer. Ihr Mund stand offen, genau wie ihre Augen, die jemanden in den Bäumen zu suchen schienen. Feuerwehrleute schnitten Metallteile aus dem Coupé. Es war ein lautes Geräusch, das Funken über die Fahrbahn spuckte. Als sie schließlich die Frau herauszogen, war ihr Schatten merkwürdig zerknüllt.

Rino strich über die Pflaster an seiner Hand.

»Was ist passiert?« fragte er eine ältere Dame, die sich die Handtasche an die Brust preßte.

»Bringen Sie mich nach Hause«, sagte die Dame, ohne ihn anzusehen. Sie trug trotz der Hitze einen zugeknöpften Regenmantel, der nur ihre nackten, stämmigen Waden freiließ.

»Ich fahre zu meinen Eltern in die Vorstadt«, sagte Rino, aber die ältere Dame ging bereits auf seinen Wagen zu, und Rino überholte sie, um ihr die Beifahrertür aufzuhalten.

Als sie sich setzte, glitt das Licht lautlos auf ihren Schoß.

Rino bemerkte, daß die Dame an der linken Hand und am Hinterkopf blutete.

»Also in die Vorstadt«, sagte die Dame. Ihr Gesicht blieb seltsam reglos, wenn sie sprach. Rino dachte an eine Glaskugel, auf die man Augen, Nase und Mund geklebt hatte, an das Etikett auf einer Flasche.

»Jetzt habe ich glatt den Wein vergessen«, sagte er beim Einsteigen. Er startete den Motor und wendete.

Dann fuhren sie zurück in die Stadt.

Der Wind schoß ihnen aufgeheizt entgegen. Blut sickerte auf den Beifahrersitz. Die Dame roch nach Schweiß. Rino

hielt den Kopf halb aus dem geöffneten Fenster, aber die ganze Stadt roch nach Schweiß.
»Sie haben einen Hund«, sagte die ältere Dame und leerte ihre Lungen wie eine Last in den Wagen. Ihre Handtasche klebte an ihrer Brust.
»Woher wissen Sie das?« fragte Rino.
Die Dame schaute aus dem offenen Seitenfenster auf die schwarz gefleckten Fassaden.
Alle tot, dachte Rino, aber das Summen bleibt.
»Haben Sie etwas zu trinken dabei?« fragte die Dame, »ich habe Durst.«
Ihr Regenmantel hing faltenlos an ihren Schultern, so als zöge etwas an den Ärmeln. Dafür war der Stoff über ihren Beinen völlig zerknittert.
»Überall ist Unruhe«, sagte Rino, »obwohl die Menschen da draußen bloß sitzen und warten und sitzen und warten. Selbst, wenn sie gehen.«
»Wohin fahren wir?« sagte die Dame. Ihr Atem nahm viel Platz im Wagen ein.
Da bleibt nicht viel Raum für ein Gespräch, dachte Rino, sie ist übergewichtig in ihrem Atmen. Übergewichtig, aber schwerelos. Auch am Himmel schien die Zeit sich zu dehnen und machte alles leicht. Dann sprang eine Ampel auf Rot, und Rino bremste abrupt. Die Dame tunkte langsam zwei Finger in ihre Kopfwunde. Zwei Männer schauten in den Wagen, bevor sie die Straße überquerten.
Die Sonne stand ihnen kragenhell im Nacken.
Als Rino wieder anfuhr, hatte er das Gefühl, seinen Mittelpunkt zu verlieren. Etwas hatte ihn nach rechts zur Beifahrerin hin verschoben. Rino drückte aufs Gaspedal und riß den Wagen um die Kurve. Sein Mittelpunkt glitt haltlos zu ihm zurück. Er spürte den Sitz und das Zittern des

Wagens, der an der Straße haftete und Spuren hinterließ. Es war ein kurzer Moment, in dem die Zeit komprimiert war, und Rino fühlte sich für eine Sekunde schwer und glücklich. In Erinnerung an diesen Moment fuhr er zweimal um den Häuserblock, in dem er wohnte, und parkte.
»Bleiben Sie im Wagen«, sagte Rino zu der älteren Dame, »ich hole nur den Wein.«
Als er seine Wohnung aufschloß, klingelte das Telefon.
»Nein«, sagte er, »nein, wirklich nicht. Ich habe Vaters Geburtstag nicht vergessen. Ich bin schon fast auf dem Weg.«
Er hörte, wie seine Mutter auflegte und horchte in die Muschel hinein.
Jemand sagte: »Nimm die Hand vom Kopf!«
»Was!?« sagte Rino und blickte zur Tür.
Das Licht hatte sich meterdick ins Zimmer gestopft und lagerte verstaubt zwischen den Möbeln.
Die Weinflasche war bereits warm geworden.

Rino trat aus dem Haus und ging zu seinem Wagen. An seinen Schritten hing ein angenehmes Gewicht.
Die Beifahrertür stand offen. Die ältere Dame war weg. Nur etwas Blut härtete sich dunkel im Sonnenlicht.
Rino schloß die Tür und stellte die Weinflasche auf das Autodach.
»Ich fahre jetzt«, rief er die Straße entlang. Und nach einem Moment, in dem der Himmel sich so wenig bewegte wie er selbst: »Jetzt!«
Dann bemerkte er die Menschenmenge an der Ecke zum Bäcker hin. Die Menge zappelte, verformte sich fahrig nach allen Seiten. Ausläufer bildeten sich, scherten aus, wurden wieder hineingesogen in dieses wabbelnde Ge-

bilde aus Farben und Köpfen. Über ihm flackerten die Fassaden, brannten sich ein ins Gesicht der Stadt.
Rino legte Blei in seinen Gang und drängte nach vorn.
»Kennen Sie sie?« fragte jemand.
Rino sah die ältere Dame auf dem Bürgersteig liegen. Ihr rechtes Bein winkelte über dem linken, so als hätte sie sich schlafen gelegt. Die Kopfwunde blutete nicht mehr. Ihre Handtasche klebte an ihrer Brust.
»Nein«, sagte Rino, »nie gesehen.« Er stand auf dem Bürgersteig und begann zu rotieren. Alles drehte sich mit, die Leute, die Straße, die Häuser und Geschäfte. Niemand merkte etwas. Sie hingen an seiner Schwerkraft wie Kirmesbesucher, gepreßt an kreisende Metallwände. Was sich auch immer unterhalb der Straße befand oder über den Hausgiebeln, es hatte Rinos Umlaufbahn, raste windlos in seine Zukunft.
Als der Krankenwagen an die Ecke schleuderte, löste Rino sich und veränderte den Flug. Er ließ alles zurück und schlenderte zu seinem Wagen.
Das Licht war noch da, hatte sich von den vorderen Sitzen zurückgezogen, sich gespalten und auf die Rückbank und das Armaturenbrett verteilt. Dort aber lag es nicht so bequem wie die ältere Dame auf dem Bürgersteig.
Das Licht ist da, dachte Rino, aber der Wein ist weg. Das Autodach glänzte etwas zu weiß in den Nachmittag hinein. Irgendwo saß nun einer und trank den Rotwein, der für Rinos Vater bestimmt war. Rino überlegte, was er tun konnte, und kehrte in seine Wohnung zurück. Er öffnete das Fenster.
Das Licht bewegte sich nicht.
Die Sirene des Krankenwagens übertönte einen Augenblick lang die türkische Musik.

Dann war es, als wäre Rino nie unterwegs gewesen. Er schaltete das Tonbandgerät an und sagte: »Na, du.« Schon nach kurzer Zeit begann er wieder zu schwitzen.

Das Klopfen in den Wänden hielt Rino eine Zeitlang für den Schlag seines Herzens. Dann aber klang es ihm zu dumpf, zu freudlos, und er hörte genauer hin.
Das Licht zog sich allmählich zurück und halbdunkel die Einrichtung hinter sich her. Es war, als ob das Sofa, das Luftgewehr, das Aufnahmegerät und all die anderen Dinge ihren Geist aufgäben. Sie blieben zurück, seelenlos und ohne Regung, während alles in Bewegung war über dem Boden unterm Fenster.
Wenn einer etwas komponiert, dachte Rino, dann ist er notgedrungen allein. Er darf nicht gestört werden. Und tatsächlich blieb das Klopfen nach kurzer Zeit aus, und auch Rinos Befürchtung, das Telefon könnte wieder schrillen, setzte sich nicht in die Tat um, so daß er die Stimme seiner Mutter sowie den Geburtstag seines Vaters nach und nach vergaß.

Abends im Treppenhaus schoß die Nachbarin aus ihrer Wohnung. Ihre linke Braue war bereits oben.
»Wenn Sie nicht sofort den Hund aus der Wohnung entfernen, beschwere ich mich beim Vermieter«, sagte sie laut. Dann sank ihre Braue plötzlich nach unten, und Rino hatte das Gefühl, ihr ganzes Gesicht zerfalle, zerbrösele und verteile sich im Treppenhaus. Rino schaute auf die Stufe unter seinen Füßen, suchte nach Hautpartikeln.
»Also, Herr Polokatt«, sagte die Nachbarin ohne Gesicht, »ich hab' ja Verständnis für alles, was Spaß macht, aber

Tiere sind nicht erlaubt in diesem Haus. Das wissen Sie doch.«
»Ich wollte ihn waschen«, sagte Rino, »Sie haben doch so eine alte Wanne.«
Die Nachbarin sammelte ihr Gesicht ein. Die Braue zuckte nach oben.
»Aber danach ist er weg!« sagte sie.

Mit der gelben Plastikwanne unterm Arm ging Rino zurück in seine Wohnung. Er legte alte Zeitungen unter den Retriever und stellte die gelbe Wanne darauf. Dann nahm er ein Messer aus der Küche und durchschnitt dem Tier die Kehle.
Das Blut klatschte in chaotischen Schüben auf den Plastikboden. Der Hund wehrte sich nur schwach.
Es kam kein Laut.
Eigentlich sollte das Blut orange schimmern, dachte Rino, aber es blieb dunkelrot auch auf gelbem Grund. Rino Polokatt stand auf, sah noch ein Weilchen zu, wie das Tier ausblutete und verließ seine Wohnung.

Das letzte Licht draußen schien von unten zu kommen, so als hätte jemand die Sonne in seinen Keller gehängt. Die Tischplatten in den Biergärten waren dunkel, aber von den Metallfüßen schnitten helle Kanten in den Abend.
Was machen all diese Menschen, dachte Rino, wenn sie doch nicht rotieren? Sie sitzen wie gestern. Vielleicht denke ich sie mir nur in die Biergärten, damit ich etwas zu sehen habe auf meinem Weg in die Nacht?
Aber dann hob doch einer die Hand und gab, ohne daß Rino daran gedacht hätte, eine Bestellung auf.

»Wie meinst du das?« fragte der Typ.
Im »Lauer 10« waren viele. Sie standen und saßen und hockten.
»Soll ich dein Pils wieder wegschütten?« fragte die Kellnerin. Ihre Metallringe zerkratzten die ganze Umgebung.
Rino blickte auf die Whiskeyflaschen. Die Bojen waren angekettet, die Pegel etwas gesunken.
»Bist du DJ oder so was?« sagte der Typ. Neben seinem Glas lagen winzige Klumpen Erde.
»Ich mach das für mich«, sagte Rino, »nicht für andere.«
Er war schon wieder in einem Gespräch.
»Trotz der Hitze«, sagte die Kellnerin.
Rino gefiel die Musik nicht.
»Hunde brauchen viel Licht«, sagte er und legte sich eine Hand auf den Kopf.
Der Typ schaute sein Glas an. Kohlensäure stieg nach oben.
Jetzt ist das Gespräch weg, dachte Rino.
Aber der Typ sagte: »Ich hab' auch schon mal Musik am PC gemacht, aber wollte keiner haben.«
Draußen hatte jemand Glühwürmchen an seiner Fassade befestigt. Das Licht legte sich fahrig in die Windlosigkeit.
»Ich habe einen Hund aufgenommen«, sagte Rino, »einen Golden Retriever.«
»Ich habe einen Rottweiler. Na ja, noch nicht, aber bald«, sagte der Typ.
Dabei hat er Augen wie ein Vogel, dachte Rino, die Glasmurmeln fallen ihm aus dem Kopf.
Die Kellnerin brachte die Whiskeyflaschen durcheinander.
»Ich habe alles aufgenommen, was er gesagt hat«, sagte Rino.

»Und was hat er gesagt?« sagte der Typ.
»'ne Menge«, sagte Rino, »ich habe jetzt fünfzehn große Bänder.«
»Kassetten«, sagte der Typ.
»Nein«, sagte Rino, »Bänder.«
»Nur Gebell?« fragte der Typ.
»Nicht ein einziges Mal«, sagte Rino.
»Ich glaub', du solltest dich mal untersuchen lassen«, sagte der Typ und löste sich aus der Verankerung mit seinem Barhocker. Trockene Erde rieselte dabei von seinen Jeans.

Stillstand.
Ein Akt der Balance.
Rinos Mittelpunkt lag auf einer exakten Gerade, die sowohl den Mittelpunkt seines Barhockers durchschnitt als auch den Mittelpunkt des »Lauer 10« sowie den Mittelpunkt des Kellerraumes darunter. Er hätte überallhin rotieren, seine Umlaufbahn wechseln können wie andere ihre Abendgestaltung. Er tat es nicht.
»Nimm deine Pflaster von der Theke«, sagte die Kellnerin und verschränkte die Arme hinterm Tresen. Ihre Metallringe besahen sich die Kratzer im Raum.
Rino stellte sich vor, wie die Kellnerin mit ihrem Schmuck am Haken in seinem Zimmer hing, wie sie schaukelte und ein leises Jaulen übers Sofa huschte. Aber dann erinnerte er sich, daß sie kein Hund war.

Die Frau, die er gestern abend kennengelernt hatte, war nicht im Raum.
»Ich trenne mich von meinem Hund«, sagte Rino, »versprochen.«

Niemand antwortete ihm.
Die Musik blieb mittelmäßig bis schlecht, und Rino versuchte ebenfalls wegzuhören, wollte nicht wissen, was andere dachten oder sagten. Dann konzentrierte er sich wieder auf seinen Mittelpunkt und war im Nu in der Nacht.

Im Park schickten die Vögel ihre Schatten durch die Zweige.
Rino schloß abwechselnd das linke, dann das rechte Auge, während er ging. Der Mond fuchtelte wie eine unruhige Taschenlampe über den Weg.

Angezogen lag Rino auf dem Bett und sah sich den nackten Himmel vor seinem Fenster an.
Band neun lief.
Die Welt war abgedunkelt.
Durch die Kopfhörer konnte er noch den schwächsten Zungenschnalzer des Retrievers hören. Dann noch einen, dann noch einen. Unruhe setzte ein. Schritte. Eine Flamme. Wirbel. Trommelwirbel. Es war eine Sinfonie. Er kannte sie in- und auswendig. Er hatte sie komponiert. Kaum eine Stelle, die ihm mißfiel. Nichts hing durch. Die Kopfhörer hatten einen sensationellen Klang.

Um vier Uhr in der Frühe schnitt Rino den Retriever vom Haken und steckte ihn in eine der blauen Mülltüten. Mit dem Blut goß er seine Blumen. Anschließend spülte er die gelbe Wanne aus.
Es war sehr still draußen.
Rino schulterte die Plastiktüte und schob mit dem Fuß die Wanne ins Treppenhaus vor die Tür seiner Nachbarin. Vor

dem Metzgerladen zog er die Mülltüte vom Hund und band das tote Tier mit einer Schnur an den Fahrradständer. Dann ging er wieder nach Hause und hörte sich Band zehn an.

»Mit den Menschen ist das schon so eine Sache«, sagte die Verkäuferin.
Rino nahm einen Schluck vom Kaffee. Er schmeckte besser heute morgen.
»Mal so und mal so«, sagte Rino.
»Also, ich sehe ja viele in meinem Beruf. Ich kann Ihnen sagen«, sagte die Verkäuferin.
Auf das Puddingteilchen in Rinos Hand setzte sich eine Fliege.
Mein Gleichgewicht, dachte Rino, mein Gleichgewicht ist in Gefahr.
Langsam näherte er die Fliege seinem Mund und spuckte.
»Jetzt hätte ich fast die Brötchen vergessen«, sagte die Verkäuferin.
Die Fliege rotierte naß über die Tischplatte.
»Das ist das Gespräch«, sagte Rino mit vollem Mund.
Gegenüber in der Dachrinne war das Licht bereits alt.
Die Verkäuferin öffnete den Backofen. Hitze strudelte über die Backwaren auf die Fliege zu.
Da können Verankerungen schmelzen, dachte Rino.
Die Tischplatte blieb unter seinen Ellenbogen.
Die Verkäuferin schaute tief in die Hitze hinein.
»Gott«, sagte Rino und legte sich eine Hand auf den Kopf.
»Was ist passiert?« sagte die Verkäuferin, ohne aufzusehen.
»Ich habe ganz vergessen, dem Hund etwas zu trinken zu geben«, sagte Rino.

Die Verkäuferin zog das Blech mit den Brötchen aus dem Ofen. Rino sah, daß darauf die ganze Welt lag.

Frau Abbado

»Mein Mann hieß Claudio Abbado ... Nicht der Dirigent, ... der Abteilungsleiter ... Er kam vor vier Jahren ums Leben. Selbstmord, wie Sie wissen. Mit 79! ... Wenn Sie mich fragen, doch ein Künstler ... Sensibel bis in die Fingerspitzen. Dachte immer nach. Fand keine Ruhe ... Manchmal kam er von seinem täglichen Spaziergang nach Hause und konnte sich nicht setzen ... Konnte sich einfach nicht setzen! Er lief vom Schlafzimmer in die Küche und zurück. Immer hin und her.«

Fee nickte Frau Abbado zu, schloß dabei die Augen für einen Moment und verdrängte ihr eigenes Leben.

Im Wohnzimmer roch es nach Putzmittel und alten Möbeln.

»Ich war immer ruhiger, ausgeglichener. ... Schon damals«, sagte Frau Abbado mit schwacher Stimme und stellte Tasse und Untertasse auf eine Holzablage neben dem Sofa. »Aber so eine Energie reißt einen mit ... Das können Sie ruhig schreiben!«

Fee saß in einem geschwungenen, klobigen Sessel und hielt ihre Hand unter das Tellerchen, auf dem ihre Tasse stand. Leider gab es keinen Beistelltisch in der Mitte, auf den sie den Kaffeerest hätte abstellen können.

Von den geschlossenen Fenstern zu ihrer Rechten spannte sich das Morgenlicht bis zu ihren Turnschuhen.

Was ich schreibe, kannst du ruhig mir überlassen, dachte sie und sagte: »Ich werde daran denken.«

»Mein Mann ... trank keinen Kaffee mehr«, sagte Frau Abbado langsam, beugte sich etwas nach vorn und schien gleichzeitig tiefer nach hinten in die Sofapolster zu rutschen. Sie sah zu klein aus für dieses Zimmer mit den hohen Decken und den wenigen Möbeln, die alle massiv in den Raum ragten.

Sie strich sich über die grauen, hochtoupierten Haare und sagte: »Schon lange nicht mehr ... aber ich werde nicht damit aufhören.«

Komm schon, dachte Fee, erzähl's.

»Was machen Sie denn den ganzen Tag so?« fragte sie, »unsere Leser interessiert das. Ältere Menschen haben so viel erlebt.«

»Ich ... schaue ... fern«, sagte Frau Abbado und trennte deutlich jedes Wort vom folgenden, »hinter ihnen ... im Schrank ... steht der Fernseher ... Wenn ich mich genau in die Mitte ... des Sofas setze, ... kann ich zwischen den beiden Sesseln hindurch ... genau auf den Fernseher schauen.«

Sie begann über die Sofapolster zu rutschen. Ihre Bewegungen waren endlos langsam, so daß Fee das Gefühl hatte, eine Schnecke bei ihrer Wanderung über ein gefallenes Ahornblatt zu beobachten.

»Ich gehe nicht mehr viel ... vor die Tür«, sagte Frau Abbado und ließ ihre Arme zu beiden Seiten auf dem Sofa ruhen. »Diese Vorstadt war nie mein Wunsch ... Claudio wollte es ... Raus aus der Schußlinie, nannte er das. Von wegen ... Das Schönste an dieser Siedlung ist die Allee ... diese lange ... lange Allee.«

Sie drehte den Kopf, sah durch die Gardinen hindurch aus dem Fenster.

Draußen rumorte das Licht, glänzte noch einmal kurz über die Scheiben, verzog sich hinter einige Wolken.

Im Zimmer war nichts zu hören, außer Frau Abbados Stimme. Fee spürte, wie ihre Hand allmählich unter der Tasse zu schwitzen begann. Sie wußte, was sie in ihrem Artikel schreiben würde. Slarg Bergen hatte ihr alles über die Abbados erzählt, aber sie wollte die Geschichte von der Frau selbst hören.

»Denken Sie oft an die Vergangenheit?« fragte Fee und schloß ihre Hand leicht um die Untertasse.

Über die Gardine krabbelte eine Fliege, drehte sich einmal im Kreis und setzte ihren Weg nach unten fort.

»Man sagt, ... man soll sie ruhen lassen«, antwortete Frau Abbado, »aber ... ich hätte ja gar keine Jugend ... ohne sie.«

Ihre Stimme rutschte nach und nach auf ihren Atemschüben ins Wohnzimmer, landete kaum hörbar auf dem Teppich. Sie legte ihren Kopf in den Nacken und fragte: »Kennen Sie das?«

Fee wartete.

Die Fliege schnitt ungeduldig mehrmals durch das Zimmer.

Frau Abbado hob ihren rechten Arm und begann leise zur Melodie von O Tannenbaum zu singen: »O Kaffeebohne! ... O Kaffeebohne! Wie hast du dich verändert ... Früher warst du rund und geschlitzt ... heute bist du an beiden Enden spitz.« Dann kicherte sie.

Fee blickte ihr irritiert in die gelblichen Augen.

»Das haben wir im Krieg gesungen, ... weil es doch keinen Bohnenkaffee mehr gab ... Wir nannten es Kaffee, aber es waren ... es waren geröstete Gersten- und Roggenkörner ... Gerste für die, die es milder haben wollten ... Haben wir im Laden von Moses Rosenstiel gekauft. Der lag schräg gegenüber ... Aber da hatte schon jemand anderes das Geschäft.«

Gegen das Fenster klopften ein paar Tropfen, dann versank das Zimmer wieder in gewohnte Stille.
»Claudio hatte Glück, ... daß wir Deutschen mit den Italienern gemeinsame Sache machten ... Bei dem Namen«, sagte Frau Abbado und blickte auf die Ritze zwischen den geschlossenen Schranktüren.
Er hat sich doch hervorgetan, dachte Fee, zumindest, wenn man Slarg Bergen glaubt.
»Könnte ich die Tasse irgendwo hinstellen?« fragte sie und hielt sie hoch.
»Ist denn ... nichts mehr drin?« fragte Frau Abbado zurück.
»Nur ein kleiner Rest«, sagte Fee.
»Dann trinken sie ihn«, sagte Frau Abbado, hob beide Brauen und neigte ihren Kopf seitwärts.
Fee setzte die Tasse an ihre Lippen und kippte sich die kalte Flüssigkeit in den Mund.
Frau Abbado nickte zufrieden.
Die Fliege kreiste einmal um die altmodische Stehlampe, die hinter der Tür in der Ecke stand, kehrte ans andere Ende des Wohnzimmers zurück und setzte sich auf den Löffel, der sich neben Frau Abbados Tasse über die Ablage krümmte.
»Hier ... passieren auch unschöne Dinge«, sagte Frau Abbado nach einer Weile und stützte die Hände zu beiden Seiten ihres Körpers auf das Sofapolster. »Daß Menschen brennen ... Mitten auf der Straße.«
»Herr Bachmall sitzt im Gefängnis«, antwortete Fee, »wir haben darüber berichtet.« Sie hatte ihre Tasse und Untertasse noch immer in der Hand. Wieso hat diese Frau keinen Beistelltisch, dachte sie. Jeder hat irgendeine Art Tisch im Wohnzimmer, wieso diese Frau nicht?

Frau Abbado begann erneut, kaum sichtbar über die Polster zurückzugleiten, bewegte sich auf das linke Ende des Sofas zu.
»Ich weiß«, sagte sie, »... ist er schuldig?«
»Er hat zwei Menschen angezündet«, sagte Fee.
»Hat er?« fragte Frau Abbado, rutschte ein letztes Stück seitwärts und legte ihren Arm auf die Sofalehne. Fee hatte den Eindruck, ein kleines Kind versuche dort wie ein Erwachsener zu sitzen.
In ihrem Rücken wuchs der Schrank bis zur Decke, hinter der Tür harrte baumhoch die Stehlampe.
»Mitte der Siebziger ...«, sagte Frau Abbado, »begannen wir uns für Musik zu interessieren ... So ein Name verbindet. Claudio Abbado ... Alle fragten: ›Sind Sie verwandt mit dem Dirigenten?‹ ... Na ja, nicht alle. Sie kennen ja die Leute hier ... und viele halten nichts von moderner Kunst. Ein Hirschgeweih ist ihnen lieber ... Ich find's auch schön, die Hörner, mein' ich, so stattlich ... Aber man weiß ja, was sich gehört ... und Hirschgeweihe, also, was soll ich sagen ... Jedenfalls war das schon ein Erlebnis, so ein Orchester ... Da haben wir auch den alten Bergen zum ersten Mal wieder getroffen. Mochte auch Musik, ... der alte Bergen. Schon damals in der Schule ... Und wir dachten, der sei längst ... woanders.«
Über dem Löffel stieg die Fliege hoch und landete auf Frau Abbados dunklem Ärmel. Blitzschnell schlug sie mit der anderen Hand auf das Tier und ließ ihren Arm ruhig zurück auf das Sofa gleiten.
Fee war verblüfft, mit welcher Geschwindigkeit die Frau zugeschlagen hatte. Die Fliege fiel zurück auf die Ablage, summte auf dem Rücken liegend und drehte sich im Kreis.
Frau Abbado blickte ins Zimmer hinein und sagte tonlos:

»Kriegen Sie sich ein … Was zuckt, das lebt noch lange, … hat Claudio immer gesagt.«
Draußen schwappten Lichtwellen an die gegenüberliegende Fassade. Der Rückfluß ließ auch das Wohnzimmer von Frau Abbado wieder heller werden.
Dicke Staubbüschel hatten sich im schmalen Teppichläufer, der zwischen Sofa und den beiden Sesseln lag, verfangen.
Fee sah Frau Abbados faltigen Hals und hätte Lust gehabt, die Haut einmal anzufassen.
»Ich kenne Slarg, den Enkel vom alten Bergen«, sagte sie und schob ihre Kaffeetasse in die andere Hand.
Die Fliege verstummte, begann dann wieder zu summen und drehte sich erneut im Kreis.
»Hat uns die ganze Hausfassade vollgesprüht …«, sagte Frau Abbado und zuckte mit den Achseln, »Sprüche. Als wohnten wir alleine hier … Haben alle mitbezahlt … das Saubermachen. Das ganze Haus. Der Enkel … Intelligent ist der nicht.«
Fee wollte etwas erwidern, aber Frau Abbado hob den Kopf und sagte: »Der alte Bergen tat, als erkenne er uns nicht … Saß eine Reihe vor uns und starrte auf die Bühne … Ich habe gesehen, wie nervös er war. Von Beethoven hat der nicht viel mitbekommen … Aber Menschen sind so. Vergessen ist nicht ihre Stärke.«
Immer mehr Licht rutschte ins Zimmer herein, dehnte sich aus, wuchs empor zu einem großen Block, in dem Fee und Frau Abbado saßen und immer dunklere Schatten warfen.
In den Minuten, in denen Frau Abbado nichts sagte und eine einschläfernde Stille sich ausbreitete, begann Fee immer wieder die wenigen Möbel im Wohnzimmer zu zäh-

len, das Sofa, die beiden Sessel, die Ablage, die Stehlampe, der Schrank, der Teppich. Sieben. Dann zählte sie die beiden Tassen und Untertassen und den Löffel noch dazu, zwölf, und begann nach einer Weile von vorn, bis Frau Abbado ihren Faden wieder aufnahm.

»Wir sind alle zusammen aufgewachsen. Der alte Bergen, ... damals natürlich so jung wie wir auch, und der Sohn von Moses Rosenstiel ... Die beiden, da könnte ich Ihnen was erzählen, ... von denen machte keiner etwas ohne den anderen. Ein Kopf und ein Arsch, wie man so sagte ... Claudio kam da nie mit, stand immer etwas abseits. Das war nicht gut ... Das war gar nicht gut. Mit fünfzehn hat Claudio mich zum ersten Mal geküßt. Mir war dabei so heiß, ... daß ich dachte, jetzt löst du dich auf«, sagte Frau Abbado und kicherte.

Die Fliege begann erneut lautstark zu summen, so als reagiere sie auf die Heiterkeit der Greisin. Frau Abbado griff in aller Ruhe nach der Untertasse, hob sie mitsamt der Tasse etwas an und stellte sie auf das Tier. Dann legte sie ihren Arm zurück auf die Lehne und blickte ins Zimmer.

Fee öffnete zweimal hintereinander den Mund, sagte aber nichts.

Eine Zeitlang bewegte sich nur das Licht im Zimmer, wischte über die Wände, schlängelte um das Tapetenmuster, hakte sich kurz in die Maschen der Gardinen ein, zog sich vor die Fenster zurück.

Frau Abbado atmete leise und lange ein, streckte dabei nach und nach ihren Oberkörper, so als bringe die in die Lungen einströmende Luft ihre Person zum Wachsen. Aufgerichtet verharrte sie einen Augenblick lang, sank dann wieder in sich zusammen, während sie sagte: »Jugendliche tun viel, ohne darüber nachzudenken ... Das ist ihr Recht ... Später denkt man sein ganzes Leben lang nach. Ich habe mich nie an Diskussionen über die Kinder anderer Leute beteiligt ... Der Sohn von den Polokatts hier nebenan zum Beispiel ... Ich möchte nicht wissen, was der in der Stadt so treibt ... Wenn ich den zufälligerweise mal im Treppenhaus treffe, weil er seine Eltern besucht, ... dann stinkt der so erbärmlich, daß ich das Gefühl habe, ein Rudel geschlagener Hunde hetzt mir entgegen ... Die anderen, die reden. Der ist obdachlos, sagen sie und mähen den Rasen ... Er ist jung, sage ich.«

Fee dachte, so also rechtfertigen wir unsere Vergangenheit und sagte: »Jugend erklärt nicht alles.«

»Erlaubt aber viel«, erwiderte Frau Abbado.

Fee hielt ihre Tasse in beiden Händen, schaute auf die Untertasse auf der Ablage.

»Wir ... haben auch nicht nachgedacht«, sagte Frau Abbado und legte ihre Hände in den Schoß.

Die Geste ist einstudiert, dachte Fee.

Im Wohnzimmer war es dunkel geworden.

Frau Abbados schwarzer Rock ging nahtlos in die farblose Sofapolsterung über.

Fee sah aus dem Fenster und dachte daran, daß sie keinen Regenschirm dabei hatte. Es waren zwar nur zwei Blocks bis zu ihrer Wohnung, aber das da draußen sah nach einer Menge Wasser aus.

Sie drehte den Kopf und begann nach einer Weile erneut die Möbel und Gegenstände im Zimmer zu zählen.

»Deshalb unternehme ich auch nichts gegen den Enkel vom alten Bergen«, sagte Frau Abbado in die Stille hinein, richtete dabei ihre Augen auf Fee, »er hat uns wochenlang verfolgt, ... uns Drohbriefe geschrieben. Wissen Sie das? ... Tote Ratten lagen vor unserer Tür, und dann immer wieder dieses: Dich krieg ich auch noch! ... Dich krieg ich auch noch! ... Claudio hat das nicht ausgehalten. Er hat lange die Zähne zusammengebissen, ... bis vor vier Jahren, ... aber dann ging das eines Tages nicht mehr ... Wir saßen beim Essen. Das Fenster war gekippt ... Der Enkel vom Bergen stand unten und schrie ... Claudio erhob sich, blickte mich an und verließ die Wohnung. Von oben sah ich, ... daß er an Bergens Enkel einfach vorbei ging. Ich hatte gedacht, ... er stellt ihn zur Rede, aber er ging einfach an ihm vorbei ... Da habe ich so eine Ahnung bekommen. Und den Tisch abgeräumt ... Zwei Stunden später klingelte die Polizei ... Sie hatten Claudio aus dem Fluß gefischt. Aber das wissen Sie ja, ... darüber haben Sie ja auch berichtet, nicht wahr.«

Fee merkte, wie ihr das Blut in den Kopf schoß. Zum Glück war es so dunkel im Zimmer, daß nichts wirklich deutlich in Erscheinung treten konnte. Nur Frau Abbados alte Augen glänzten wässerig.

»Es tut mir leid«, sagte Fee, während ihre Hände die Untertasse umklammerten. Sie war sich mit einem Male nicht mehr so sicher, was sie über Frau Abbado schreiben sollte. Slarg Bergen stand in ihrem Büro und sagte, die müssen wir auch noch kriegen! Er sprach sehr laut.

Im Wohnzimmer aber hockte die Stille in allen vier Ekken.

Frau Abbado stützte ihr Kinn auf eine Hand und sagte: »Claudio hat immer darunter gelitten, ... daß Bergen und der Sohn von Moses Rosenstiel ihn nicht mitnahmen, wenn sie loszogen ... Das war all die Monate von unserem ersten Kuß ... bis zu jener Novembernacht ein ständiges

Thema ... Ich habe ihn natürlich unterstützt. Wir gingen zu den Paraden, ... den Aufmärschen. Claudio begann zu malen wie sein Vorbild ... War nur so eine Idee, damals ... Wirklich malen konnte er ja nicht ... Aber das ist, glaube ich, ein gutes Beispiel für die Euphorie damals ... Und dann in dieser Nacht sind wir losgezogen mit einem Farbeimer, ... sind einfach nur schräg über die Straße, ... und Claudio hat den Pinsel in den Farbeimer getunkt und einen Stern an die Fassade gemalt ... Es war nur ein Stern ... In anderen Straßen gingen die Scheiben zu Bruch und dann das Feuer.«

Frau Abbado lehnte sich zurück. Mit beiden Händen schien sie ihre Frisur zu ordnen. Dann sagte sie: »Bergen hat uns gesehen, ... kam die Straße runter gelaufen und riß Claudio den Eimer aus der Hand ... Dabei platschte etwas Farbe auf den Bürgersteig ... Wir standen uns gegenüber, der Farbfleck in der Mitte, ... keiner sprach. Bergen und Claudio starrten sich an, ... bis der Sohn von Moses Rosenstiel die Tür öffnete und Bergen hinein in den Flur zog.«

Draußen packte jemand den Vorhang und riß ihn zur Seite. Wolken faserten auseinander. Ein heller Lichtstrahl schoß ins Zimmer, suchte auf dem Teppich nach den Staubbüscheln. Aber so schnell wie das Licht ins Wohnzimmer gestürzt war, so schnell verschwand es auch wieder, ließ nur die Formen der Möbel und Gegenstände zurück. Schließlich klatschten erneut Tropfen gegen das Fensterglas, prasselten gegen den Plastikrahmen, steigerten sich zu einem dichten Tongemisch, das Frau Abbado den Kopf wenden ließ.

Ich würde wirklich gerne ihren faltigen Hals berühren,

dachte Fee, stellte die Untertasse mit der Tasse auf ihre Schenkel und legte die rechte Hand darüber.
»Das war das letzte Mal, ... daß wir Bergen und die Familie Rosenstiel gesehen haben«, sagte Frau Abbado zwischen das Geräusch des Regens, »wir haben auch nicht mehr über sie geredet ... Wir taten, als sei das Thema erledigt ... Claudio zog in den Krieg und kam wieder ... Rosenstiel und Bergen nicht ... Ich bin während der ganzen Zeit immer wieder auf den Farbfleck auf der anderen Straßenseite getreten, ... selbst wenn ich nicht auf die andere Straßenseite mußte. Ich habe meinen Weg immer so gewählt, ... daß ich auf den Fleck treten konnte ... Nach dem Krieg war er dann weg, nach und nach verblaßt ... oder weggeschrubbt, ich weiß nicht.«
Fee hatte plötzlich das Gefühl, genug gehört zu haben. Ihr war leicht übel, und sie ertrug die Kaffeetasse auf ihrem Schoß nicht mehr. Sie stand auf, trat über den Teppich auf das Sofa zu und stellte die Tasse neben den Löffel auf die Ablage. Einen Moment lang war sie versucht, Frau Abbados Untertasse anzuheben und die Fliege rauszulassen, aber Frau Abbado sagte leise: »Ja, gehen Sie, ... es wird Zeit.«
Fee wußte nicht, wie sie das verstehen sollte. Sie schaute von oben auf Frau Abbados Haare und sagte: »Ich danke Ihnen für das Gespräch.«
Frau Abbado reagierte nicht, blickte einfach nur stumm ins Zimmer hinein.
Fee ging an ihr vorbei und öffnete die Tür zum Flur.
Sie warf im Vorbeigehen einen Blick in Frau Abbados Küche. Auf dem Tisch standen noch die Reste vom Frühstück, und für einen Augenblick dachte sie, einen Schatten auf der Heizung hocken zu sehen.

Über das Fenster zum Hof lief das Regenwasser in dichten Schlieren.

Pakete

Im Zimmer war es warm. Trotz ärmellosen T-Shirts schwitzte Zickel. Er stand am Fenster und schaute auf die Straße, die sich merkwürdig krümmte, sich verschob und ausfranste. Der Regen klatschte gegen das Glas, pochte und trommelte, als sei er draußen eingesperrt.
»Kannst du mir sagen, wieso die direkt nachm Mittagessen 'ne Kochsendung bringen?« fragte Skull und wischte ein Häufchen Asche von der Ledercouch.
Zickel streichelte die Katze auf dem Fensterbord. Der Heizkörper drückte heiße Luft gegen seine Schenkel. Er trat einen Schritt zurück, blies seinen Atem aus dem Mundwinkel, während er die Arme vor der Brust verschränkte.
Draußen flackerten aufgeregt die Häuser.
»Können wir die Heizung mal ausmachen?« fragte er.
Skull schneuzte sich und legte das zerknüllte Taschentuch zu den andern auf den schweren Metalltisch.
»Ich bin erkältet«, antwortete er.

Eine Sechzig-Watt-Birne streute gelbes Licht und das Birkenblattmuster des Lampenschirms über die Holzschränke. Im Glas der Vitrine spiegelte sich verzerrt das Zimmer.
Der Fernsehkoch tunkte Fleischstücke in eine Teigschüssel.
Zickel hörte, wie Skull sich eine Zigarette anzündete und hustete.
»Ich hasse es zu warten«, sagte er.

»Wir warten doch gar nicht«, antwortete Skull und zog seinen Schnupfen hoch.
»So?« sagte Zickel, »was tun wir denn in dieser Scheiß-Wohnung?«
Dicke Tropfen schlugen gegen das Fensterglas und platzten.
Die Katze sprang ins Zimmer, rutschte ein winziges Stück über den Laminatboden, rieb sich kurz an der Couch und legte sich in einen Sessel.
»Wir verbringen den Nachmittag«, sagte Skull. »Wir schauen fern. Wir passen auf das neue Paket auf.«
»Wir warten darauf, daß Wuttkam jemanden schickt, der es abholt. Wir warten darauf, daß es Nacht wird«, sagte Zickel schroff und schob sich Mittel- und Zeigefinger senkrecht unter die Nase, als wollte er an den Kuppen riechen.
Der Koch legte die Teigtaschen mit einem großen Löffel in einen Topf. Zickel hörte das Fett brutzeln und wischte sich den Schweiß von der Stirn.
»Warten tu ich, wenn ich um 14.00 Uhr verabredet bin, und der andere kommt nicht«, sagte Skull. Zwischen seinen gelblichen Fingern brannte die Zigarette.
Eine Frage der Zeit, wann er sich ein Loch ins Sakko brennt, dachte Zickel.
»Dann sitze ich da«, erklärte Skull und machte erneut eine Pause, um durch den Mund einzuatmen, »dann sitze ich da und werde nervös. Ja? Fünf nach zwei, Viertel nach zwei. Das ist Warten. Aber wenn ich um 23.00 Uhr verabredet bin, dann fange ich doch nicht schon mittags um zwei zu warten an. Versteh mich richtig, ich hasse Warten auch. Ich hasse das ungefähr so, wie wenn jemand meinen Namen englisch ausspricht, ja, also Skall, mit ›a‹. Gibt so

Schlauis. Krieg ich jedesmal zuviel. Klar, kommt der Name von meiner Glatze, aber hier is' Deutschland, oder? Und mit dem Warten ist ...«

»Is' o.k., Skull«, sagte Zickel, »is' o.k.«

Für einen Moment stand der Rauch über dem Metalltisch, dann glitt er behäbig weiter zwischen die Schrankritzen.

Skull schob seine Brille etwas nach oben und tupfte mit einem Papiertaschentuch seine Nase trocken. Über seine Stirn glitt der Zigarettenrauch bis zur Schädeldecke.

Sein Kopf raucht, dachte Zickel, hoffentlich verbrennt sein Gehirn dabei nicht, sonst kotzt der noch mehr Laberasche in den Raum.

»Ich wünsche guten Appetit!« sagte der Fernsehkoch und verschwand hinter der Abspannmusik.

Skull nahm die Fernbedienung und schaltete um.

Draußen ließ der Regen etwas nach, sprühte das Fenster zu.

»Geschmack hat er keinen«, näselte Skull und schneuzte sich. Seine Brille machte einen winzigen Satz auf der Nase.

Zickel schaute auf die Bilder an den Wänden.

»Ich mein', das ist doch alles gnadenlos zusammengewürfelt hier. Da paßt nix«, sagte Skull. »Den Schrank aufmachen zu müssen um fernzusehen, ist doch das Allerletzte.«

»Du hast es doch noch nie gebracht«, schrie eine Frau und fuchtelte mit den Händen. Zickel sah das Publikum grinsen.

»Weißte, ich male schon lange«, sagte Skull und drückte seine Zigarette im Aschenbecher aus, »aber diese Impressionisten konnte ich noch nie ab. Das ist so schwammig.

Alles weich und durchgespült. Bei denen sieht das Licht immer aus, als sei Gott gerade inkontinent. So Tröpfchen, ja.«
Die Katze schnupperte am Sessel und hob den Kopf.
Zickel strich mit der flachen Hand seine Haare zurück. Seine Kopfhaut war feucht. »Wuttkam wohnt ja nicht hier«, sagte er, «ist doch nur eine Zwischen ...«
»Und dann dieser Metalltisch«, unterbrach ihn Skull und zog mit der linken Hand sein Sakko enger um den Hals.
Von draußen kamen scharrende Geräusche. Wind ging über die Dächer. Über den Schränken zitterte das Birkenblattmuster des Lampenschirms.
Zickel schob sich senkrecht zwei Finger unter die Nase. Warum eigentlich immer diese Zwischenstation? dachte er.
Die Frau im Fernseher hielt sich demonstrativ die Ohren zu. Ihr Freund sagte: »Sie ist eine Schlampe.« Das Publikum lachte kurz.
»Du hast schwarze Nägel«, sagte Skull.
»Ich war angeln, gestern«, erwiderte Zickel und runzelte seine Stirnhaut nach oben, während er kurz die Augen schloß. »Das kommt von den Maden. Sondern so was Schwarzes ab, wenn du sie auf den Haken ziehst.«
»Ich geh' lieber ins Fischrestaurant«, sagte Skull. »Da gibt es Messer und Gabel, und wenn doch etwas daneben geht, hast du Servietten.«
Zickel trat ans Fenster und drehte die Heizung runter.
Der Regen schlug ihm entgegen und perlte am Glas ab.
Auf dem Sessel machte die Katze einen Buckel und gähnte. Ihr Schwanz stand dabei senkrecht in die Höhe.
»Aber so ist das halt«, sagte Skull, »die einen malen und

die andern angeln.« Die Stimme vibrierte weit hinten im Rachen. Sein Schnupfen legte sich wie ein filziges Spültuch darüber und dämpfte den Klang.
Wenn du wüßtest, wie sehr du mir auf die Nüsse gehst, dachte Zickel.

»Wird Anton Karin verzeihen?« fragte die Moderatorin. »Wir werden es erfahren, gleich nach der Werbung.« Skull zündete sich eine Zigarette am brennenden Stummel seiner letzten an.
Im Zimmer hing der Rauch in mehreren Schichten untereinander und wurde nach und nach zu einem undurchsichtigen Block zusammengepreßt.
»Ich kleb' mal 'ne Briefmarke aufs Paket«, sagte Zickel.
Skull hob den Kopf und heftete seinen Blick an Zickels Rücken, bis die Schlafzimmertür wieder geschlossen war. Dann stand er auf, sah aus dem Fenster und drehte die Heizung wieder hoch.
Auf dem Bürgersteig kämpfte ein alter Mann mit seinem nach oben geklappten Regenschirm.
Skull nahm die Zigarette in seine linke Hand, formte seine rechte zu einem Revolver, indem er Zeigefinger und Daumen im rechten Winkel voneinander streckte, zielte kurz und sagte laut: »Peng!«
Der Mann auf dem Bürgersteig schloß seinen Schirm, blickte die Fassade hoch, als habe er Skull gehört, und ging durch den strömenden Regen Richtung Bäckerei.
Im Haus gegenüber knipste eine Frau das Licht an.
Skull setzte sich wieder auf die Couch und aschte in den Haufen gebrauchter Papiertaschentücher.
Aus dem Schlafzimmer war Zickels Stimme zu hören. Er fluchte und schimpfte.

Skull machte den Fernseher lauter. »Gleich am Geschmack erkannt«, sagte eine Stimme.
Alles impressionistisch, dachte Skull, ohne Weichzeichner geht gar nichts. Er griff neben die Couch und nahm eine Weinflasche hoch. ›Barolo‹ stand auf dem Etikett.
In seiner Nase setzte sich ein Kribbeln fest, verhedderte sich in den Härchen und kroch langsam bis zur Stirnhöhle hoch. Skull nieste, stellte die Flasche auf den Tisch und stopfte eine Ecke des Taschentuchs in sein rechtes Nasenloch.
Die Katze öffnete kurz die Augen und döste weiter.
Dann begannen die Birkenblätter sich über die Holzmöbel zu drehen.
Die Moderatorin schaute erwartungsvoll in die Kamera. Ihr Lächeln gefror, bis eine goldglänzende Kugel über den Bildschirm wischte und das klatschende Publikum freigab. Die Kamera ruckte und bewegte sich zielstrebig auf Karin und Anton zu.
Zickel stand im Zimmer und sagte: »Kannste nicht mal mit Rauchen aufhören?«
»Ist alles wieder verpackt?« fragte Skull.
Zickel zuckte mit den Achseln, ging zum Fenster und öffnete es.
Türkische Musik war leise zu hören.
»Ich bin erkältet«, sagte Skull.
Zickel reagierte nicht. Der Regen schlug ihm ins Gesicht. Die abgekühlte Luft schien seine Lungen zu weiten.
»Schließ das Fenster«, sagte Skull und atmete leise und beherrscht durch den Mund.
Auf dem Rand des Metalltisches lag die brennende Zigarette.

Skull drückte auf den Lautstärkeknopf der Fernbedienung. Karins Schluchzen verebbte.
»Das Fenster«, sagte Skull in die plötzliche Stille hinein.
Zickel hielt die Arme auf das Fensterbrett gestützt und blickte auf den leeren Bürgersteig. Es war früher Nachmittag, und alles lag im Dunkeln. Mit einem Ruck stieß er sich ab, schlug das Fenster zu und steckte seine Hände in die Hosentaschen.
Von nebenan war ein Scharren zu hören, begleitet von Rascheln und leisem Geheul.
Skull machte das Fernsehgerät wieder lauter und starrte Zickel in den Nacken. Dann nahm er seine Zigarette vom Tisch und ging ins Schlafzimmer.

Im Haus gegenüber sah Zickel, wie sich eine Frau die langen Haare mit einem Handtuch trocknete. Sie hielt den Kopf schräg und ging dabei im Zimmer auf und ab. Von Zeit zu Zeit blieb sie stehen, als denke sie nach. Dann befühlte sie die einzelnen Strähnen, bückte sich nach vorn und kämmte sich, wobei sie die Bürste jeweils im Nacken ansetzte und über den Hinterkopf Richtung Boden zog.
Zickel atmete gegen die Fensterscheibe. Ein undurchsichtiger Fleck breitete sich aus und schrumpfte wieder in sich zusammen. Von unten stieg heiße Luft empor. Er umfaßte den Fenstergriff und spürte eine leichte Müdigkeit in den Gliedern.
Im Fernseher schluchzte Karin noch immer. Das Publikum buhte.
Die Frau im Haus gegenüber war weg. Das Licht brannte noch. Zickel sah das Handtuch über einer Stuhllehne hängen.
»Du bist ein Idiot«, sagte Skull.

Zickel erschrak, faßte sich aber sofort wieder und drehte sich um. Skull stand direkt vor ihm und blickte ihm leicht von unten in die Augen. Das Licht an der Decke ließ Skulls Stirn merkwürdig finster erscheinen.
»Du hast ihr zwei Finger gebrochen«, sagte er und verzog seinen Mund. »Du bist ein Idiot.«
Zickel hielt seinem Blick stand.
»Sie hat sich gewehrt«, sagte er und hielt sich Mittel- und Zeigefinger senkrecht unter die Nase.
»Wie denn?« schrie Skull, »verschnürt, wie die ist!«
Er zündete sich eine Zigarette an und ließ sich auf das Sofa fallen. Mit einer Handvoll gebrauchter Papiertaschentücher wischte er über seine braunen Lederschuhe.
Die Katze glitt vom Sessel und sprang auf die Couch.
Skull schlug nach ihr und schrie: »Scheißvieh, behalt deine Haare für dich, sonst bring ich dich zum Platzen.«
Das Tier gab einen gepreßten Laut von sich und schlich zur Schlafzimmertür. Dort starrte es auf die Klinke und miaute, bis Zickel ihm öffnete.
»Mach die Tür wieder zu«, schnauzte Skull.
Das Licht flackerte einmal kurz. Dann lag es wieder bewegungslos und teegelb über den Möbeln.
»Weiß gar nicht, was an denen besonders sein soll. Haben doch alle kein Rückgrat«, sagte Zickel. »Thailand, wenn ich das schon höre. Ich kann das Scheißlächeln nicht mehr sehen. Die grinsen noch, wenn sie am Abnippeln sind. Das macht mich wahnsinnig. Wo hast du den Wein her?«
Skull hustete. Rauch schien aus all seinen Poren zu kommen.
»Hat gestern jemand auf seinem Autodach vergessen«, antwortete er. »Paar Häuser weiter.«
Zickel öffnete eine Schublade und nahm einen Korken-

zieher heraus, den er Skull reichte. Dann stellte er zwei Gläser aus der Vitrine auf den Tisch. Der Korken quietschte einmal kurz, als er aus dem Flaschenhals gezogen wurde.
Zickel setzte sich in den Sessel. Dunkelrot stand die Flüssigkeit in den Gläsern vor ihnen und atmete.
»Ein beschädigtes Paket«, sagte Skull und blies Rauch über den Wein, »das gibt Probleme.«

Der Himmel schien einen Moment lang aufklaren zu wollen. Wolken rissen entzwei, öffneten einen hellgrauen Spalt und drifteten mehr und mehr auseinander. Die Fassade gegenüber trocknete fleckenweise, wirkte zuweilen hell.
Die Frau löschte das Licht in ihrem Zimmer.
Zickel aber konnte ihr Tuch über dem Stuhl noch erkennen. Er hakte einen Finger in den Ausschnitt seines T-Shirts und bewegte seine Hand hin und her.
»Sonne satt«, sagte eine Stimme, »und die Einheimischen bringen Ihnen gerne den Merengue bei.«
Skull blickte in eine Landschaft aus Pflanzen und Sand. Das Meer war nicht zu sehen. Auf dem Metalltisch schaute die leere Baroloflasche zwischen einem Berg von Papiertaschentüchern hervor.
Skull aschte in den Flaschenhals und sagte: »Reisen ist nix für mich. Siehste ja, was passiert, wenn du fremd bist.« Und zeigte mit dem Kinn auf die Schlafzimmertür.
»Ich bin auch als Kind nie gereist, weil mein Vater nie reisen wollte. Urlaub war immer zu Hause, einfach rumliegen, nix tun. Das Meer ist bestimmt ganz o.k., aber dann haste die ganzen fremden Gesichter um dich rum, weißt nicht, wem du trauen kannst und wem nicht. Und die Bet-

ten in den Hotels sind mit Sicherheit wie das von unserem Freund hier. Dicke Überdecke, drunter zwei Wolldecken, die immer nach Staub riechen, und ganz unten ein Laken, das sie am Fußende unter der Matratze feststopfen. Das kann ich nicht ab. Da haste immer das Gefühl, deine Füße sind bandagiert wie bei den Japanerinnen. Aber mit denen hat es ja unser Freund, wenn ich mir die Muster aufm neuen Duschvorhang angucke. Hast du die gesehen?«

»Hab nicht drauf geachtet«, antwortete Zickel.

»Es sind japanische Schriftzeichen«, sagte Skull.

»Und was bedeuten sie?« fragte Zickel.

»Woher soll ich das denn wissen!« sagte Skull.

Weißt doch sonst alles, dachte Zickel.

»Wir hatten Glück«, sagte die Fernsehstimme, »und wurden zu einer echten Voodoo-Zeremonie eingeladen. Aber keine Angst, auch hier hat der Fortschritt Einzug gehalten. Die Hühner sind mittlerweile aus Plastik.«

Im Zimmer war es hell geworden. Das Licht der Glühbirne verlor sich zwischen den Möbeln, zerbröselte, löste sich auf.

»Interessiert mich irgendwie nicht«, sagte Skull, »Schlangen, Hühner, fremde Kultur. Haben nicht mal bekannte Maler. Kennst du einen asiatischen Maler?«

Je klarer der Himmel draußen wurde, desto weniger konnte Zickel vom Zimmer gegenüber erkennen. Das Handtuch lag nur noch wie ein breiter, dunkler Riß über einer stuhlähnlichen Form.

Skull schneuzte sich geräuschvoll und fluchte. Mit zwei Fingern seiner linken Hand packte er ein Taschentuch an einer Ecke und schüttelte mit ein paar kräftigen Bewegungen das Päckchen auf den Metalltisch. Dann wischte er

mit dem zusammengefalteten Papier seine rechte Handfläche trocken.
Über den Bildschirm verteilten sich Palmen. Musik lief wie ein dünnes Rinnsal ins Zimmer, unterbrochen durch das dumpfe Aufschlagen von Kokosnüssen.
Skull hatte die Zigarette zwischen den Lippen und atmete am Stengel vorbei, während er sein rechtes Auge halb schloß.
»Schau dir das an!« sagte er und zeigte auf den Fernseher. »Alle einen Kopf zu klein, um international mitmischen zu können. Für mich ist Asien ein Postamt mit einer Menge Pakete. Ich trinke keinen Tee. Langkornreis kommt aus Amerika. Und der Duschvorhang von unserem Freund, der wurde hier in Deutschland in irgendeiner Fabrik bedruckt, da wett' ich drauf.«
Schau fern und halt die Klappe, dachte Zickel.
Der Rauch stand wie eine schlecht riechende Pflanze über dem Fensterbrett und brachte Zickels Augen zum Brennen. Schweiß sammelte sich in seinen Augenbrauen.
»Daß die Amis damals den Krieg verloren haben, das ist auch so 'n Ding«, fuhr Skull fort. »Kann ich mir, ehrlich gesagt, nicht vorstellen. Da ist was faul. Eines Tages wird das auffliegen. Wenn sich jemand so gerne verbeugt, ja, immer den Nacken hinhält, der gewinnt doch keinen Krieg. Freiwillig tun die sowieso nix. Grinsen immer, aber dauert Stunden, bis sie den Arsch hochkriegen.«
Zickel strich sich mit der Hand über beide Augenbrauen.
»Is' ein Bericht über die Dominikanische Republik«, sagte er.
»Was?« sagte Skull, schaute in Zickels Rücken, dann wieder zum Fernseher. Ein Hotelangestellter brachte frisch gepreßten Saft und verbeugte sich.

Skull warf seine Kippe in die Baroloflasche, nahm die Fernbedienung von der Couch und schaltete um.

Rasch zog sich draußen der Himmel wieder zu, so als lege jemand mit ein paar Handgriffen eine Plane über die Stadt.

Das Licht verschwand von der Straße, und im Zimmer gegenüber zeigte sich wieder das Handtuch über dem Stuhl.

Zickel hatte einen trockenen Mund. Sein T-Shirt klebte am Rücken.

»Sie sparen richtiges Geld«, sagte der Mann hinter dem Holztresen und hielt ein Fäßchen voll Tinte hoch.

»Glaube ich nicht«, sagte Skull.

»Glauben Sie's mir«, sagte der Mann, »dieses Set gilt für alle Druckerpatronen, die es gibt. Jeder Hersteller muß Patronen nachfüllen. Sie können nun die Löcher der Hersteller benutzen.« Der Mann hinter dem Tresen sprach ungewöhnlich schnell.

Skull hatte das Gefühl, die Sätze wie einen zusätzlichen Infekt in den Nebenhöhlen zu spüren. Er schneuzte und warf das Taschentuch mit der Satzflüssigkeit auf den Boden neben die Couch.

»Vierzig Euro! Diesen Verdienst kann man gar nicht in Worte fassen«, sagte der Mann so schnell, als habe er nicht einen Satz, sondern nur ein einziges Wort ausgesprochen.

Skull rollte die Zigarette zwischen seinen Lippen hin und her.

Auf den Möbeln vibrierte das Birkenblattmuster.

»Das ganze Paket!« sagte der Mann und trat vor seinen Holztresen.

Gegen die Fensterscheibe platzten Regentropfen und hinterließen für eine Sekunde ein Zackenmuster, das sich schnell auflöste und in Form einiger Schlieren abwärts lief.
Zickel hatte plötzlich das Gefühl, die Frau von gegenüber beobachte ihn. Sie hatte kein Licht gemacht und stand weit hinten im Zimmer an den Türrahmen gelehnt, so als wollte sie ungesehen bleiben. Dabei starrte sie herüber.
»Ich seh' dich«, hauchte Zickel und blies seinen Atem langsam, indem er seine Oberlippe etwas vorwölbte, am Kinn vorbei.
»Was siehst du?« fragte Skull.
Zickel drehte sich kurz um. Im Zimmer hatte der Rauch sich zu einem schweren Block zwischen ihm und Skull geformt.
»Kannste nicht wenigstens deine Taschentücher wegschmeißen«, sagte er.
Skull sah Zickel ins verschwitzte Gesicht, nahm seine Zigarette zwischen Zeige- und Mittelfinger, streckte langsam seinen Arm und schob die benutzten Papiertaschentücher samt Weinflasche über den Metalltisch, bis alles auf dem Boden lag.
»Besser so?« fragte er.
Der Regen klopfte noch ein paarmal unschlüssig gegen das Glas. Dann begann draußen wieder alles zu trocknen.
Die Frau gegenüber stand noch immer am Türrahmen und bewegte sich nicht. Ich werde dich immer sehen, dachte Zickel.
»Das ganze Paket«, wiederholte der Mann und tauchte sein Gesicht ins Objektiv der Kamera.
»Weiß nicht, warum alle auf diese Pakete stehen«, sagte Skull. »Hab' mal nachgefragt, wohin die Reise geht. Was

meinste? Aus dieser Wohnung direkt nach Belgien, Luxemburg, Frankreich, Holland. Ganz Europa wartet auf eine Packung Liebe. Manche bleiben auch hier.«
»Wer's mag«, antwortete Zickel und hielt sich Mittel- und Zeigefinger senkrecht unter die Nase.
Die Frau gegenüber drückte ihren Rücken gegen den Türrahmen, bewegte kaum merklich ihr Becken hin und her.
»Machst du das für mich?« fragte Zickel.
»Liebe ist das nicht«, sagte Skull und drückte seine Nasenflügel mehrmals hintereinander zusammen. »Die können das gar nicht. Die tun nur so. Alles nur nach außen und drinnen gelbe, undurchsichtige Gülle. Biegsam, bis die Hirnhälften sich spalten.«
Er legte seine Zigarette auf die Tischkante, lehnte sich zurück und zappte durch die Programme.
»Pestizide sind hier so alltäglich wie das Mittagessen«, sagte eine Frau.
»Wer will das wissen?« sagte Skull.
Die Models gingen in hochhackigen Schuhen über den Laufsteg. Ihr Blick war wild.
»Ich hasse Frauen, die sich verkaufen«, sagte Skull und schob mit beiden Händen seine Brille etwas höher. »Ich würde nie zu Huren gehen. Was Weiber freiwillig machen, machen sie am besten. Dann ist Gefühl drin. Ehrlichkeit braucht kein Lächeln. Liebe schon gar nicht. Ich hab' mal 'n Gesicht gemalt, nur 'n Gesicht. Aber da siehste alles drauf. Du schaust hin und siehst alles, was sie hat.«
»Verschon mich«, sagte Zickel.
Skull stand vom Sofa auf und ging Richtung Klo. »Du bist so ein Arschloch«, sagte er außer Atem.

Draußen klarte es endgültig auf. Das Licht beugte sich in den späten Nachmittag und zog ein einförmiges Blau über die Giebel.
Zickel öffnete das Fenster und sah für einen Moment sein Spiegelbild im Fenster gegenüber aufflackern. Die Frau im Zimmer dahinter war nicht mehr zu erkennen.
Wir sehen uns noch, dachte Zickel.
Der Geruch von feuchtem Staub lag in der Luft.
Türen gingen auf, und die Menschen traten auf die Straße, hatten nun scheinbar alle eine Menge zu erledigen, liefen über den Bürgersteig und grüßten sich.
Leise türkische Musik hing vor der Fassade, tänzelte zwischen den hinausströmenden Rauchschwaden hin und her.
»Der Sicherheitschef der irakischen Ölgesellschaft Nord«, sagte der Nachrichtensprecher, »wurde bei einem Attentat getötet.«
Zickel zog mit seiner Linken das nasse T-Shirt vom Rücken, fächerte sich die kühle Luft hinauf bis zu den Schulterblättern und ließ den Stoff wieder los. Erfrischend kalt legte sich das nasse Kleidungsstück über seine Wirbelsäule.
Aus dem Schlafzimmer drang ein leichtes Stöhnen.
»Am Morgen ereignete sich in der nordafghanischen Stadt Kundus ein Bombenanschlag auf einen Militärkonvoi der ISAF«, sagte der Nachrichtensprecher, »Drei Passanten und der afghanische Fahrer starben. Im Fahrzeug befanden sich ebenfalls zwei deutsche Soldaten …«
Zickel lehnte sich etwas aus dem Fenster und atmete tief ein.
Aus dem Zimmer drang noch immer Rauch nach draußen.
Deine Lungen möchte ich haben, dachte Zickel. Dann

drehte er die Heizung runter und schloß das Fenster wieder.

»Scheiße!« brüllte Skull und trat auf die brennenden Papiertaschentücher neben der Ledercouch.

Zickel hatte ihn nicht hereinkommen hören und fuhr herum.

»In Ulm«, sagte der Nachrichtensprecher, »wurde heute der 95. deutsche Katholikentag unter dem Motto ›Leben aus Gottes Kraft‹ eröffnet.«

Skull hielt seine Zigarette hoch über seinen Kopf, als wollte er nicht auch noch die Möbel in Brand stecken, und trampelte wild auf dem angekokelten Papierhaufen herum. Dabei rutschte seine Brille vom rechten Ohr und hing schräg über den Nasenflügeln, was seinem verschnupften Gesicht etwas Koboldhaftes gab.

»Kannst du nicht aufpassen!« schrie er.

»Tickst du noch sauber?« brüllte Zickel zurück.

Skull stand auf den angekokelten Papierfetzen, den rechten Arm mit der Kippe noch immer hoch über seinem Kopf und zog die Nasenflüssigkeit mehrmals hintereinander hoch.

Aus dem Schlafzimmer kam ein Stöhnen.

Skull setzte sich auf die Couch, nahm einen Zug von seiner Zigarette und begann mit einem frischen Taschentuch seine braunen Lederschuhe zu säubern.

»Die Gewalt an den Schulen«, sagte der Nachrichtensprecher, »steigt.«

Über den Holzschränken war das Birkenblattmuster des Lampenschirms nicht mehr zu erkennen.

Zickel ließ sich halb auf das Fensterbrett nieder und lehnte seinen Rücken gegen das Glas.

»Die sind auch nicht härter als wir damals«, sagte Skull.

»Ich, zum Beispiel, bin von der Schule geflogen, weil ich einem Lehrer eine Kopfnuß verpaßt habe.«

Du bist so hohl wie eine Erdnußschale, dachte Zickel und drehte sich um.

Das Zimmer gegenüber war dunkel. Zickel versuchte trotzdem, den Stuhl mit dem Handtuch auszumachen.

»Oder hier«, fuhr Skull fort und deutete mit den beiden Fingern, die seine Zigarette hielten, auf sein Gesicht. »Da bin ich mal operiert worden, weil der Augenboden zertrümmert war. Kein impressionistischer Firlefanz. Das tat scheißeweh. Die haben alle Splitter einzeln entfernt und dann einen Plastikboden eingepflanzt. Da liegt mein Auge drauf.«

Und dein Hirn liegt im Gefrierfach, dachte Zickel.

Skull hielt ein Taschentuch unter seine Nase und ließ seinen Schnupfen eine Zeitlang laufen. Dann drückte er seine Zigarette im überfüllten Aschenbecher aus.

»Scheißkalt hier«, sagte er.

Drei Stunden später lag das Birkenblattmuster wieder, wenn auch kaum sichtbar, wie eine Reihe von Fettflecken über den Möbeln. Im Zimmer schien sich der Rauch je nach Dichte auf verschiedene Ebenen verteilt zu haben.

»Kylie Minogue. Das Biest«, sagte die Moderatorin, »Hier kommt sie!«

Skull wickelte sich eng in sein Sakko und rauchte in kurzen, nervösen Zügen. Sein Gesicht war gerötet.

Im Haus gegenüber betätigte die Frau kurz den Lichtschalter, griff nach ihrem Mantel, der neben der Tür an einem Haken hing, drehte sich dem Fenster zu und löschte sofort wieder das Licht.

Zickel ließ seine Zunge über die Oberlippe wandern und

schaute nach unten auf die Tür des gegenüberliegenden Hauses. Ein Hund lief vorbei. Passanten blieben stehen und sprachen miteinander.
Aber die Frau kam nicht raus.
Was für ein Spiel soll das denn werden? dachte Zickel.
Jemand trug eine schwere Sporttasche über der Schulter und schlenderte zu seinem Wagen, gegen den gerade ein Terrier pinkelte. Die Hundebesitzerin entschuldigte sich mehrmals und nahm den Hund an die Leine. Als der Wagen wegfuhr, drehte die Hundebesitzerin sich um und schlug mit der linken Hand in ihre rechte Armbeuge, so daß ihre Faust und ihr Mittelfinger nach oben flogen.
Zwei Tauben ließen sich im Bordstein nieder und begannen zu picken.
Zickel wartete noch kurz, aber die Frau kam nicht raus. Er schob sich zwei Fingerkuppen unter die Nase, drehte sich zu Skull und sagte: »Ich geh' nochmal 'ne Briefmarke kleben.«
Das Birkenblattmuster des Lampenschirms schien auf dem Rauchblock mitten im Zimmer zu liegen.
In der Vitrine hingen dünne Schwaden über den Gläsern.
»Paß diesmal auf«, quetschte Skull zwischen einem Nieser und dem nächsten hervor.
Wird sich noch finden, wer aufpassen muß, dachte Zickel und öffnete die Schlafzimmertür.
Ein spitzer, kehliger Laut war zu hören.
Skull nahm die Fernbedienung und trieb Kylie Minogues Stimme nach oben. Rund um den Aschenbecher lagen Zigarettenstummel verstreut auf dem Metalltisch.
Draußen begann das Licht sich langsam zurückzuziehen.
»Bald ist Feierabend«, sagte Skull. Das Atmen erschöpfte ihn.

»Die lag auf ihrem Gesicht«, sagte Zickel laut und hielt die Katze hoch.
Skull schaute auf das Tier und schob seine Brille über den Nasenrücken ein Stück nach oben.
»Das hätte uns noch gefehlt«, sagte er.
Zickel ließ die Katze zu Boden fallen und verschwand wieder im Schlafzimmer.
»Wenn du fertig bist, kannste was vom Türken holen. Ich hab' Hunger«, schrie Skull gegen die geschlossene Tür.
Die Katze rieb ihren Rücken den Holzschrank entlang, machte kehrt und sprang in den Sessel. Skull schlug den Kragen von seinem Sakko hoch.
Die Moderatorin sagte: »Die würd' ich ja auch mal gerne, na, ihr wißt schon.«
Skull schloß kurz die Augen. Sofort hatte er das Gefühl, das ganze Zimmer stürze über ihm zusammen. Er stand auf, wischte mit dem Handrücken über Nase und Oberlippe und nuschelte: »Das Arschloch.«
Dann drehte er die Heizung wieder hoch.

Reisefieber

Slarg Bergen schlug auf in der Neustadt und hatte zwei Rippen gebrochen. Die Leute auf Gleis 9 warfen lange Schatten und gingen an ihm vorbei, als sei er Luft. Er hielt sich den rechten Arm vor die Brust, kroch einen Moment lang auf drei Beinen herum und versuchte aufzustehen. Schließlich kniete er sich neben seine Tasche, hob kurz den Kopf und sah den Schaffner, wie er seine Hände und sein Gesicht von innen gegen die Fensterscheibe des Abteils drückte.

Was vorher geschehen war:
Kurz bevor Slarg Bergen am Morgen den Zug bestieg, ging der Schaffner hinter ihm vorbei und sagte laut und deutlich: »Nein!«
Slarg wußte nicht, ob dieses Nein ihm galt. Er sah dem Schaffner hinterher, wie er das Gleis entlanglief, und roch seinen säuerlichen Atem.
Die Eisenträger, auf denen die langgezogene Dachkonstruktion ruhte, schnitten ihre Schatten scharfkantig in die Bodenplatten.
Ein Mädchen kam Slarg an der Hand seiner Mutter entgegen, versuchte die Schatten nicht zu berühren, machte Sprünge und wurde von seiner Mutter mit einem Ruck zurechtgewiesen.
Slarg fiel auf, daß sowohl das Kleid des Mädchens als auch das der Mutter verwaschen waren. Altkleidersammlung, dachte er, aber dann flog ein Schwarm Tauben über ihre Köpfe und bemusterte den Stoff neu, während beide hastig ihre Köpfe einzogen.

Immer mehr Menschen strömten auf die Gleise, trugen Säcke, die größer wirkten als sie selbst, wechselten die Richtung, stolperten übereinander.
Slarg schmiß seine Tasche in den Zug, stieg die beiden Treppenstufen hoch und verschwand im Innern.
Die Türen schlossen sich hinter ihm, und der Zug setzte sich in Bewegung. Acht Minuten zu früh, wie Slarg auf seiner Armbanduhr sehen konnte.
Auf dem Bahnsteig blieben die Menschen mit ihrem Gepäck zurück. Ihre Gesichter wischten schneller und schneller vor der leicht abgedunkelten Scheibe in der Tür vorbei, bis Slarg das Gefühl hatte, alle Schädel gingen ineinander über, verschmolzen zu einer Einheit.
Was am Fenster haften blieb, war ein Ausdruck der Ermüdung, ein erschlafftes Gesicht, das der Zug mit aus dem Bahnhof hinaustrug.
Slarg schob seine Tasche mit dem Fuß ein Stück über den Boden, sah erneut auf die Uhr. Habe ich es so eilig, dachte er?
Unter seinen Füßen vibrierte die Erde, unterbrochen vom regelmäßigen Takt dumpfer Schläge.
Leere, graffitibesprühte Gebäude säumten die Gleise, hingen fensterlos oberhalb der Abhänge, auf denen sich Brennesseln breitmachten. Dann zerschnitt eine Brüstung die Außenwelt in eckige Formen, Hausdächer rutschten vorbei. Wäsche zum Trocknen vor die Fenster gehängt, flatterte, als hätten die Bewohner längst das Feld geräumt.
Der Zug rollte von der Brücke.
Hier liegt das Ende der Stadt, dachte Slarg Bergen.
Fußballfelder tauchten auf, einzelne Wiesen und Bäume. Weiter hinten streckte sich eine Straße, auf der sich die

Autos stauten. Ein Polizeiwagen war zu sehen. Schließlich wieder Baumkronen.

Slarg betätigte die mechanische Klinke, und die Schiebetür zum Großraumabteil öffnete sich mit einem Zischen. Er hielt seine Tasche vor sich, schob sie bei jedem Schritt mit dem Knie nach oben, während er sich durch den schmalen Gang bewegte.

Auf den Sitzen lagen Menschen oder hockten, den Kopf schnell hin und her wendend, mit dem Mund über einer Tüte, in der sich Nahrung befand. Andere hatten die Beine angezogen und säuberten zupfend ihre Kleidung.

Slarg Bergen warf seine Tasche ins Gepäcknetz und setzte sich an einen Tisch einem älteren Herrn gegenüber, der sehr dünn zu sein schien, denn sein Hals stach wie ein schmaler Halm aus dem Hemdkragen und darauf schaukelte der Kopf wie eine kleine, runde Knospe.

Auf der anderen Seite des Ganges pustete eine Frau mit schwarzen Locken ein Nackenkissen auf. Ihre Backen liefen dunkel an vor Anstrengung. Slarg sah die Adern im Weiß ihrer Augen. Sie pustete und pustete, geriet außer Atem, legte das Schlauchkissen kurz in ihren Schoß und schlief sofort ein.

Im gleichen Moment setzte sich ein Mann ihr gegenüber an den Tisch und begann, in den Illustrierten, die die Frau vor sich liegen hatte, zu blättern. Er hielt sie dicht vor sein Gesicht und schien das Papier zu beschnuppern.

Slarg glaubte den Mann zu kennen, ihn schon einmal in der Vorstadtsiedlung gesehen zu haben. Aber er war sich nicht sicher.

Von hinten kamen würgeartige Geräusche durch den Mittelgang, so als versuche eine Frau, einen Krümel aus ihrer Speiseröhre hervorzuholen.
Jemand schlürfte Kaffee oder Tee. Jedenfalls ein heißes Getränk, dachte Slarg.
Der Mann neben ihm kratzte an einem Illustriertencover, während der Kopf des älteren Herrn vor ihm zuweilen so ausladend hüpfte, daß seine Stirn mit einem dumpfen Geräusch gegen das leicht abgedunkelte Fensterglas schlug.
Dann bemerkte Slarg plötzlich, daß im Abteil die Farbe fehlte. Alles sah schwarz-weiß aus, grau, steingrau oder sepia, die Sitze waren anthrazit, und die Fahrgäste schienen Trauerkleidung zu tragen. Er selbst hatte ein dunkelgrünes T-Shirt und eine blaue Jeans angehabt, als er den Zug bestiegen hatte, aber jetzt wirkte alles ausgewaschen, die Hose maulwurfsgrau und das T-Shirt, als trage jemand es auf einem alten Foto. Selbst seine Haut wirkte blaß.
Slarg suchte nach einer Lichtquelle, die seine Beobachtung hätte erklären können, fand aber keine. Die Decke des Abteils hing im Dunkeln.
Irritiert schaute Slarg aus dem Fenster.
Draußen war alles beim alten. Gelbe Rapsfelder legten sich in den Wind, darüber tupfte der Himmel sein abgedunkeltes Blau über die Quellwolken, bis sie langsam verschwanden. Das Licht schlug in regelmäßigen Abständen gegen den Zug, aber die Farben rutschten an der glatten Oberfläche des Waggons ab, krallten sich einen Moment lang ans Fenster, verschwanden.
Im Innern des Abteils blieb die Welt schwarz-weiß.
Slarg stützte seine Ellenbogen auf den Tisch, drehte den Kopf etwas zur Seite und sah das übermüdete Gesicht vor der Scheibe kleben.

»Ja, ja«, sagte er laut vor sich hin.
»Nein«, schrie plötzlich die Frau mit den schwarzen Lokken. Sie hatte ihr verschlafenes Gesicht Slarg zugewandt und starrte an ihm vorbei durchs Fenster. Auf ihren Wangen zeigten sich symmetrisch angelegte dunkle Flecken wie auf dem Rücken eines Marienkäfers. Ihr Arm war ausgestreckt.
Slarg folgte dem unsichtbaren Strich nach draußen und kreiste schließlich mit einem Dutzend Krähen über die Felder. Er drehte erneut den Kopf und zuckte fragend mit den Achseln.
Die Frau schleuderte ihr Nackenkissen unter den Tisch, klappte die Lehne in der Mitte der beiden Sitze hoch und kugelte sich zusammen, indem sie ihren Kopf zwischen ihre Knie steckte. Der Mann vor ihr legte im selben Augenblick die Illustrierten auf den Tisch, schob sein Gesicht zwischen die Schulterblätter, so als habe er keinen Hals, während seine Augen sich wie Fühler bewegten.
Slarg verstand die Aufregung nicht, schaute auf den Herrn vor ihm. Der steckte ruhig und unbeteiligt im Sitz und tänzelte mit dem Kopf.
»Sagen Sie mir Bescheid«, rief die Frau zwischen ihre Knie.
Slarg wußte nicht, wen sie meinte und schüttelte den Kopf.
»Bitte«, hörte er die Frau sagen, während er bereits wieder die Krähen beobachtete, wie sie erst größere Kreise zogen, dabei allmählich ihren Mittelpunkt zugwärts verschoben, schließlich ihre Umlaufbahn verkleinerten, zuweilen über den Waggons verschwanden, um wenig später an anderer Stelle wieder aufzutauchen.
Im Abteil wurde es zunehmend unruhiger. Polster quietsch-

ten. Einige Gäste schienen über ihre Sitze zu krabbeln, verharrten und krabbelten weiter. Ein Scharren wieselte um die Sitze, so als versuche jemand den Boden aufzukratzen, ein Loch zu graben, um darin zu verschwinden.
Der Zug beschleunigte, gewann an Fahrt. Die Landschaft schoß regelrecht an der Scheibe vorbei. Die Krähen hielten sich auf Sichtweite, rückten näher, manchmal so nah, daß Slarg dachte, ihre Krallen am Glas vorbeiratschen zu hören.
Er schaute fasziniert auf ihre Bäuche, versuchte die Federn in den ausgebreiteten Flügeln der Krähen zu zählen und merkte, daß er stark schwitzte.
Im Abteil war es kühl, aber Slarg Bergen hatte Schweißtropfen auf der Stirn.
»Heiß hier«, sagte er.
Hinter dem Sitz des älteren Herrn wirbelten Füße die Luft um, so als habe jemand sich auf den Rücken gelegt und strampele, weil er nicht mehr hochkam. Ausrufe gingen über in unartikulierte Laute, wechselten sich mit Flüchen ab, schrammten über den Stoff der Taschen, schoben sich in der immer gleichen Abfolge den Gang entlang.
Die Frau mit den schwarzen Locken paßte ihre Kleidung dem Anthrazit des Sitzes an und war nur noch schwer zu erkennen.
Slarg merkte, wie sein Kopf zu glühen begann. Er legte sich eine Hand auf die Stirn und hatte das Gefühl, seinen Puls dort fühlen zu können.
»Haben Sie so etwas schon mal gesehen?« fragte er den älteren Herrn und zeigte mit den Daumen zu beiden Seiten nach draußen.
Dort flogen links und rechts vom Abteil die Krähen in einer Reihe, wuchsen aus dem Zug wie Flügel.

Slarg sah ihre Federn glänzen, ihre hellen Schnäbel.
Dann waren sie plötzlich weg.
Einfach weg, so als hätten sie mit einem Ruck gemeinsam ihren Flug unterbrochen, seien in der Luft stehen geblieben, während der Zug weiter raste Richtung Neustadt.
Über die Lautsprecher sagte die Stimme des Schaffners: »Wir erreichen in wenigen Minuten …« Rauschen überlappte die Stimme, und die Sprechanlage wurde ausgeschaltet.
Die Frau mit den schwarzen Locken entrollte ihren Körper und richtete sich auf. Sie schaute auf den Mann vor ihr und zog ihre Illustrierten näher an sich heran, strich mit der Hand über die Schwarz-Weiß-Fotos auf dem Cover.
Der Mann streckte seinen Hals, fuhr ihn zwischen den Schultern hervor und sagte: »Mein Name ist Warn, das ist keine Warnung, es ist mein Name, also Warn« und reichte der Frau seine Hand, die er sofort wieder zurückzog, noch bevor die Frau überhaupt Anstalten gemacht hatte, danach zu greifen.
Die anderen Fahrgäste beruhigten sich ebenfalls.
Hinter dem älteren Herrn verschwanden die Füße, und nur noch vereinzelt war ein Quietschen oder Scharren zu hören.
»Das war ja was«, sagte Slarg und massierte sich die Schläfen. In seinem Kopf war ein Gefühl, als habe sich Watte um sein Hirn gebildet.
Dann gab die Sprechanlage erneut Störgeräusche von sich, bis der Schaffner sagte: »Aufgrund von Bahnsteigarbeiten können wir die unterste Treppenstufe leider nicht ausklappen.« Er schwieg eine Weile, so daß nur das Rauschen durch das Abteil strömte, ehe er hinzufügte: »Wir haben aber Bungee-Seile an den Türen angebracht, so daß sie den

Bahnsteig sicher erreichen werden.« Ein Klicken beendete die Durchsage.
Slarg lachte und schaute in die Gesichter der Reisenden, aber niemand schien das Gesagte lustig zu finden.
Wie Schatten ihrer selbst rumorten die Fahrgäste über den Sitzen, zupften ihre Pullover gerade, legten Schals an, knöpften ihre Jacken zu.
Slarg bewegte seine Fingerkuppen über den Schweißfilm auf seiner Stirn. Sein ganzer Körper war feucht.
Im Abteil verbreitete sich ein geschäftiges Knistern.
Slarg schaute aus dem Fenster und wartete darauf, daß der Zug hielt.
Kühe standen draußen und wühlten ihre Schädel ins hohe Gras, ab und an schnellten Bäume vorbei.
Ein Bahnhof war nicht in Sicht.
Der Mann, der sich Warn nannte, sagte: »Was lesen Sie denn da? Lesen in einer Sprache, die fremd ist. Was lesen Sie da und gefährden uns?«
Die Frau saß vornübergebeugt, so daß ihre Locken sich am Hinterkopf teilten und zu beiden Seiten des Halses auf ihre Brust fielen, und blätterte in einer der Illustrierten.
Laß die Frau in Ruhe, dachte Slarg. Er stellte sich die kleinen dunklen Härchen in ihrem Nacken vor und fühlte, wie der Schweiß in den Stoff seiner grauen Jeans überging.
»Fremde Sprache, fremde Menschen«, sagte der Mann, der sich Warn nannte und spitzte sein Gesicht zu einer Fangmaske, »fremd riecht, und das Fremde, das Sie lesen, ist fremd und riecht.«
Die Frau hob kurz den Kopf, befeuchtete Zeigefinger und Daumen und blätterte weiter.
»So ist das mit den Kindern«, fuhr der Mann, der sich Warn nannte, mit zugespitztem Mund fort, »zuerst trinken

die Kinder Milch, Milch trinken sie, dann muß es Wasser sein. Sie wissen nichts Fremdes und trinken Wasser.«
Die Frau warf ihre Locken mit der rechten Hand in ihren Nacken und sagte: »Hören Sie ...«
»Versuchen Sie, Ihre Sätze zu formulieren«, unterbrach sie der Mann, der sich Warn nannte.
»Hören Sie ...«, wiederholte die Frau.
»Ja, versuchen Sie es«, antwortete der Mann.
Slarg sah auf die dunkle Kleidung des Mannes und verspürte das Bedürfnis, seinen Ärmel zu zerreißen. Zuerst nur den Ärmel, dann Teile vom Bruststoff, dann ...
»Bin gereist«, sagte der Mann, der sich Warn nannte, »mein Brillengestell brach in Brandenburg, Burgen gesehen, viel Mittelalterliches und Regen in Rumänien. Alles Fremde ist nicht von uns. Sie wissen was von uns. Die Reise ging bis nach Rußland und war mordskalt.«
Slarg spürte das schläfrige Gesicht vor der Zugscheibe, während die Frau sagte: »Hören Sie ...«
»Versuchen Sie, Ihre Sätze zu formulieren«, nickte der Mann, der sich Warn nannte.
Slarg spürte ein Brennen in seinem Hals, so als ritze das emsige Knistern im Abteil seine Schleimhäute auf. Er versuchte zu schlucken.
»Halten Sie den Mund!« hörte er sich plötzlich rufen.
Der Mann schreckte zurück, hob langsam einen Arm, an dessen Ende sich seine Hand wie eine Kralle bog. Dann schien er sich zurückzuziehen, sein Gesicht verflachte, sein Körper sank in den Sitz.
»Ja«, sagte Slarg ruhiger, »halten Sie einfach den Mund«.
Die Frau blätterte in ihrer Illustrierten, als habe sie nichts gehört. Aber ihre Haare griffen tief ins Polster hinein.
Slarg lehnte sich quer über den Sitz neben ihm und sah,

daß die Füße der Frau und die des Mannes sich hektisch umspielten, während das Abteil sich nun in die Länge zog und ähnlich einem endlosen Tunnel an einer hellweißen Öffnung endete.
Er richtete sich wieder auf, schüttelte den Kopf, als müsse er seine Sinne umorientieren.
»Ja, das ist kein Spaß«, sagte der ältere Herr vor ihm, »Sie sind noch jung. Der Schaffner hat mich gebeten, Sie aufzuklären.«
Seine Stimme klang weich und viel zu tief für diesen kleinen Körper, der aufpassen mußte, daß er nicht nach links verrutschte und in der Ritze zwischen den Polstern verschwand.
Slarg schaute auf den tänzelnden Kopf, auf dem die Haare wie feldgraue Fäden sprossen, und überlegte, was der ältere Herr meinte.
Er hatte das Gefühl, nun genauso müde zu sein wie dieses Gesicht, das der Zug mit auf Reisen genommen hatte.
»Sie verkennen Ihre Situation. Sie gehen über die Zeichen hinweg, spreizen die Beine und springen, als ginge es darum, einer Pfütze auszuweichen«, fuhr der ältere Herr fort und legte seine Arme flach auf den Tisch.
»Was meinen Sie?« fragte Slarg. »Der Zug müßte doch halten. Der Schaffner hat ...«
»Genau das meine ich«, sagte der ältere Herr und hatte Mühe, seinen Kopf senkrecht auf seinem Hals zu balancieren. Zweimal schwankte er knapp am Glas vorbei.
Dann wird die Knospe platzen, dachte Slarg.
»Haben Sie lange nach Ihrer Zugfahrkarte suchen müssen, heute morgen?« fragte der ältere Herr.
»Ja«, rief Slarg, »woher ...?«
»Machen Sie sich nicht lächerlich«, zischte der ältere Herr

und schaute der Landschaft zu, wie sie allmählich vor der Scheibe zerlief.

Die Frau mit den schwarzen Locken stand auf, stützte ihre Hände in die Hüften und bewegte ihre Ellenbogen vor und zurück.

»Bleiben Sie!« rief der Mann, der sich Warn nannte.

Slarg suchte nach einem Farbtupfer in seinem aufgeregten Gesicht, sah aber nur Schattierungen, graue Flächen, die sich über- und ineinander schoben und zu einem Ausdruck formten.

»Denken Sie an die Erlebnisse!« forderte der ältere Herr Slarg Bergen auf. Seine Finger breiteten sich langsam über die Tischplatte aus, streckten sich, wuchsen.

Slarg spürte, daß das Abteil vor und zurück schwankte, ihn in den Sitz drückte und dann wieder gegen die Tischkante zog. Es war ein Gefühl, als würde er zwischendurch immer wieder für Sekunden in einer Achterbahn sitzen.

Er hielt sich an den Armlehnen fest und sagte: »Mir ist nicht gut.« In seinem Hals waren Risse, durch die der Speichel lief.

Der Hund seiner Mutter fiel ihm plötzlich ein. Sein Mund öffnete sich etwas zu weit, was aussah, als habe der Unterkiefer sich ausgerenkt.

Dann rief er: »Meinen Sie den Hund? Haben Sie ihn gestohlen?«

Erneut zischte der ältere Herr: »Machen Sie sich nicht lächerlich!«

»Es war ein beige-brauner Retriever«, sagte Slarg und schaute sich im Abteil um, »meine Mutter hatte ihn vorm Metzgerladen in der Stadt angebunden. Als sie wieder rauskam ...«

Ihm wurde schwarz vor Augen. In seinem Mund war der

Geschmack von Metall. Er hörte noch, wie der ältere Herr sagte: »Ihr Hund interessiert mich nicht«, dann verlor er das Bewußtsein.

Als er zu sich kam, war alles wie vorher im Waggon.
Im Gang stand noch die Frau, ließ einmal ihren Kopf kreisen, daß die Nackenwirbel krachten, und setzte sich wieder.
Der ältere Herr sagte: »Ihr Hund nicht, aber Sie!« Seine ausgebreiteten Hände schienen ihm Halt zu geben. Sein Kopf hielt sich still in der Windlosigkeit des Abteils.
Slarg konnte nicht lange ohnmächtig gewesen sein, vielleicht ein, zwei Sekunden, aber in seinem Kopf waren Aufnahmen von Geschehnissen, für die er Tage gebraucht hätte, hätte er sie beschreiben und in Geschichten fassen wollen. Einiges davon war ihm bereits bekannt, wie die Leiche, die im Fluß trieb. Anderes wirkte neu und war nicht einzuordnen. Ein Polizist in Zivil kam aus einem mit Graffiti besprühten Haus und hatte eine weinende Frau im Arm. Später folgten weitere Männer. Sie trugen einen schwarzen Sack ins Auto.
Dann fuhr der Polizeiwagen los.
»Aber den zu verfolgen würde bedeuten, eine andere Geschichte zu erzählen«, sagte der ältere Herr vor ihm und neigte seinen Kopf etwas nach unten. Seine Augen lagen dabei wie zwei verstaubte Scheiben auf der Oberfläche des Gesichtes.
»Was? Woher wissen Sie …«, fragte Slarg, schluckte seinen metallenen Speichel hinunter und hatte gleichzeitig den Geruch von gebratenem Fleisch in der Nase.
»Nehmen Sie, Fleisch nehmen, Flehen ist nicht«, sagte der Mann, der sich Warn nannte. Er beugte sich etwas nach

vorn und hielt Slarg ein Tablett mit grauen Fleischstücken unter die Nase. Etwas Bratensaft lief aus seinem Mund und rann in einer geraden Linie bis zum Kinn.
»Ich habe bereits gegessen«, antwortete Slarg und sah, wie die Frau ihren Kopf hinter dem Rücken des Mannes bewegte, ihn in den Gang schob, ihre schwarzen Locken schüttelte und nach den Fleischportionen schielte.
Von den Sitzen hinter ihm sprangen Kaugeräusche gegen die Decke und fielen in kleinen Schmatzern herab.
Der Mann, der sich Warn nannte, setzte sich wieder, fuhr seine Fangmaske aus und machte sich über einen der Fleischlappen her, während die Frau ihm dabei zusah und ihren Kopf unruhig vor und zurück bewegte.
Wieso hält der Zug nicht? dachte Slarg.
Am Ende des Abteils tauchte vor der hellweißen Öffnung eine schwarze Mütze auf, bewegte sich durch den Gang und rief: »Fahrkartenkontrolle!«
Niemand reagierte, griff in die Tasche oder zeigte eine Fahrkarte, und auch der Schaffner lief einfach weiter, schien keine Aufmerksamkeit zu erwarten, näherte sich Slarg Bergen und blieb vor ihm stehen.
»Ich habe es versucht«, sagte der ältere Herr und hob entschuldigend die Hände.
Im gleichen Moment tänzelte sein Kopf zur Seite und schlug leicht gegen die Glasscheibe, bevor er zurückfederte.
Der Schaffner packte den älteren Herrn unter den Armen, hob ihn aus der Sitzreihe in den Flur. Die dünnen Beine hingen wie ausgerissene Wurzeln in der Luft, ehe sie sich wieder in die Erde des Mittelganges pflanzten und der ältere Herr dort stehenblieb.
Der Schaffner setzte sich auf den Platz des älteren Herrn und sagte: »Die Neustadt ist nichts für Sie!«

Slarg roch den Atem des Schaffners und sah, wie der ältere Herr den Kopf wegdrehte.
Er trinkt, dachte Slarg.
»Nein«, sagte der Schaffner.
Draußen legten sich Wiesen einen Hang hinauf. Einige Maulwurfshügel waren zu erkennen, standen wie braune Sockel zwischen den schmalen Halmen. Über ihnen lag eine stucklose Decke aus Licht.
Slarg sah nicht einen Menschen in diesem Naturgebäude, das sich bis zum Horizont erstreckte. Die weite Aussicht beruhigte ihn.
Wer so weit hinausschauen kann, dachte Slarg, dem kann …
»Die Neustadt ist nichts für Sie!« hörte er die Stimme des Schaffners erneut.
»Ich schwitze nicht mehr«, sagte Slarg.
Hinter seiner Stirn ordneten sich die Bilder.
»Haben Sie mich verstanden!« sagte der Schaffner eindringlich.
»Das lassen Sie mal meine Sorge sein«, antwortete Slarg.
Die Watte in seinem Kopf hatte sich vollständig aufgelöst.
Das Hirn lag frei.
Der Schaffner öffnete sein Gesicht und zeigte die Zähne: »Ich sorge mich nicht«, knurrte er, »ich gebe Ihnen einen Rat!«
»Ich werde dort studieren«, sagte Slarg.
»Nein«, erwiderte der Schaffner und hauchte Slarg absichtlich seinen brennenden Atem ins Gesicht, »Sie werden dort sterben.«
Im Abteil wurde weiter gegessen. Das Schmatzen nahm zu, blanke Knochen wurden auf den Boden geschmissen.

Die Frau mit den schwarzen Locken zerriß nach und nach das Cover ihrer Illustrierten, indem sie kleine Fetzen abkratzte, während sie den Mann, der sich Warn nannte, beim Verzehr der Fleischbrocken beobachtete.
Slarg hatte mit einem Mal ein seltsames Glücksgefühl in sich und zeichnete mit dem Zeigefinger das Gesicht vor der Scheibe nach.
»Nicht sofort«, hörte er den Schaffner sagen, »eher langsam, allmählich, hier ein Bruch, dort eine Magenverstimmung. Niemand wird Ihnen helfen. Und irgendwann sehen Sie nur noch Beine, die sich an Ihnen vorbeibewegen.«
Slarg stand auf, blickte auf die Mütze des Schaffners, zwängte sich hinterm Tisch hervor in den Gang und wäre fast auf den älteren Herrn getreten, der dort noch stand.
»Wir sind doch bereits da. Mich täuschen Sie nicht«, sagte er zum Schaffner und blickte nach draußen, während er seine Tasche aus dem Gepäcknetz zog.
»Es ist ihr Leben«, sagte der Schaffner, dann stand er auf und schrie in das Abteil: »Aufgrund von Bahnsteigarbeiten können wir die unterste Treppenstufe leider nicht ausklappen. Aber wir haben ...«
Slarg öffnete die mechanische Schiebetür des Abteils, trat in den Zwischenraum und blickte durch das Glas in der Außentür in die Gesichter der Menschen, die auf Gleis 9 standen.
Der Zug hielt bereits.
Hier also, dachte Slarg, drückte auf den grauen Knopf, der am Türrahmen gut sichtbar angebracht war und sah, wie sich die Tür öffnete.
Licht rollte sich über den Bahnsteig aus und faserte zwischen die Bodenplatten.

Die Menschen trugen allerlei bemusterte Kleidung.
Slarg war erstaunt. Er hatte nicht damit gerechnet, diese Stadt in Farbe zu sehen.

Besuch

Das kann sie nicht tun, das kann sie nicht tun, dachte Mersbach, das kann sie nicht tun. Nach so vielen Jahren. Extra aus den Staaten anreisen. Wieso tut sie das? Wieso reist sie jetzt an? Das ist alles vergessen. Vergessen. Wieso jetzt? Vielleicht nicht vergessen, dachte Mersbach, nein, sogar bestimmt nicht vergessen, aber begraben, verscharrt, Erde drüber und vorbei. Da ist höchstens noch ein Geruch, wenn überhaupt.

Falk Mersbachs Gesicht fuhr auf einer Schnellstraße Richtung Luxemburg. Das Licht lag bereits gleichmäßig in den Wiesen. Im Wagen roch es muffig, nach verschwitzten Sitzen und alten Gummistiefeln. Alle zwei Kilometer klatschte eine Fliege gegen die Frontscheibe.
Mersbach fuhr schnell, obwohl er sich nur schwer auf die Straße konzentrieren konnte.
Warum gerade jetzt? War irgendwas passiert? Hatte sich etwas verändert? Fünfzehn Jahre kein Wort. Das war so abgemacht. Fünfzehn Jahre kein Wort, dachte Mersbach, fünfzehn Jahre, da wächst soviel Gras, daß kein Lichtstrahl mehr durchfindet. Britta schluckt das nicht. Niemals. Die dreht durch. Britta dreht durch. Ist es das, was du willst, daß Britta durchdreht?
»Du wirst alles zerstören«, sagte Mersbach laut und zog am Hebel, um Wasser auf die verschmutzte Scheibe spritzen zu lassen.
»Was zerstöre ich, Papa«, fragte sein dreijähriger Sohn.
Mersbach richtete sich etwas auf, blickte in den Rückspie-

gel, während er die Scheibenwischer betätigte. Hannes saß auf seiner Erhöhung auf der Rückbank hinter dem Beifahrersitz und blickte ihn verdutzt an.
»Nicht du«, sagte Mersbach, »ich habe nur nachgedacht und dann laut geredet.«
»Wenn man nicht laut redet, hört man nichts«, sagte Hannes.
»Das stimmt«, sagte Mersbach.
»Was hast du denn nicht laut geredet?« fragte Hannes.
»Ach, weißt du«, sagte Mersbach und schwieg.

In den Wiesen standen große Windräder und wirbelten das Licht wie feinen Staub über die Grashalme.
Mersbach war heiß. Sein Rücken schwitzte, aber seine Hände waren kalt, so als finde das Blut seinen Weg nicht, so als mache das Blut kehrt in den Unterarmen, wirbele einmal herum und fließe zurück zum Herzen.
»Redest du jetzt auch nicht laut?« fragte Hannes und legte seinen Kopf in den Nacken, während seine Augenlider sich halb schlossen.
»Wir sind bald da«, sagte Mersbach, »und dann fangen wir dicke Forellen. Weißt du, in der Our gibt es die besten Bachforellen, die du je gegessen hast.«
»Tut das den Forellen weh?« fragte Hannes und schaute auf die Kühe, die wie festgenagelt und ausgestopft auf den Wiesen standen.
Mersbach merkte, daß er viel zu schnell fuhr, und ging vom Gas.
»Was denn?« sagte er.
»Wenn wir sie essen«, sagte Hannes.
»Dann sind sie doch tot«, sagte Mersbach und schluckte. Sein kariertes Hemd sog die Tropfen von seinem Rük-

ken. »Und Tote spüren nichts«, fügte er widerwillig hinzu.
»Aber im Fluß leben sie doch«, sagte Hannes.
Die Kühe waren weg. Am Straßenrand hingen einige Häuser. Menschen waren keine da.
»Ja«, sagte Mersbach und schwieg.
Es gibt nun einmal Dinge, die sind nicht rückgängig zu machen, dachte er. Es war ein Fehler. Wie das klingt. Ein Fehler. Es war der Horror, mein Gott. Jetzt ist alles vorbei.
»Hast du schon viele Fische totgemacht, Papa?« fragte Hannes.
»Nein!« sagte Mersbach so schnell, daß er selbst erstaunt war. Dann biß er fest auf seine Backenzähne, bis der Geschmack von Metall sich in seinem Mund verbreitete.
»Aber du hast schon …«.
»Ja«, sagte Mersbach, »wenn man die Fische nicht tötet, kann man sie auch nicht essen. So ist das nun einmal.«
»O.k.«, sagte Hannes und legte seinen Kopf in den Nakken, während seine Augenlider sich halb schlossen.
Die Häuser tauchten auf und verschwanden, wurden an den Scheiben vorbeigezogen und waren weg, wie die Zeichnungen auf der kleinen Maltafel, die verschwanden, wenn man einmal den roten Hebel hin- und herbewegte.
»Heute ist ein ernster Tag, oder, Papa?« sagte Hannes.
»Ach, Kleiner«, sagte Mersbach und lächelte etwas, »du bist mein Schatz.«
»Ja«, sagte Hannes, »heute ist ein ernster Tag!«

Die dreispurige Straße glitt wie ein schnelles Rollband unter den Rädern hinweg. Mersbach betätigte den Blinker

und überholte einen Sattelschlepper, der Baumstämme transportierte.
Ich habe es natürlich nie wirklich vergessen, dachte Mersbach, so etwas kann man nicht vergessen. Ich wollte, oh ja, und wie ich wollte. Vergessen. Verdrängen, alles wäre gut gewesen. Aber das ist wie ein Bild, das man sich ins Schlafzimmer hängt, obwohl man es gruselig und häßlich findet, ein Bild mit einem bestimmten Fluß und einer Wiese drauf, einem Baum, zwei Schatten, die sich über etwas beugen, und einem Mond, der ölig aus der Dunkelheit tropft und alles gelblich wässert. Und morgens wacht man auf, und das erste, das man sieht, ist dieses Bild, das einen dann den ganzen Tag begleitet. Und abends geht man zu Bett und sieht wieder dieses Bild, nimmt es mit in den Schlaf, träumt von dieser Nacht, von diesem wässerigen Mond. Aber nach einigen Jahren hat man sich an seine Begleitung gewöhnt. Es ist noch da, aber man glaubt, man kann damit umgehen, so schrecklich es auch ist. Abends schließt man die Augen etwas früher. Morgens blickt man auf den Nachttisch, bevor man aufsteht. Das geht.
Aber ein Anruf genügt, und das Bild hängt größer denn je an der Wand.

Mersbach schaute erneut in den Rückspiegel auf seinen Sohn.
»Sollen wir einen Unfall bauen?« fragte Mersbach.
»Oh, ja«, sagte Hannes und lachte.
»O.k.«, sagte Mersbach mit trauriger Stimme, drückte das Gaspedal durch und lenkte den Wagen in dem Moment auf die Gegenfahrbahn, als ein schwerer Benzinlaster ihnen entgegenkam.
Hannes hörte ein sehr lautes Hupen, etwas, das unglaub-

lichen Krach machte. Er legte seinen Kopf in den Nacken und schloß die Augenlider halb.
Sie hatten keine Chance.

In der Wohnung war es unaufgeräumt.
Ich werd' doch nicht für die aufräumen, dachte Britta und klopfte mit der Hand auf eines der Sofakissen.
Durch das Wohnzimmerfenster schob die Sonne helle Rechtecke über die Holzdielen. Schmale Schatten lagen dazwischen eingepreßt.
Ruft an und sagt, ich komme vorbei. Wenn die 'ne Nummer hinterlassen hätte, hätte ich ihr schon gesagt, wo die bleiben kann, dachte Britta, aber bis Falk mal nein sagt, ist sogar das Jüngste Gericht schon vorbei.
Sie öffnete das Fenster und blickte aus dem dritten Stock hinab auf den Bürgersteig. Im Zimmer zermalmten die Lichtblöcke die schmalen Schatten und flossen ineinander. Nur Brittas Schatten blieb unversehrt.
Als es klingelte, zuckte Britta zusammen. Sie schloß so ruhig wie möglich das Fenster und ging zur Wohnungstür.
Vor ihr stand Nadine.
Sie sah gut aus, braungebrannt und trug eine beige Handtasche über einem weit ausgeschnittenen Sommerkleid.
»Wie bist du unten reingekommen?« fragte Britta und zog ihre Bluse etwas aus den Jeans.
»Hallo«, sagte Nadine und schob sich an Britta vorbei in den Flur, wo sie wartete.
Britta schloß die Tür und ging voraus ins Wohnzimmer, das ihr nun nicht nur unaufgeräumt, sondern völlig chaotisch vorkam. Sogar die Möbel wirkten plötzlich wie vom Sperrmüll.

»Was willst du?« fragte Britta.
»Darf ich mich setzen?« sagte Nadine und ließ ihren Körper in einen der Sessel gleiten, während sie die Tasche seitlich auf den Boden stellte.
Britta hockte sich auf das Sofa und merkte sofort, daß die zwei Armlehnen ihr fehlten.
»Ist Falk nicht da?« fragte Nadine.
»Nein«, sagte Britta. »Er hatte unserem Sohn versprochen, angeln zu gehen. Das war nicht rückgängig zu machen.«
»Mutig, wie immer«, sagte Nadine, aber ihre Stimme klang nicht abwertend, sondern enttäuscht.
Britta merkte, daß ihr Besuch etwas in sich zusammensackte.
Sie schwiegen.
Nach einer Weile fragte Britta: »Hast du einen guten Flug gehabt?«
»Ich habe Durst«, sagte Nadine, »Bier wäre gut.«
Britta reagierte nicht sofort.
Das Licht wühlte sich zwischen die Falten von Nadines Kleid, so als suche es ihren Unterleib.
Sie hat immer alles mit der Möse gemacht, dachte Britta.
»Ich kann mir das Bier auch selbst holen«, sagte Nadine, »das liegt bestimmt im Kühlschrank unten im Gemüsefach. Ich habe nie wieder jemanden kennengelernt, der sein Bier ins Gemüsefach legt, aber Falk ...«
»Ich hol's«, sagte Britta.

In der Küche war es etwas kühler.
Falk fuhr jetzt wohl auf der Bundesstraße oder auf dem letzten Stück Autobahn, dachte Britta. Ich rufe an, sobald wir angekommen sind, hatte er gesagt. Hoffentlich

war sie dann schon wieder weg.
Britta öffnete den Kühlschrank und zog das Gemüsefach auf.
»Ich wußte, daß er das Bier noch immer da hinein legt«, sagte Nadine. Sie lehnte an der Küchentür und schaute spöttisch auf Britta hinab.
»Brauchst du ein Glas?« fragte Britta und drückte ihr die Flasche in die Hand. Dann ging sie zurück ins Wohnzimmer und setzte sich in den zweiten Sessel, nachdem sie ihn mit einem schnellen Ruck etwas vom ersten weggerückt hatte.
Nadine folgte ihr und setzte sich mitten auf das Sofa. Offensichtlich macht es ihr nichts aus, keine Armlehnen zu haben, dachte Britta.
»Du hast viele Vasen«, sagte Nadine. »Warum tust du keine Blumen hinein?«
»Willst du dich mit mir über Botanik unterhalten?« fragte Britta zurück.
»Ich bin enttäuscht, Falk nicht anzutreffen«, sagte Nadine.
»Was willst du von uns? Alte Uni-Zeiten aufwärmen?« sagte Britta und lehnte sich nach vorn, indem sie ihre Unterarme auf ihre Schenkel stützte.
»Er hat dir also nicht erzählt, daß ich ...«
»Falk erzählt mir alles!« unterbrach Britta sie.

Das Licht dehnte sich langsam aus im Wohnzimmer, nahm mehr und mehr Platz in Anspruch.
Britta hatte einen Moment lang das Gefühl, beim Atmen nicht mehr genug Luft in ihre Lungen zu bekommen.
»Du hattest hundert Affären, schon damals«, sagte sie und merkte, wie sich ihre Augen verengten. »Was jetzt ist,

möchte ich nicht einmal wissen. Fährst du in den nächsten Tagen alle ab, weil du dich allein fühlst drüben?«

Nadine lachte nicht. Sie wurde auch nicht wütend. Britta hatte das Gefühl, daß ihre Augen feucht zu glänzen begannen.

»Ich habe mich damals eben oft verliebt«, sagte Nadine mit fester Stimme. »Und um dich zu beruhigen, ich bin keineswegs einsam und seit neun Jahren auch verheiratet.«

»Das ist ja länger als ich!« sagte Britta und biß sich auf die Lippen.

»Es gibt einfach Dinge, die einen manchmal zu etwas zwingen«, sagte Nadine nach einer Pause. »Und dann setzt man sich ins Flugzeug und rollt los. Man weiß selbst nicht, warum gerade jetzt, aber es ist unaufschiebbar. Ich hätte gern mit Falk geredet.«

»Rätselhaft wie immer, die schöne Nadine, die geheimnisvolle Nadine«, sagte Britta und zeichnete mit ihren Händen abstrakte Figuren in die Luft. »Mit mir wolltest du nicht reden?«

»Ich wußte, daß du mich noch immer nicht ausstehen, daß du mir nicht verzeihen kannst. Warum sollte ich mich mit dir unterhalten wollen«, sagte Nadine und ließ ihre Hände zu beiden Seiten über die Sofakissen gleiten.

»Verzeihen?« sagte Britta, »was denn verzeihen? Verzeihen kann man, wenn man verletzt wurde. Du meinst doch nicht im Ernst, daß du mich verletzen kannst.«

»Ich hatte es jedenfalls nie vor«, sagte Nadine in ruhigem Tonfall und blickte Britta an. In ihren Augen schien das Licht sich wie auf einer schaukelnden Wasseroberfläche zu reflektieren.

Gelbes Wasser, dachte Britta, so als wäre bereits Nacht, eine laue Mondnacht und der Himmel wie ein endlose Öffnung.

»Ist er wegen mir angeln gefahren?« fragte Nadine und blickte Britta unverändert an.

»Du nimmst dich etwas zu wichtig«, sagte Britta, »das war alles längst geplant. Hannes hat sich so gefreut. Wenn du Kinder hättest, wüßtest du, daß man seinen Sohn nicht so enttäuscht.«

Wie ein kleines weißes Papierschiffchen schwamm die Lüge auf den Lichtwellen durch das Zimmer, drehte sich ein-, zweimal zwischen den Möbeln und verschwand, ohne zu kentern durch das geschlossene Fenster.

»Woher willst du wissen, daß ich keine Kinder habe?« fragte Nadine.

»Hast du welche?« fragte Britta.

Nadine schwieg.

Britta sah, wie Nadine sich im Zimmer umschaute, so als suche sie nach etwas, nach einem Gegenstand, einer Erinnerung von damals. Nadines Blick wischte über den Schrank, glitt um die Tassen in der Vitrine, über die Kommode, tastete die Bilder, auf denen Hannes zu sehen war, einen Moment zu lange mit ihren Augen ab. Und plötzlich wurde Britta klar, daß da noch etwas war, das die beiden mit sich herumschleppten, ihr Mann und Nadine, etwas, das weit über das Übliche hinausging. Sie wollte Falk sofort fragen, ihn zur Rede stellen! Sobald er anruft, dachte sie aufgeregt, sobald er anruft, gesetzt, Nadine ist bereits weg.

»Es ist so, daß ich mich einfach mit Falk unterhalten wollte«, sagte Nadine.

»Unterhalten«, wiederholte Britta und verdrehte die Au-

gen. »Nach fünfzehn Jahren kommst du plötzlich nach Deutschland und willst dich unterhalten.«
»Ja, unterhalten«, sagte Nadine, »das hätte mir geholfen.«
»Und worüber?« fragte Britta.
»Das ist nicht meine Aufgabe«, sagte Nadine.
Britta fühlte, wie Haß in ihr aufstieg, in ihrer Brust zu pumpen begann und den Weg über die Speiseröhre nach draußen suchte. Sie hätte Nadine ins Gesicht spucken können.
»Du treibst keinen Keil mehr zwischen uns«, sagte Britta, »das ist dir vor fünfzehn Jahren nicht gelungen, und das wird dir heute erst recht nicht gelingen.«
»Du verstehst einfach nichts«, antwortete Nadine, ohne im geringsten ihre Stimme zu heben, »du denkst noch immer ...«
»Nein, du verstehst nicht, daß man so etwas nicht tut«, schrie Britta.
»Was tue ich denn?« sagte Nadine leise.
»Du sollst die Dinge auf sich beruhen lassen«, sagte Britta und atmete ihren Haß wieder hinunter.
»Ruhen?« Nadine stieß die Luft etwas zu schnell durch ihre schmale Nase, während sie mit der rechten Hand ihren Zopf befühlte. »Friedhöfe, und das solltest auch du wissen, Britta, sind eine Frage der Überlebenden, nicht der Toten.«
»Was hat das denn mit Friedhöfen zu tun?« sagte Britta etwas zu laut.
Für einen kurzen Moment löste sich das Licht in unzählige Pfeile auf, schoß auf die Vasen im Zimmer zu und splitterte in alle Richtungen, bevor es sich erneut zu Rechtecken geordnet auf den Holzdielen wiederfand.

Nadines Augen wässerten noch immer gelblich.
»Gut«, sagte sie, »laß uns von etwas anderem reden.«
Britta fühlte sich außer Atem, obwohl sie sich kaum bewegt hatte. Das klingt fast wie eine Bitte, dachte sie. Was geht hier vor? Die große Nadine. Was ist passiert? Falk, erzähl es mir.
Britta merkte, wie das Wohnzimmer sich zu drehen begann. Die hohen Vasen schnitten wie Gitterstäbe in ihr Blickfeld. Zwei Tiere, die sich umkreisten. Nein, vielmehr lag eines der Tiere wie verwundet in der Mitte des Raumes, und nur das andere zog Kreise. Alles begann zu schleudern, so schnell war Britta unterwegs. Sie wußte nicht, was sie sagen sollte. Von etwas anderem reden! Von was hatten sie denn geredet? Wie konnte man von etwas anderem reden, wenn man das eine nicht kannte?
»Wir sind glücklich«, hörte sie sich sagen. Sie hätte heulen können.
»Das ist gut«, sagte Nadine, hob ein Kissen vom Sofa und schob eine Maltafel, die unten einen kleinen roten Hebel hatte, beiseite, bevor sie das Kissen zurücklegte. »Ich versuche es auch zu sein. Ich wollte nur reden.«
»Und in den Staaten kannst du nicht reden?« sagte Britta und wußte im selben Moment, daß es dumm war, diesen Satz ausgesprochen zu haben.
»Nein«, sagte Nadine, »das kann ich nicht.«
Britta drückte ihren Rücken gegen das Sesselpolster. Wenn sie ihren Kopf in den Nacken legte, verschwand die Sonne hinter dem orangenen Vorhang und sah aus wie eine Kopie des Mondes, gelb und zerfasert, fast ausgewaschen.
Sie kreiste nicht mehr. Sie lag jetzt ebenfalls auf dem Rükken und wartete.

»Vielleicht kannst du Falk sagen, daß er mich anrufen soll«, sagte Nadine. Sie stand auf, ging zum leeren Sessel, wo ihre Handtasche auf dem Boden stand und gab Britta eine Visitenkarte.
»Ich wohne im Merkur«, sagte sie, »da steht die Telefonnummer drauf. Zimmer 428.«
Britta nahm die Visitenkarte und stand ebenfalls auf. Nadine sah sich noch einmal das Wohnzimmer an und ging dann in den Flur.
Britta folgte ihr. Ihr Herz schlug schnell und laut. Wenn ich Nadine die Hand gebe, dachte sie, spürt sie meinen Pulsschlag.
Hinter den beiden Frauen kroch etwas Licht über die Dielen. Nadine öffnete die Tür.
»Viel Glück«, hörte Britta sich sagen.
Nadine sah sie mit ihren gelblichen Augen an und lächelte.
Brittas Herz raste.

Als sie wieder zurück ins Wohnzimmer kam und das Fenster öffnen wollte, klingelte das Telefon.
Sie ließ das Fenster geschlossen und hob ab.

Pasta Roter Platz

Was uns sofort beim Betreten der Wohnung auffiel, war der Geruch von abgestandenem Essen, der sich wie eine Farbschicht die Wände entlangzog und den alten, grauen Teppichboden hart und kratzig machte. Die Küche wirkte sehr klein und lag fast versteckt am Ende des langen, rechtwinkeligen Flures. Die Tür zu diesem Kochraum fehlte. Offener Durchgang. Dafür ein Fenster, an dessen Rahmen überall die Farbe abblätterte. Das Fensterglas hingegen schien gerade erst geputzt worden zu sein, so daß das Sonnenlicht sich in Form sauber geteilter Rechtecke über Tisch und Boden verteilte.

Das Opfer, Sergej Birger, ein russischer Immigrant, über den es keinen polizeilichen Vermerk gibt, saß auf einem Metallstuhl mit blauer Sitzfläche aus billigem Holz, während sein Gesicht eingegraben in einen Berg Pasta lag. In seinem Hinterkopf war zwischen den stoppeligen Haaren ein daumengroßes Loch zu sehen, aus dem das Blut auf den Teller gelaufen war und sich mit der Tomatensoße vermischt hatte.

Ich mußte unwillkürlich an mein letztes Abendessen mit Marie beim Italiener denken. Wir hatten uns nur gestritten, aber Schaden genommen hatte keiner von uns beiden.

Marc streifte mit dem Pinsel vorsichtig über die Herdplatten, die auf einem schmalen, hüfthohen Blechgerüst standen, fand aber nur die Fingerabdrücke von unserem Toten. Der Täter hatte sich entweder unbemerkt Zutritt zur Wohnung verschafft, oder er war ein Bekannter, den Birger hereingelassen hatte.

Jedenfalls saß Sergej Birger mit dem Rücken zum Eingangsbereich und schaute kauend aus dem Fenster, als der Schuß ihn traf.
Ich sitze übrigens nie mit dem Rücken zur Tür, wenn ich essen gehe. Marie macht das nichts aus; ich bin mir sicher, daß sie noch nie darüber nachgedacht hat.

Birger war sofort tot und fiel mit dem Gesicht in seinen Teller voll Pampe, zu weiche Nudeln, Hackfleisch, Thunfisch und eine Billigsoße. Zum Glück fehlte der Käse, sonst hätte es wohl Fäden gegeben, als ich seinen Kopf hochhob, um mir kurz mal das Gesicht anzusehen. Ab und zu erkennt man ja seine Pappenheimer wieder. Aber Fehlanzeige. Unbeschriebenes Blatt. Durch die Wucht des Aufpralls war die Soße in alle Richtungen gespritzt und bildete einen roten Stern um seinen Kopf.
Sah in etwa so aus wie die Tischtücher der Restaurants, nachdem Marie dort gegessen hat, obwohl sie nie mit dem Kopf in ihren Teller fällt.
Marc pinselte den Tisch ab und tunkte einen Finger in die Soße, um zu probieren.
Ich mußte schlucken, weil sich plötzlich eine Menge Speichel in meinen Mund verirrte. Warum tut er so etwas? Glaube, es freut ihn, wenn er mich mit meinem Speichel kämpfen sieht.

An Birgers soßigen Wangen klebten zwei Schmetterlingsnudeln wie ein zusätzliches Augenpaar.
Ich legte den Kopf zurück auf den Teller und sah auf die Baumkronen, die vorm Fenster über den Ahornstämmen thronten, grün und bewegungslos.
Draußen ging so wenig Wind wie hier in der Küche. War

jedenfalls kein Frischluftfanatiker unser Sergej. Auch so ein Streitthema. Ich mein', natürlich lüfte ich in der Wohnung, aber wenn es nach Marie ginge, hätte ich längst die Fenster ausgebaut. Aber immer über die Kälte maulen und bei jedem Lüftchen gleichmal Gänsehaut bis zu den Brustwarzen. Ich sag', hier in der Wohnung ist mehr Sauerstoff, als ich in meinem ganzen Leben noch verbrauchen werde! Da knallt sie die Tür und ist weg. Einfach weg.
Birger lief jedenfalls nicht weg. Der blieb schön sitzen.
Marc wühlte etwas in seiner Kopfwunde, aber die Kugel saß tief.
Das ist natürlich so, wenn man sich länger kennt. Da gibt es Dinge, die häufen sich, bekommen plötzlich ein enormes Gewicht, weil sie sich ständig wiederholen, kleine Dinge, aber irgendwann gehören sie zum Tiefsten, zur Substanz einer Beziehung. Und dann passieren Sachen, da hat man vorher nie dran gedacht. Wegen Nichtigkeiten.
Wir kommen nach Hause vom Italiener und streiten noch immer. Ich schubse sie im Vorbeigehen aufs Bett, wie man das halt so macht, gehe ins Bad. Der Rotwein gondelt angenehm auf den Kanälen meines Körpers. Und als ich die Tür wieder öffne und in die Küche gehen will, steht sie vor mir und zielt mit meiner Dienstwaffe zwischen meine Beine. Da vergeht dir alles.
Was mich wunderte, war, daß Birger sich nichts zu trinken neben seinen Teller gestellt hatte. Ich muß beim Essen immer trinken. Nicht unbedingt nach jedem Bissen, aber doch immer wieder. So als verwandele sich jede Nudel in der Speiseröhre sofort zu Staub. Die Schleimhäute trocknen aus.
Die kleinen Schränke über der Spüle zeigten Risse.
Marc schien noch immer den Geschmack der Soße auf der

Zunge zu haben, kaute sinnlos herum, drehte den Wasserhahn auf, füllte seine hohle Hand und führte sie zum Mund.

Im Mülleimer entdeckten wir das leere Soßenglas, eine ölige Thunfischdose und eine Frauenbinde voll Mayonnaise.

Marc packte letztere in eine Plastiktüte, und ich war ganz froh, daß er nur das damit tat.

Ich könnte mich natürlich auch darüber aufregen, wenn Marie ihre gebrauchten Tampons in Toilettenpapier einwickelt und dann auf der Ablage im Bad vergißt, aber ich entsorge das Zeug einfach. Das sind doch alles so Kleinigkeiten. Da drückt man beide Augen zu und nimmt die Freundin einfach in den Arm. Auch wenn es schwerfällt.

Sergej Birger hatte erstaunlich lange Arme, die tatsächlich bis zum Boden reichten. Hätten Marc oder ich dort am Tisch gesessen, hätten unsere Hände in der Luft gebaumelt. Nach so vielen Stunden natürlich nicht mehr. War alles steif und starr. Und ich dachte, wie kriegen die Kollegen diesen gekrümmten Kerl wohl in ihren schwarzen Sack, ohne ihn auseinanderzubrechen?

In einem der Zimmer, in dem eine Matratze auf dem Boden lag, fanden wir noch einen hochhackigen Damenschuh, Pfennigabsatz, rosa. Der zweite fehlte. Ähnlicher Geschmack wie Marie, die Farbe, vorne offen, Riemchen und so. Die hörst du durch die ganze Straße oder im Treppenhaus, wenn sie gerade die Tür geknallt hat und die Stufen runterstöckelt. Ich hab' ihr gesagt, wenn du einen anderen hast, sag es mir. Ich verzeihe dir das nicht, aber dann weiß ich, wo ich dran bin. Ich war ganz ruhig. Aber

sie hat geschrieen und mit der Waffe herumgefuchtelt und so Dinge gesagt, was er mit ihr macht, und dann schmiß sie den Revolver ins Wohnzimmer und war weg.
Sergej Birger war nicht reich, oder er legte keinen Wert auf seine Kleidung. Solche karierten Hemden waren mal Mitte der Siebziger in Mode. Aber selbst eine Leiche wirkt schäbig in solch einem Hemd.
Marc nahm eine Kinokarte aus Sergejs Tasche und verstaute sie in einer weiteren durchsichtigen Plastiktüte.
Die Äste der Ahornbäume schaukelten kurz.

Und ich, ich hatte plötzlich das Gefühl, meinen Bericht blind schreiben zu können. Ich mußte gar nicht mehr hier in der Küche des Toten bleiben. Ich wußte, was in den anderen Zimmern war, ich kannte Sergejs Stimme und sagte zu Marc, daß ich mal raus an die Luft müsse, was er mit einem hochnäsigen Grinsen quittierte.

Im Treppenhaus kam mir Marie entgegen. Wir blieben stehen, ich nun mehr als zweieinhalb Köpfe größer als sie, und schauten uns in die Augen, während das Sonnenlicht sich durch die aus winzigen Rauten bestehende Milchglasscheibe splitterte und matt den Fliesenboden erhellte.
Marie drückte ihr Rückgrat durch und wuchs mir ein klein wenig entgegen.
Ich lächelte und fragte sie freundlich, ob wir nicht mal wieder zum Italiener essen gehen sollten?

Nachts

Im Haus war es hell. Besonders nachts. Überall brannten Lichter, warfen ihre gelblichen Kegel dichtgedrängt nebeneinander, überlappten sich, hellten gegenseitig ihre Schatten auf, verdrängten sie, bis auch die hinterste Ecke jedes Zimmers vollständig ausgeleuchtet war.

Noch bevor es draußen dunkel wurde, machte Martin Bleim seinen Rundgang durch das Haus, begann mit den Schaltern und Taschenlampen im zweigeteilten Flur, schlenderte zur Küche, wo er das Deckenlicht, die Neonröhre über der Spüle und die Lichter der Abzugshaube einschaltete, knipste dann den Lüster und die vier Stehlampen im Wohnzimmer an, ging ins Schlafzimmer und kontrollierte die Nachttischlampen, bevor er nach oben zur Decke sah in ein strahlend weißes All, eine kosmische Deponie mit zu eng gelagerten Sternen. Im Lesezimmer machte er die Schreibtischlampe und die großen, runden Taschenlampen, die zwischen den Büchern auf den Regalen lagen, an. Zu guter Letzt drückte er den Schalter für das Hauptlicht im Bad und den Knopf an der Lampe über dem runden Spiegel und dem Waschbecken. Schließlich wiederholte er seinen Rundgang und ließ in jedem Zimmer die Rolläden herunter.

Die Nacht kam, und es war still, meistens zumindest, und auch Bleim sagte nichts, saß im hellen, rasenden Licht des Hauses und horchte auf die Außenwelt, die schwarz um die Fassaden zog.

Für den Fall, daß jemand nach Anbruch der Dunkelheit

bei Bleim klingelte, hatte er in seinem Flur eine zweite Tür einbauen lassen. Beide Türen wurden von dicken, bis zum Boden reichenden Vorhängen verdeckt.
Bleim konnte mit Hilfe des Türöffners den späten Gast in den ersten Teil des Flures lassen, ohne selbst die Nacht sehen zu müssen. Hatte der Gast dann die erste Tür wieder geschlossen und den Vorhang zugezogen, stand im gleißenden Licht der Schleuse, öffnete Bleim seinerseits den zweiten Vorhang und die zweite Tür, empfing seinen Gast und bat ihn ins leuchtende Innere des Wohnzimmers. Aber es besuchte sowieso niemand Martin Bleim. Nur Paula Reger stand dann und wann vor seiner Tür, rieb sich die schläfrigen Augen und schlurfte in den Flur.
Das erste Mal war sie einige Tage nachdem ein Zugezogener ihren Mann auf offener Straße angezündet hatte, gekommen. Mitten in der Nacht hatte es geklingelt.
Bleim hatte den Türöffner betätigt, und als hätte Paula Reger dies schon hunderte Male gemacht, war sie in die Schleuse geschlüpft, hatte den Vorhang hinter sich zugezogen, gewartet, bis Bleim die zweite Tür geöffnet hatte, war wortlos an ihm vorbeigegangen und hatte sich in sein Bett gelegt.
Am nächsten Morgen war sie genauso wortlos wieder aufgestanden und hatte Bleims Wohnung verlassen.
Bleim hatte die ganze Nacht neben ihr wachgelegen, aus Angst, sie könne sich irgendwann vom Licht in der Wohnung gestört fühlen und es löschen. Aber sie hatte tief und fest geschlafen, und als sie die Augen aufgemacht hatte, war es bereits halb neun und Bleim klar gewesen, daß es draußen wieder hell geworden war. Er hatte sich aus dem Bett gerollt, die Rolläden hochgezogen, war ins Bad gegangen und hatte, noch bevor er mit seinen Zähnen fertig

war, zuerst die zweite Flurtür auf- und zugehen gehört, dann die erste.

Dann war er wieder allein gewesen.

Er grüßte seine Nachbarn, und sie grüßten zurück, mehr Worte gab es selten. Ab und an versuchte Berchem, der im Haus neben ihm wohnte, ihn in ein Gespräch zu verwikkeln, aber Bleim hatte immer das Gefühl, daß Berchem eigentlich nicht reden, sondern nur seine eigene Angst aushebeln wollte. Wovor er genau Angst hatte, wußte Bleim wiederum nicht, aber Berchems Sprechen war ein permanentes Fragen, selbst wenn er keine Fragen stellte. Er teilte sich nicht mit, zumindest nicht unmittelbar und bewußt, er redete vielmehr beständig um etwas herum, schien in jeder Antwort ein dunkles Zeichen zu vermuten, einen Hinweis auf die kommende Katastrophe. Sein Gegenüber interessierte ihn gar nicht, das hatte Bleim schnell spitzbekommen, war vielmehr nur die Quelle, aus der er glaubte, eine Handvoll Informationen gegen seine Angst schöpfen zu können.

Nach der Nacht, in der Paula Regers Mann und dessen Freund Arand verbrannt waren, hatte Bleim ausnahmsweise Berchem angesprochen.

»Was war los, letzte Nacht?« war es ihm herausgerutscht.

Er hatte nachts im Wohnzimmer gesessen und zwischen die Stehlampen auf den Rolladen gestarrt. Von draußen hatten Stimmen gegen die Kunststoffverdunkelung geschlagen und Bleim plötzlich das Gefühl eingeflößt, in den nächtlichen Straßen sei mehr Licht als bei ihm in der Wohnung.

»Weiß nicht«, hatte Berchem geantwortet und auf merkwürdige Weise seine Augen verengt, »was wissen Sie?«

Bleim hatte mit den Achseln gezuckt und seine Stirnhaut nach oben gerunzelt.
»Eben«, hatte Berchem geantwortet und war ins Haus gehumpelt, seinen Gipsfuß bei jedem Schritt schwungvoll nach außen drehend.
Tags darauf hatte Bleim in der Zeitung von Bachmalls Tat gelesen.

Ab dem Zeitpunkt im Jahr, an dem die Dinge früh begannen und spät endeten, die Nächte also immer kürzer wurden, setzte Bleim sich morgens gegen halb zehn in seinen Wagen, fuhr aus der Vorstadtsiedlung über die große Allee in die Stadt und verbrachte dort den Tag. Er ging keiner herkömmlichen geregelten Tätigkeit nach, erzählte aber, wenn jemand ihn fragte, daß er in einem kleinen Verlag arbeite. Im Winter hingegen, wenn es draußen kaum hell wurde, ließ er wochenlang seine Rolläden geschlossen und alle Lichter im Haus brennen. Er ging früh am Morgen in den hell erleuchteten und wohnlich eingerichteten Keller, um nicht den Tag und die Nacht am selben Ort verbringen zu müssen, las dort unten oder schaute fern, bevor er gegen Abend wieder nach oben ging, etwas aß und sich ins Bett legte.
Er hatte die Nacht im Griff. Ab und zu war ihm kalt, aber seit Paula in unregelmäßigen Abständen abends bei ihm klingelte, fühlte er zuweilen tagelang eine Wärme in seinem Körper, die ihn glücklich stimmte, ihn aber gleichzeitig nachlässig werden ließ. Zwar machte er noch immer abends seinen Rundgang, aber es konnte nun geschehen, daß er morgens nach dem Aufstehen bemerkte, daß er vergessen hatte, den Vorhang vor der zweiten Tür ordentlich zuzuziehen oder eine Taschenlampe im Lesezimmer nicht

brannte, weil sie nicht angeknipst worden war. Dabei redeten sie kaum miteinander. Paula kam nur zum Schlafen. Es war wie ein Ritual. Sie klingelte, betrat die Schleuse, grüßte Bleim mit einem leisen »Hallo« oder sagte sofort »Ich bin müde«, ging ins Schlafzimmer und legte sich hin. Bleim ging daraufhin meistens in die Küche, kontrollierte das ein oder andere Licht oder tauschte noch schnell eine defekte Glühbirne aus, wechselte eine Batterie. Wenn er schließlich ins Schlafzimmer trat, schlief sie bereits. Bleim dachte jedesmal, wenn er sie so auf der linken Seite seines Bettes liegen sah, daß sie gar nicht wußte, daß sie ihren Mann verloren hatte, daß es ihr nicht bewußt war, und ihr verschlafenes Leben sich fortsetzte wie immer, mit der einzigen Ausnahme, daß es ein anderer Mann war, neben dem sie ab und an morgens aufwachte. Aber der faßte sie so wenig an wie ihr einstiger Ehemann. Vielleicht suchte sie gerade das, nicht angefaßt zu werden, Ruhe vor Berührungen zu haben. Vielleicht täuschte sie ein Verhältnis vor, das es so nicht gab, um sich nicht neu im Leben einrichten zu müssen.
Bleim schaute auf ihre weißen Arme über der Bettdecke. Winzige, braune Härchen bewegten sich dort leicht auf den Lichtwellen, richteten sich auf und verschwanden wieder.
Bleim war froh. Vorsichtshalber ging er noch einmal in den Flur zurück und schaute, ob der Vorhang vor der zweiten Tür zugezogen war. Dann legte er sich neben Paula, schaute in die schrille Helle seiner Zimmerdecke und wartete auf den Schlaf.

Auf dem Tisch neben der Kaffeetasse lag die Lokalzeitung aufgeschlagen. Bleim öffnete seine geröteten Augen so weit es ging und hoffte, dadurch viel Licht aufnehmen zu können.

»Manche lernen es nie!« stand über einem Artikel, daneben war ein Foto einer älteren Dame, die auf einem Sofa saß, zu sehen. Bleim überflog die Zeilen. Eine vage Erinnerung an die Abbado-Geschichte schimmerte in einer Ecke seines Gedächtnisses auf. Der Mann hatte sich ertränkt.

Bleim nahm die Kaffeetasse, pustete zweimal und sog etwas von der heißen Flüssigkeit in seinen Mund. Paula war bereits weg. Er faltete die Zeitung zusammen, schob sie, so weit sein Arm reichte, über die Tischplatte.

Vorm Fenster hing das Licht in dicken Trauben, wo immer es zwischen Giebeln, Bäumen und Sträuchern Platz fand. Bleim sah, wie sein Fensterbrett aufleuchtete, einen zurückhaltenden Schein schräg nach oben gegen die Scheibe warf und sich als ausfasernd matter Reflex zwischen den Blättern seiner Wohnzimmerblumen brach. Er trank seinen Kaffee aus, brachte die Tasse in die Küche, spülte sie kurz aus, stellte sie naß auf eine Ablage, ging einmal durch die Zimmer, um nachzusehen, ob alle Lichter ausgeknipst waren und verließ seine Wohnung.

Berchem stieg gerade aus seinem Wagen und starrte ihn an.

Bleim grüßte und wollte weitergehen, aber er merkte, daß Berchem etwas zu ihm sagen wollte. Bleim haßte diese Situationen. Er hatte nun genau eine Sekunde Zeit, sich zu entscheiden, entweder seinen Nachbarn einfach stehenzulassen und weiter zu seinem Wagen zu gehen oder aber sich in dessen geheimnistuerische Fragereien hineinziehen zu lassen. Er entschied sich für letzteres und fragte: »Springt er nicht an?«, während er mit dem Kopf eine Bewegung auf Berchems Auto zu machte.

»Kein Benzin mehr drin!« antwortete Berchem und verengte auf merkwürdige Weise seine Augen, bevor er nach einer Pause sagte: »Ich weiß nicht mehr, wann ich getankt habe, aber lange ist das noch nicht her.«
Bleim wollte das Gespräch nicht unnötig in die Länge ziehen und antwortete: »Vielleicht ein Leck im Tank.« Eine plausible Erklärung wie ihm schien und damit auch ein vernünftiges Ende für die nachbarliche Plauderei. Er nickte und ging weiter.
In seinem Rücken hörte er Berchem abschätzig murmeln: »Vielleicht ein Leck im Tank.«
Bleim wollte etwas antworten, stieg dann aber in seinen Wagen, startete den Motor, fuhr an Paulas Haus vorbei, nahm die nächste Querstraße und bog auf die große Allee Richtung Stadt ein.

Obwohl es erst zehn war, trugen die Menschen bereits feuchte Muster auf ihrer Kleidung. Manche hatten runde Flecken unter den Armen, die man nur sah, wenn sie sich streckten, bei anderen klebten die Stellen längs der Wirbelsäule oder teilten sich in zwei Schalen unterhalb der Brust.
Wie ein Wasserfall stürzte das Licht sich über die Stadt, schlierte über die Dachziegel herab, sickerte durch jede noch so kleine Öffnung, bestrich Nischen und Hauseingänge, bevor es sich über die breiten Plätze verteilte, um sich wenig später durch alle Straßen und Gassen zu wälzen, sich jeden Stein einzuverleiben auf seinem täglichen Weg hinab in die Nacht.
Bleim betrat wie jeden Morgen um diese Uhrzeit die Bäkkerei, in der Frau Gätzel arbeitete. Er kannte ihren Namen, weil Frau Gätzel gerne von sich erzählte. Sie redete

unablässig mit ihren Kunden, mit denjenigen, die schnell nur ein Brötchen kaufen wollten, und mit denjenigen, die lange nach dem Kleingeld in ihrer Brieftasche suchten, während die Schlange hinter ihnen immer länger wurde. Vor allem aber berichtete sie ihren Stammkunden, was am Vortag so passiert war in ihrer Familie, und wies immer wieder darauf hin, wie interessant doch ihr Beruf sei, weil sie mit so vielen Menschen in Kontakt kam.

Bleim wußte, daß sie zwei Kinder hatte, Zwillinge, Erwin und Milena, daß diese sehr gut in der Schule waren und eine Vorliebe für Puddingteilchen hatten und viel, viel lachten. Ihr Mann war arbeitslos und half hie und da auf Baustellen aus, was aber niemand wissen durfte. Dann gab es noch die Großmutter, die Schwierigkeiten mit dem Sterben hatte, und eine Freundin, die jedes Wochenende in die Disco ging und jüngere Männer mit nach Hause nahm.

»Ein Schokocroissant und einen Kaffee!« summte Frau Gätzel und lachte.

Bleim nickte und stellte sich an den Stehtisch direkt am Fenster.

An der Decke hingen vier lange Glasverkleidungen, hinter denen sich jeweils zwei Neonröhren befanden.

Genug Licht, falls es dunkel werden würde, dachte Bleim.

Der Schalter befand sich rechter Hand vom Backofen. Das wußte Bleim, seit er zum ersten Mal die Bäckerei betreten hatte.

»Vorsicht! Sehr heiß«, sagte Frau Gätzel und stellte den Kaffee auf den Tisch. Dann ging sie wieder hinter die Theke und kam mit einem Schokocroissant auf einer Untertasse nebst Serviette zurück.

Bleim aß, tupfte währenddessen mit dem Zeigefinger die Schokokrümel vom Tisch und leckte sie ab.

Auf dem Dach des gegenüberliegenden Hauses pickte ein Schwarm Tauben im Licht herum.
Da kein Kunde außer ihm im Geschäft war, sagte Bleim: »Und wie geht es den Kindern?«
»Das muß ich Ihnen erzählen«, sagte Frau Gätzel, als habe die Geschichte in ihr nur darauf gewartet, freigelassen zu werden. Sie stützte sich mit dem linken Arm auf die Theke, fächelte sich mit der anderen Hand Luft zu und raunte: »Also mit den Menschen ist das schon so eine Sache. Selbst Kinder. Ich weiß nicht, wo das enden soll. Ich sehe ja viele in meinem Beruf. Erwachsene und Kinder. Ich kann Ihnen sagen«, sagte Frau Gätzel und blickte auf die Tür, durch die gerade ein Kunde hereinkam.
Bleim nahm einen Schluck Kaffee und fand, daß er heute mal wieder aufgewärmt schmeckte. Manchmal war der Geschmack geradezu erlesen, und dann gab es Tage, da konnte man ihn kaum trinken.
»Und wissen Sie, wer die ältere Dame war?« sagte Frau Gätzel zu ihrem Kunden.
Bleim hatte versucht, einen Ablauf daraus zu konstruieren, eine Regelmäßigkeit hineinzubekommen, so daß er die schlechten Tage hätte überspringen können, aber eine Abfolge ließ sich nicht festlegen, die Geschmacksverirrung war nicht gleitend von Gut nach Schlecht, sondern ungeordnet und sprunghaft. Es gab ganze Wochen, in denen nichts zu beanstanden war, Wochen, in denen Bleim jeden Tag mehr damit rechnete, enttäuscht zu werden, aber der Kaffee schmeckte Tag für Tag besser.
»Da staunen Sie, was?« sagte Frau Gätzel zu ihrem Kunden.
Und dann, wenn Bleim schon nicht mehr daran dachte, daß sich irgend etwas ändern könnte, war die Brühe plötz-

lich eines Morgens so schlecht, daß er versucht war, sie auf den Boden zu spucken. Heute war so ein Tag im Mittelfeld. Bleim hielt den Kaffee eine Zeitlang im Mund, seine Geschmacksnerven aber blieben gelangweilt.

»Einen schönen Morgen noch«, sagte Frau Gätzel zu ihrem Kunden und lächelte.

Die Tür glitt langsam zu und schob Reflexe nach draußen. Auf dem Bürgersteig blieben sie liegen, rutschten über die Schuhe der Passanten, fielen zurück auf die Gehwegplatten.

Bleim schluckte den letzten matschigen Bissen hinunter, leerte seine Tasse und rieb die Hände gegeneinander.

»Also, was ich sagen wollte«, sagte Frau Gätzel und stützte sich auf die Theke, »bei Erwin und Milena in der Klasse gibt es einen dicken Jungen ...«

»Guten Tag«, rief der Briefträger, machte einen großen Schritt in die Bäckerei und knallte ein kleines Päckchen auf die Theke.

»Danke«, sagte Frau Gätzel.

»Riecht ja lecker!« rief der Briefträger und schwang sich aus der Tür.

»Mein Gott!« sagte Frau Gätzel, »jetzt hätte ich fast die Brötchen vergessen.«

Sie öffnete den Backofen und schaute in die Hitze hinein.

Bleim legte das abgezählte Kleingeld auf die Theke und sagte: »Ich muß dann mal.«

»Bis morgen«, rief Frau Gätzel und zog das Blech mit den Brötchen aus dem Ofen.

Auf den Balkonen hielten die Pelargonien ihre Köpfe in die Sonne. Aus einigen Kästen tropfte das Wasser herab auf den Bürgersteig.

Bleim kaufte sich ein Eis am Kiosk, während die Bahn hinter ihm ihre Türen auffaltete und Menschen ins Freie entließ.
Er überquerte die Straße und ging an einer Baustelle vorbei Richtung Park.
Über ihm bildeten sich plötzlich Wolken. In seinen Nakken schlug der Wind und verschwand. Der Himmel zog sich zu. Bleim riß seine geröteten Augen auf, aber die breite Straße am Park wurde dadurch nicht heller, schob vielmehr das Tageslicht nach und nach zu beiden Seiten aus sich hinaus.
»Ich esse doch nur ein Eis«, sagte Bleim laut und hob es hoch, so als wollte er es jemandem zeigen.
Die Spitzen der Tannen beugten sich kaum merklich über den Bürgersteig. Bleim ging an einem Zigarettenautomaten vorbei und bog in den Park ein.
Der Spielplatz war leer und dunkel. Auf dem staubigen Weg hockte ein Eichhörnchen und flüchtete, als Bleim in seine Richtung kam.
»O. k.«, sagte Bleim, schaute noch einmal auf sein Eis und warf es, obwohl er es nur zur Hälfte gegessen hatte, in den Müllbehälter am Ausgang des Spielplatzes, »zufrieden?«
Über ihm klarte der Himmel wieder auf.
Bleim ließ seine Finger durch die Hecken schrubben, die rechter Hand den Weg säumten, ging an Bänken und Wiesen vorbei. Einige ältere Männer spielten Boule in einer steinigen Ausbuchtung.
Dann kreuzte der Weg einen anderen, breiteren, an dessen Rand Gartenhäuschen hinter Sträuchern und jungen Bäumen standen.
Bleim stellte sich die Menschen vor, die am Wochenende

hierhin zogen und grillten, während aus dem Kofferradio lustige Lieder schallten. Dann dachte er an die Vorstadtsiedlung, in der er wohnte und die nicht viel anders aussah, nur größer. Vielleicht waren es junge Leute, die hier im Park Parties feierten und Joints rauchten, vielleicht waren Gartenhäuschen mittlerweile in, hatten die hölzerne Spießerverkleidung längst abgehängt. Vielleicht dachte Bleim solchen Entwicklungen immer hinterher, weil er voll von veralteten Vorstellungen war, Vorstellungen, mit denen er im Alltag nicht mehr in Berührung kommen wollte.

Vor ihm erstreckte sich eine Wiese. Der Weg lief mitten hindurch.

Am Himmel zeigten sich weiße Schrammen. Jemand hatte kurz vorher in der Absicht, alles abzudunkeln, versucht, mit einem Schwamm den Horizont zu verwischen, und dabei die Wolken aufgekratzt. Dort, wo sie durchlässig geworden waren, zog nun das Licht in geraden Putzstreifen bis ins Gras.

Halme bogen sich hell und scharf in den Tag.

Trotzdem riß Bleim die Augen auf und speicherte so viele Lichteindrücke wie möglich.

Über die Wiesen liefen ein paar Hunde, wühlten die Erde auf, bis ein Pfiff sie zurückrief. Dahinter am See standen Menschen zwischen den Bäumen und schauten sich ihr Spiegelbild an.

Bleim hielt im Gehen eine Weile seine Augen in die Sonne und wäre fast über eine Ente gestolpert, die mitten auf dem Weg hockte und nur den Kopf bewegte. Bleim lachte, sah aber dann den kleinen Holzpfeil, der ihr schräg nach oben aus dem Gefieder ragte.

Passanten kamen und gingen vorbei.

Bleim wußte nicht, ob er den Pfeil herausziehen sollte, ob das Tier nicht vielleicht verblutete, wenn nichts mehr in der Wunde steckte.
Er ging auf einen jungen Mann zu, sprach ihn an und bat ihn, die Polizei mit seinem Handy anzurufen.
»Wegen einer Ente?« fragte der junge Mann.
»Ja«, sagte Bleim.
»Ich mache mich doch nicht lächerlich«, erwiderte der junge Mann, zog die Brauen hoch und ging weiter.
Bleim sah ihm eine Weile hinterher. Dann drehte er sich um und schaute auf den Gehweg.
Die Ente war nicht mehr da.
Er blickte über den See, suchte sie im Gestrüpp, aber sie blieb verschwunden.
Bleim ließ seine Augen geöffnet, bis sie wehtaten und das Sonnenlicht ihn zwang, sie kurz zu schließen, während er den Kopf senkte.
Sternförmig zerlief einen Augenblick lang die Umwelt, zerlegte sich in farbige Dreiecke und dunkle Punkte.
Auf einer Bank tauchte verschwommen eine ältere Dame in einem zugeknöpften Regenmantel, der über den Beinen völlig zerknittert war, auf. Sie fütterte Tauben mit Körnern, die sie aus ihrer Handtasche nahm und in einen roten Plastikteller füllte. Die Tiere schaukelten ängstlich mit den Hälsen vor und zurück, tauchten ihre Schnäbel in den Futterhaufen, flatterten hoch, landeten nach wenigen Sekunden wieder und näherten sich erneut dem Teller.
Bleim hatte das Gefühl, einen vorgezeichneten Kreis in der heißen Luft zu sehen, eine Art Bahn, der die Tauben folgten und die sie nicht verlassen konnten. Immer wieder machten sie die gleichen Bewegungen, hackten in die Körner, bis die bekannten Ängste in ihnen aufstiegen und ihre

Körper sich etwas zu hastig erhoben, um wenig später wieder dort zu landen, wo alles von neuem begann.

»Sind Sie wegen mir gekommen?« fragte die ältere Dame und preßte ihre Handtasche an die Brust.

»Nein«, sagte Bleim und schaute auf die Tauben.

»Sie wollten aber anrufen«, sagte die ältere Dame, »man kann niemandem mehr trauen.«

Bleim atmete ein, um der Dame zu antworten, stockte und sagte: »Einen schönen Tag noch.«

Er spazierte eine Weile um den See, riß einige Blätter von den Bäumen, bis die Uhr ihn darauf hinwies, daß der nächste Punkt in seinem Tagesablauf anstand und es nun an der Zeit war, den Park wieder zu verlassen.

Die Strecke hinein in die Innenstadt wollte Bleim mit der Straßenbahn zurücklegen, aber im Wagen war es so stickig und eng, daß er nach zwei Haltestellen wieder ausstieg und zu Fuß weiterging.

Auf den Autodächern glänzte der Tag. Die Fassaden schwitzten. An den Kinderwagen hingen bewegungslos die Windräder. Fahrradsättel speicherten die Hitze und ließen die Fahrer sich nach vorn über den Lenker lehnen, auf die Pedale stützen, aus dem Sattel gehen.

Vor einem Lampengeschäft blieb Bleim stehen und schaute sich die Modelle im Schaufenster an. Es war eine Pracht! Er wäre gerne hineingegangen und hätte sie alle einmal angeknipst, um das Spektakel zu erleben, wenn so viel verschiedenes Licht ineinanderverlief und zu einer dicken, aber durchsichtigen Oberfläche verschmolz, aber die meisten Lampen waren mit keiner elektrischen Leitung verbunden und reine Ausstellungsstücke, deren Kabel versteckt lagen oder einfach an den Metallröhren hinabhingen.

Er überquerte eine Kreuzung, schlenderte an einem italienischen Restaurant vorbei, ging dann zurück, setzte sich auf die Terrasse und trank zwei große Gläser Wasser. Hunger hatte er nicht, obwohl Mittag bereits vorbei war.
Anschließend schaute er auf die Uhr, wartete, bis die Zeiger die richtige Position eingenommen hatten, und machte sich auf den Weg ins Museum für moderne Kunst.
Die Frau an der Kasse sagte: »Sie müssen doch jedes Bild auswendig kennen« und reichte ihm die Eintrittskarte.
Bleim nahm die breite Treppe und stieg in den ersten Stock. Es war angenehm kühl hier, obwohl das Gebäude viele Fenster hatte und man das Gefühl nicht loswurde, in diesem Museum werde es nie dunkel.
Trotzdem hatte Bleim sich gemerkt, wo es Lichtschalter gab.
Er ging durch die Räume, ging immer weiter, durchquerte einen nach dem anderen und fing wieder von vorne an.
Bilder liefen an ihm vorbei, farbige Schlieren, die er nur aus dem Augenwinkel wahrnahm. Verzerrte Motive rutschten über die Wände, Linien fransten aus, wurden zu Spiralen. Dann bäumten sich Eisenkonstruktionen durch den Raum, Geflügel hing von der Decke, Propeller rotierten und gaben zerhackte Geräusche von sich. Schließlich wieder Farbflächen, dick aufgetragenes Öl. Ab und an sprang ein neuer Rahmen ins Auge.
Bleim spazierte so lange durch die Kunst, bis er nichts mehr von ihr sah und müde wurde. Er setzte sich auf eines der viereckigen Polster, die inmitten des dritten Raumes nebeneinander aufgestellt waren, streckte seine Beine und starrte vor sich hin.
Alle paar Minuten glitt ein Mensch in sein Blickfeld, verharrte und rutschte wieder hinaus.

Bleim hob den Kopf, schaute sich die abgedeckten Lichter an der Decke an. Sein Rücken schmerzte. Er streckte die Wirbelsäule, beugte den Nacken nach vorn und öffnete weit seine geröteten Augen.
Trotzdem warfen die Bilder noch schwache, schmale Schatten an die Wände. Daneben standen auf einer Art Visitenkarte der Name des Künstlers und der Titel des Werkes.
Eine Frau in einem weit ausgeschnittenen Sommerkleid setzte sich neben Bleim und sagte: »Gefällt Ihnen das Bild?«
Bleim wußte nicht, welches die Frau meinte, schaute ihr einen Moment ins Gesicht und folgte dann ihrem Blick auf ein nächtliches Landschaftsgemälde, auf dem gelbes Mondlicht alles ertränkte, die Wiese im Vordergrund, den Fluß, den Baum und die beiden Schatten, die sich am Ufer über etwas beugten.
»Ich habe Sie eine Weile beobachtet«, sagte die Frau, »wenn Sie ihren Kopf in den Nacken legen, glänzt Ihr Haar, als gehörten Sie zum Bild, als machten Sie mit diesem Elternpaar auf der Wiese am Fluß gemeinsame Sache.«
»Woher wissen Sie, daß es ein Elternpaar ist?« fragte Bleim und sah auf das Bild an der Wand.
Die Frau kreuzte ihre Unterarme über den Beinen, saß dabei leicht zusammengesunken da, so daß ihr Zopf nach vorne über die Schulter glitt, während das Licht sich aufdringlich zwischen die Falten ihres Kleides wühlte.
»Es ist richtig, daß ich Licht mag«, sagte Bleim.
Die Frau drehte ihm ihr braungebranntes Gesicht zu, lächelte Bleim an und antwortete: »Ich wußte sofort, als ich Sie sah, daß auch Sie gerne mal mit jemandem sprechen würden.«

Bleim überlegte einen Moment lang, was er antworten sollte, während er der Frau auf den Mund schaute. So hatte er das noch gar nicht gesehen.
»Ich bin extra aus den Staaten angereist«, fuhr die Frau fort und lachte einmal kurz, »nur um zu reden. Aber mein Gesprächspartner ist zum Angeln gefahren. Die Fische waren ihm wichtiger. Ich könnte nie angeln, nach allem, was passiert ist. Auch nicht schwimmen. Ins Freibad, ja, in den Pool, aber nicht in fließenden Gewässern.«
Die Frau nahm ihre beige Handtasche vom Boden, öffnete sie und zog einen aufklappbaren Spiegel heraus.
Bleim wartete darauf, daß die Frau noch etwas sagen würde, aber sie besah sich schweigend ihr Gesicht im kleinen, runden Spiegel und wischte sich mit dem Mittelfinger über die Nase, während sie ihre Oberlippe nach unten zog.
Bleim hatte das Gefühl, nun seinerseits etwas erzählen zu müssen, so als vollziehe die Frau nur eine rituelle Schminkhandlung, um ihm Zeit zu geben und ihn zum ersten Satz zu ermutigen. Er sog Luft in seine Lungen, eine Menge Luft und sagte: »Ich war damals sieben. Anfang der Siebziger war das. Im Winter. Es gab seit ein paar Jahren diese Kunststoffmülltonnen. Vorher waren sie ja aus Metall wegen der heißen Asche aus den Öfen. Aber dann mit dem Heizöl und den ganzen Plastikverpackungen, die aufkamen, stieg die Stadt auf Kunststoffmülltonnen um, wissen Sie.«
»Ja«, sagte die Frau, drehte am Lippenstift und setzte ihn an ihren linken Mundwinkel.
Bleim wartete wieder einen Moment, ob sie noch etwas sagen würde, aber er spürte in sich nun eine bislang unbekannte Lust, jemand Fremdem von sich zu erzählen. Frau

Gätzel fiel ihm ein. Er richtete seinen Blick auf das lichtgelbe Bild und sagte: »Meine zweijährige Schwester hat mich immer geärgert. Schon am frühen Morgen. Ich hatte gerade so kleine Plastikritter draußen auf dem kalten Mäuerchen aufgestellt, und sie schmiß sie um. Da bin ich sauer geworden, habe sie auf die kleine Mauer gehoben, bin dann selbst draufgeklettert, habe meine Schwester nochmal mit aller Kraft, während ihre Jacke ihr fast über den Kopf rutschte, ein Stück hochgehoben und sie schließlich in eine der Mülltonnen fallen lassen. Ich weiß nicht, warum ausgerechnet an diesem Morgen dort eine leere Tonne zwischen den anderen stand. Alle waren voll, aber die war eben leer, und nun saß meine Schwester drin und hat geschrieen. Ich habe den Deckel zugemacht, aber man konnte ihr Schreien trotzdem hören. Ich bin dann ins Haus gegangen, habe meine Ritter aus der Kiste geholt und weitergespielt.«
Bleim sah nach links in den angrenzenden Ausstellungsraum. Aber was vor ihm auftauchte, war sein Kinderzimmer, das er sich mit seiner Schwester teilte, die Ritter und wie seine Mutter in der kleinen Küche am Waschbecken stand und spülte, während er oft unterm Wohnzimmertisch saß und nur ein Stück ihrer Beine und ihre Schürze wahrnehmen konnte, einen Unterleib, der kopflos herumwanderte und sich selten setzte. Es war eine schnelle Abfolge von Erinnerungsscherben, so als laufe ein Film rückwärts, und eine unsichtbare Hand füge die einzelnen Teile zu einem Ganzen zusammen.
Die Frau neben ihm klappte ihren Spiegel ein, als wolle sie die Reflexe darauf einfangen, und verstaute ihn in der Handtasche.
»Meine Mutter hat nicht gemerkt, daß die Kleine fehl-

te«, fuhr Bleim fort. »Sie war beschäftigt. Dann klingelte es einige Zeit später, und ein Mann von der Müllabfuhr stand mit meiner Schwester auf dem Arm vor der Tür. Meine Mutter begann zu schreien. Der Mann von der Müllabfuhr verabschiedete sich. Meine Mutter schrie weiter, starrte mich dabei an, wurde dann ganz leise, während sie meiner Schwester Küsse ins Gesicht drückte, um wenig später wieder in meine Richtung zu schreien. Ich spielte mit den Rittern. Aber plötzlich war auch mein Vater da. Wie aus dem Nichts schoß er in die Wohnung, riß mich am Arm, daß die Ritter nur so durch die Gegend flogen, und schleppte mich in den Keller. Dort verschloß er das kleine Fenster mit der Eisenklappe, stieg auf eine Leiter, drehte die Glühbirne raus und ließ mich im Dunkeln zurück. Von draußen konnte ich gedämpft die Wagen hören, die vorbeifuhren. Ab und zu quietschte die Klappe in der Tür, wenn die Katze in den Keller kam, sich aber direkt wieder verzog, weil es hier unten stockdunkel blieb und der zweite Ausgang durch die Eisenklappe verschlossen war.

Ich saß dort den ganzen Tag und hatte Angst. Ich bewegte mich nicht, aus Panik, irgendein Wesen zu wecken, das mir dann etwas antun würde. Ich saß auf dem Boden und pinkelte unter mich. Nach einiger Zeit wurde mir kalt. Meine Hose war naß, und ich hatte nur ein T-Shirt an. Das Stillsitzen zog langsam die Wärme aus meinem Körper, bis meine Zähne klapperten und ich zu heulen begann. Ich wollte nicht heulen, weil ich keinen Krach machen wollte. Auch das konnte die Dinge um mich wecken. Aber das Wimmern kam einfach, floß in den Keller, wie mein Wasser unter mir.

Nach einigen Stunden, und für Kinder sind schon Minuten eine Ewigkeit, wie Sie sicher wissen, kam meine Mutter, drehte die Glühbirne wieder in die Fassung und begann den Keller zu putzen. Ich nehme an, sie hat das getan, weil mein Vater mich noch nicht rauslassen wollte, sie es aber nicht mehr ertrug, mich dort unten zu wissen. Sie putzte und schrubbte, öffnete die Eisenluke und wischte das Fenster davor. Das Licht zog lange Streifen bis zum Kellerboden. Ich habe meine Mutter nie mehr so geliebt wie in diesem Moment. Als sie mich abends mit nach oben nahm, hatte ich mich bereits erkältet. Mein Vater brüllte: ›Auch das noch!‹, drückte ihr meine Schwester in den Arm und verzog sich in die Kneipe. Nachts wachte ich auf und schrie. Meine Mutter ließ von da an das Licht im Zimmer brennen. Meine Schwester, die das nicht ertrug, wurde ins Wohnzimmer evakuiert.«

»Mich hat niemand bestraft«, unterbrach ihn die Frau, »vielleicht leide ich gerade darunter.« Sie hob ihre Beine etwas an und schien ihre Schuhe zu begutachten.

Besucher gingen vorbei, schenkten dem sitzenden Paar mehr Aufmerksamkeit als den Bildern ringsum.

Bleim wartete. Er hatte geredet, mehr als je zuvor hatte er am Stück geredet, nun war die Frau dran. Er sah ihren Blick am teegelben Licht des Bildes hängen. Sie saß aufrecht auf dem Polster und bewegte scheinbar unbewußt die Finger der rechten Hand über ihr Kleid, so als streiche sie ihre Erinnerungen wie lästige Falten aus dem Stoff.

Bleim wollte ihr noch einen Satz zuspielen, sie ködern, ihre Geschichte preiszugeben und sagte: »Meine Schwester hat sich mit dreißig das Leben genommen. Mir ist klar, daß es da keinen Zusammenhang geben muß, aber wer weiß das schon.«

»Ja, wer weiß das schon«, erwiderte die Frau und stand auf. Sie drehte sich Bleim zu, reichte ihm die Hand und sagte: »Seien Sie mir nicht böse, aber ich muß irgendwie die Zeit herumbekommen, bis er seine Fische gefangen hat.«

Bleim stand ebenfalls auf, lächelte und antwortete: »Das macht nichts. Ich weiß auch ohne Sie, weshalb ich Licht mag.«

Die Frau nickte, bückte sich nach ihrer beigen Handtasche und setzte zum Gehen an. Dann drehte sie sich noch einmal um, machte eine Kopfbewegung auf das in Mondlicht getauchte Landschaftsbild zu und sagte: »Es sind Kindsmörder!«

Bleim schaute auf die Wiese im Vordergrund, den Fluß, den Baum und die beiden Schatten, die sich am Ufer über etwas beugten. Von dort aus, wo er stand, konnte er den Titel des Bildes nicht auf dem kleinen Kärtchen an der Wand erkennen.

Er hörte die Schritte der Frau sich entfernen und drehte den Kopf.

Auf ihrem Sommerkleid lüftete das Licht die Farben stellenweise bis zur Unkenntlichkeit.

Er öffnete weit seine geröteten Augen, schlenderte auf das Bild vor ihm zu und las den Titel auf dem Kärtchen. Es hieß: Nachts.

Sand

»Laß die Mütze auf!«

Auf dem Spielplatz wachten die Mütter über die Schatten der Buchen, Tannen und Ahornbäume, die sich dicht gedrängt über die Schaukeln und den Sandkasten legten. Viele hatten die Schuhe ausgezogen und verharrten bewegungslos auf den Holzbänken wie Fische im überhitzten Teich.

Die spitzen Schreie der Kinder stießen zwischen die Pflanzungen und verebbten.

Linda Sand schwitzte. Ihre rote Bluse klebte am Bauch und wölbte bei jeder Bewegung den Stoff über der Brust nach außen.

»Laß die Mütze auf, Hannes!« rief die Frau erneut.

Linda sah, wie der etwa dreijährige Junge seine Kappe wieder anzog und sich in die Büsche schlug. Ihr Sohn Jens folgte ihm. Seit zwei Monaten wohnten sie in dieser Gegend. Aber Linda fühlte sich jedesmal unwohl, wenn sie mit ihren Kindern auf diesen völlig überfüllten Spielplatz kam.

»Da haben sie dieses Baumhaus im Park gebaut und alles renoviert, jetzt kommt hier jeder hin«, hatte die Nachbarin zu Linda gesagt und an ihrer Zigarette gezogen.

Linda hatte sich weggesetzt.

Das Licht fiel in kleinen Tropfen zwischen den Blättern hindurch und musterte den Park.

Mit der Plastikschaufel versuchte Pauline die Flecken vom Boden zu kratzen, sie in den Eimer zu befördern. Linda lächelte und streichelte ihrer achtzehn Monate alten Tochter über den Kopf.

»Nein!« schrie ein Mädchen und schlug mit einem Stock um sich. Die andern Kinder lachten und schmissen mit Sand nach ihr, bis eine der Mütter »Aufhören!« rief. Nicht laut und entschieden, vielmehr wellte ihre Stimme leicht gurgelnd über die Korbschaukel, teilte sich am Klettergerüst in mehrere Arme und beplätscherte auffallend sanft den ganzen Spielplatz. Die Kinder hoben abwechselnd die Beine an, so als ob sie befürchteten, nasse Füße zu bekommen, öffneten dann ihre Hände, ließen den Sand fallen, während das Mädchen in ihrer Mitte enttäuscht in die Runde blickte und nicht wußte, was es mit dem Stock anfangen sollte.
Das Spiel war aus.
Linda blickte auf ihre Armbanduhr und dachte, hoffentlich vergißt er die Butter nicht.
Einige dünne Strähnen hatten sich aus ihrem Haarknoten gelöst und schlängelten feucht den Nacken hinab. Sie stützte die Ellenbogen auf ihre Schenkel, vergrub das Gesicht in den Händen, während sie mit den Unterarmen die Bluse an ihre Brust drückte. Sofort sickerte Müdigkeit von ihrem Kopf in die Glieder hinab. Der Spielplatz drehte sich hinter den Lidern, schwarze Wolken erschienen und senkten sich. Dazwischen tauchten korallenrote Punkte auf, winzige Reflexe huschten vorbei. Dann schien ihr Körper zu sinken, gleichmäßig hinabzugleiten in kühle, lichtlose Tiefen.
»Mama«, sagte Jens.
»Was?« fragte Linda und hob ruckartig den Kopf.
Auf den anderen Bänken saßen noch immer die Mütter. Wie stumpfe Quallen pumpten einige von ihnen ihre Blik-

ke in Lindas Richtung. Die andern öffneten und schlossen die Münder.
»Mama«, wiederholte Jens.
Neben ihm stand der kleine Junge mit der Mütze und hielt eine Maltafel, die unten einen kleinen roten Hebel hatte, in der Hand.
»Wie kommen denn die Wellen da raus?« fragte Jens, während seine kleine Schwester versuchte, die Lichtflecken auf dem Boden mit der Plastikschaufel zu zerschlagen.
»Ja«, sagte der Junge mit der Mütze.
»Was?« fragte Linda.
Jens hielt ihr ein Handy hin. »Die Wellen«, sagte er.
»Wo hast du das Handy her?« fragte Linda.
»Papa sagt, das geht mit Wellen«, nickte Jens.
»Ja«, sagte der Junge mit der Mütze, während er seine Maltafel hin und her schwenkte.
»Wo du das Handy her hast?« sagte Linda und schaute über den Spielplatz.
Die mütterlichen Fischgesichter stiegen über den Bänken auf und rückten näher zusammen.
»Was ist denn wichtiger«, fragte Jens, »Erde und Sand oder Wellen und Wasser?«
»Pauline, laß das«, sagte Linda. Dann schaute sie ihren Sohn erneut an und fragte ruhig: »Jens, wo hast du dieses Handy her?«
»Lag hinter den Hecken«, sagte Jens.
»Dann bring es dahin zurück«, sagte Linda.
»Was ist dein größter Wunsch?« fragte der Junge mit der Mütze, während er zuschaute, wie Pauline eine Schaufel Sand in den Mund steckte.
»Laß das, Pauline«, sagte Linda und nahm ihr die Schaufel weg.

»Warum?« fragte Jens.
»Tu es!« sagte Linda.
Pauline begann zu weinen.
»Aber das hat jemand weggeworfen«, sagte Jens und knickte einmal nachdrücklich in den Knien ein.
»Hör mit dem Gejammer auf, Pauline«, sagte Linda.
Die Fischgesichter zuckten unruhig über den Bänken, ihre Leiber streuten Lichtreflexe durch den Park.
»Ich würde gerne Löcher in den Regenbogen machen«, sagte der Junge mit der Maltafel, »dann regnet es Farbe.«
»Echt«, sagte Jens, hielt sich das Handy ans Ohr und murmelte: »Ja, bitte, eine Bohrmaschine.«
»Bring es zurück!« sagte Linda laut zwischen Paulines Gebrüll.
»Ich werde mit meinem Vater angeln gehen«, sagte der Junge und zog seine Kappe vom Kopf. In seinen feuchten Haaren zeichnete sich der Mützenrand ab.
Pauline schlug mit der flachen Hand auf den Boden und schrie.
Linda nahm sie auf den Arm, stand auf und stieß mit der Hüfte gegen den Kinderwagen. »Jetzt bring es zurück!« sagte sie und streichelte mit der freien Hand über Jens' Kopf.
»Na gut«, sagte Jens und lief los.
Aus dem weit verstreuten Fischschwarm löste sich einer und rief: »Hannes, zieh deine Mütze an!«
»Ist gut, Maus«, sagte Linda und klopfte sanft den Rükken ihrer Tochter.
»Da gibt es so große Haie«, sagte der Junge, zog seine Kappe auf den Kopf und breitete die Arme aus.
Linda sah, wie Jens das Handy hinter die Büsche schmiß und zurückgerannt kam.

»Komm, Hannes«, sagte die Frau, griff nach der Maltafel und dann nach der freien Hand des Jungen.
Pauline beruhigte sich, legte ihre Wange auf Lindas Schulter, rieb mit der Faust an ihrer Nase.
Die Frau sah Linda nicht einmal an, zog den Jungen hinter sich her und ging zurück zu ihrer Bank.
»Waren Sie noch nie müde? Sie haben vielleicht Probleme!« rief Linda ihr hinterher. Eine ungeahnte Wut stieg in ihr hoch. Wieso tat diese Frau, als sei sie Luft. Zumindest lächelt man sich in solchen Situationen zu.
»Die habe ich allerdings!« schrie die Frau zurück, ohne sich umzudrehen. Auf ihren Schultern bildete das von den Ästen herabfallende Licht ein grobes Schuppenmuster. Als sie sich auf die Bank niederließ, sah Linda, daß ihr Gesicht tiefrot war.
»Ich habe Hunger«, sagte Jens.
Linda setzte Pauline in den Kinderwagen, bückte sich und sammelte Schaufel und Eimer ein.
Der Junge mit der Mütze hockte neben seiner Mutter, malte mit dem Finger über seine Tafel, dann zog er den roten Hebel einmal von links nach rechts und zurück.
»Papa hat eingekauft«, sagte Linda, »nimm dein Fahrrad.«
Jens lief los, um das Baumhaus herum zu seinem Fahrrad. Dort saß das Mädchen mit dem Stock und malte Zeichen in den Sand. Jens schaute ihr einen Moment lang zu, manövrierte sich auf den Sattel und trat in die Pedale.
Als sei dies ein geheimes Zeichen, begannen die anderen Mütter nun ihre Kinder einzusammeln, öffneten ihre Münder und kiemten schwerfällig durch die Hitze.
Linda schob den Kinderwagen auf den Weg und sah, wie der mütterliche Fischschwarm einen Moment nervös ne-

ben den Bänken verharrte, sich dann nach und nach in alle Richtungen verteilte. Die Luft war plötzlich voll Sauerstoffbläschen.
»Hoffentlich hat er an die Butter gedacht«, sagte Linda laut. Pauline hob den Kopf, streckte die Arme und sagte: »Mama«.
»Ich kann mit einer Hand«, schrie Jens, als er an ihnen vorbeiflitzte und hielt seine rechte in die Höhe, während er mit dem Fahrrad gefährliche Schlenker machte.

Über dem Bürgersteig wehrte die Hitze den anbrechenden Abend ab. Die Sonne faserte in hellen Schnüren um die Hausgiebel, zog die Wagen nach und nach die Straße hinab, an der Terrasse des italienischen Restaurants vorbei in Richtung Kreuzung.
Linda hatte wie so oft schon ihren Schlüssel auf der Kommode liegengelassen und klingelte.

»Hat Papa auch Kirschen gekauft?« fragte Jens, während er das Vorderrad auf die leichte Erhöhung vor der Haustür setzte. Mit seinem Oberkörper lag er halb über dem Lenker, blickte auf das Reifenprofil.
»Weiß nicht«, antwortete Linda und klingelte erneut.
Pauline riß an den Holzseiten eines mit Schnüren zusammengehaltenen Buches.
Niemand öffnete.
Linda sah auf ihre Armbanduhr und dachte, Gabriel müßte längst vom Einkaufen zurück sein.
»Papa braucht noch etwas«, sagte sie, »wir müssen warten.«
»Ich habe aber Durst«, sagte Jens.
»Ja, gleich«, antwortete Linda.

»Nein, jetzt!« sagte Jens.

Das Holzbuch fiel aus dem Kinderwagen, und Pauline streckte sofort fordernd ihren Arm danach aus, hoppelte im Kinderwagen auf und ab, stieß dabei merkwürdige Preßgeräusche in den Abend, so als zerreibe sie die Laute in ihrer Kehle, bevor sie sie über den Bürgersteig bröselte.

Linda bückte sich, blickte die Straße hinab. Gabriel war nicht zu sehen.

»Jetzt!« wiederholte Jens und knallte mit dem Vorderrad gegen die Holztür.

»Hör sofort damit auf!« sagte Linda und gab Pauline ihr Buch zurück.

Wieso braucht er so lange, dachte sie, er hetzt doch sonst auch. Die ganzen Monate, seit sie hier wohnen, immer nur: hab keine Zeit! Und jetzt braucht er zwei Stunden, um einzukaufen.

Am Himmel zogen langsam zwei winzige Flugzeuge wie zwei Spaziergänger über die Stadt. Wind sickerte durch ein unsichtbares Leck in die Straße.

Über die Terrasse des italienischen Restaurants lief der Kellner und verteilte Getränke. An einem der Tische stand eine Frau und zeigte in Lindas Richtung. Der Mann, der vor der Frau am Tisch saß, drehte sich um und schaute ebenfalls zu ihnen herüber.

Was soll das, dachte Linda. Ihre Oberlippe begann zu jukken, so als sei die Luft voll Plankton. Die Frau auf der Terrasse setzte sich und schlug die Beine übereinander. Der Mann hatte sich ihr wieder zugewandt. Sie redeten.

»Wann kommt Papa denn?« fragte Jens, ließ sein Fahrrad auf den Bürgersteig fallen, stellte es dann auf Lenker und

Sattel und drehte mit der Hand an den Pedalen. Das Hinterrad sauste auf der Stelle los.
»Bald«, sagte Linda.
Ein Fahrradfahrer fuhr an ihnen vorbei und wich in letzter Sekunde dem Holzbuch aus, das auf den Bürgersteig fiel.
»Nicht schlafen, Kleines«, sagte Linda, »es gibt bald zu essen, und dann kannst du ins Bett.«
Paulines Augenlider wuchsen langsam zusammen. Ein kleiner Schlitz blieb übrig, dann waren sie geschlossen.
»Scheiße!« sagte Linda.
»Was ist?« fragte Jens.
»Wenn deine Schwester jetzt schläft, dann will sie gleich wieder nicht mehr einschlafen oder weckt uns heute nacht«, sagte Linda und nahm Pauline aus dem Kinderwagen.
»Papa kommt ja gleich«, sagte Jens und stieß sein Fahrrad um. Er nahm einen abgebrochenen Ast vom Straßenrand und fuhr mit der Spitze die Graffitiformen an der Hausfassade entlang.
»Nicht schlafen«, wiederholte Linda und hielt ihre Tochter dicht vor ihr Gesicht.
Pauline ließ den Kopf sinken, hing in Lindas Armen wie eine Leblose im Rettungsring. Das gibt Ärger, dachte Linda, wetten, daß er die Butter vergessen hat. Sie legte Paulines Kopf auf ihre Schulter und begann vor der Haustür auf und ab zu gehen.
Jens setzte sich auf den Bürgersteig, stocherte mit dem Ast im Bordstein herum. Eine Reihe Ameisen stockte, wich dem Hindernis aus, einige kletterten hoch.
Jens schaute ihnen eine Weile zu, schlug den Stock dann gegen die Bordsteinkante. Die Ameisen fielen herunter.

Auf der Terrasse drehte sich erneut der Mann um und schaute in Lindas Richtung.
Was willst du, Arschloch? dachte Linda und bewegte Pauline auf ihrem Arm leicht auf und ab.
»Hat das Handy eigentlich funktioniert?« fragte sie.
Die Ameisen versuchten, ihren Weg fortzusetzen. Es gab Tote. Ihre Leiber lagen gekrümmt auf dem Asphalt.
Jens gab ihnen den Gnadenstoß und wandte sich den Überlebenden zu.
»Je-ens!« sagte Linda und blieb hinter ihm stehen, »hat das Handy funktioniert?«
Jens drehte den Kopf und sah zu ihr hoch. »Ja-aa«, sagte er.
Die Ameisen liefen den Bordstein entlang. Der Ast schnellte vor und kratzte über die Straße zurück.
»Bist du sicher?« sagte Linda.
»Was?« sagte Jens.
»Daß das Handy funktionierte«, antwortete Linda.
»Nein«, sagte Jens.
Ich muß anrufen, dachte Linda.

Laute Musik zog über die Fahrbahn. Der Wagen schien bei jedem Baßwummern auseinanderzubrechen, schlich langsam hinter anderen Autos Richtung Kreuzung.
Linda legte ihren Finger auf die Klingel ihrer Nachbarin, zögerte einen Moment und ließ die Hand sinken. Allein beim Gedanken an die Frau roch sie den Zigarettenrauch, den ihre Nachbarin aus jeder Pore verströmte.
Pauline drehte den Kopf und schlief auf ihrer anderen Wange weiter.
Linda ging zum Kinderwagen und senkte ihre Tochter hinein.

»Warte hier«, sagte sie, »Ich bin gleich zurück.«
»Was machst du«, fragte Jens.
Der Bordstein lag ameisenverschmiert vor ihm.
»Ich muß anrufen«, sagte Linda und ging zum Nachbarhaus. Dort drückte sie die unterste Klingel und während des Summtons die Haustür auf. Nachdem sie dem Mann im Unterhemd ihren Fall erklärt hatte, rief sie von der fremden Wohnung aus die Handynummer ihres Mannes an. Die Mailbox sprang an. Sie legte auf und sagte zu dem Mann im Unterhemd: »Haben Sie irgendwo die Gelben Seiten? Ich bräuchte die Nummer von einem Schlüsseldienst.«

Während sie warteten, schillerte das Abendlicht nach und nach in die Straße hinein, und es begann zu dunkeln.
Der Kellner auf der Terrasse rückte einige Stühle zurecht und wischte die Tische. Der Mann und die Frau saßen noch immer da und unterhielten sich.
Die Kinder sollten längst im Bett sein, dachte Linda.
Jens hockte auf der Türschwelle und hatte sein Kinn auf die Arme gelegt. In seinem Gesicht war keine Regung auszumachen. Er blickte stumm auf den Ast, der geknickt über den Bordstein ragte, und reagierte auch nicht, als der Wagen vom Schlüsseldienst ankam, über den Stock rollte und auf dem Ameisenschlachtfeld parkte.
»Wo brennt's denn?« sagte der Mann vom Schlüsseldienst, als er ausstieg. Seine breite Hand legte sich über die Hausklingeln und drückte alle gleichzeitig.
»Was machen Sie denn?« fragte Linda.
Ein Summen lief über die Türschwelle.
Jens sprang auf.
»Ich lasse Sie rein«, sagte der Mann, drückte die Tür

auf und brüllte »Werbung« in den Hausflur. Sofort wurden oben wieder die Wohnungstüren geschlossen. Lindas Nachbarin hatte ihr gar nicht erst aufgemacht.
»Wo ist Papa?« fragte Jens.
Linda schob den Kinderwagen in den Hausflur.
Eine kühle Brise kam ihr entgegen, sie atmete auf.
»Welche Tür ist es?« fragte der Mann.
Linda wies die paar Stufen hoch auf den linken Eingang, beugte sich über Pauline und nahm sie vorsichtig heraus.
»Bitte!« sagte der Mann.
Linda stand etwas fassungslos vor ihrer offenen Wohnungstür und sagte: »Danke«.
»So schnell geht das?« fragte Jens.
Der Mann vom Schlüsseldienst betrat vor ihnen die Wohnung, legte ein Formular auf die Kommode und sagte: »Hier unterschreiben«. Dann verabschiedete er sich und ließ die Tür hinter sich ins Schloß fallen.
Linda zog Pauline die Sandalen aus, streifte ihre eigenen Schuhe von den verschwitzten Füßen und legte ihre Tochter im Kinderzimmer ins Gitterbettchen.
Während des Wickelns öffnete Pauline nur einmal kurz die Augen und knurrte.
Linda hielt ihr die Flasche mit warmem Leitungswasser an den Mund, aber sie schlief weiter. Also heute nacht wieder, dachte Linda. Dann rief sie »Ordentlich trinken, Jens!«
Aus der Küche hörte sie das Geräusch der Kühlschranktür.
»Wo sind die Kirschen?« fragte Jens.
Linda ging zu ihm, knipste das Licht an und sah einen Zettel auf dem Tisch liegen. Darauf stand:
BIN WEG! KOMME NICHT WIEDER! GAB.

»Wo sind die Kirschen?« wiederholte Jens.
Linda stützte sich auf die Rückenlehne eines Holzstuhls und las die Zeile erneut. Sie verstand, was da stand, suchte aber gleichzeitig nach einem tieferen Sinn in diesem Satz.
»Was steht da?« fragte Jens.
»Papa ist weg«, sagte Linda.
Jens schloß die Kühlschranktür.
»Hat er die Kirschen mitgenommen?« fragte er.
»Ich weiß nicht«, sagte Linda, nahm den Zettel, zerknüllte ihn langsam und schmiß ihn in den Mülleimer.
Vor dem Balkonfenster schwammen die Bäume in einem merkwürdig blauen Lichtsee.
Linda blickte durch die Scheibe in ein Aquarium hinein. Wie Algen in leichter Strömung zitterten einige Äste.
Jens nahm ein Glas vom Tisch und trank das Wasser, das noch vom Mittagessen dort stand.
»Ich bin müde«, sagte er.
»Klar«, antwortete Linda, »zieh dich aus und geh nochmal aufs Klo.«
In ihrem Kopf wirbelten alle möglichen Dinge durcheinander, alte Fotos, Gesprächsfetzen, eine Urlaubreise. Nichts wollte sich ordnen. Sie war plötzlich so müde, daß sie sich den Stuhl zurechtschob und sich setzte.
Der Klodeckel fiel auf die Schüssel. Sie horchte zum Kinderzimmer, ob Pauline nicht aufgewacht war, und hörte, wie Jens mit dem Klopapier spielte und sagte: »Morgen kaufe ich selber Kirschen.«
Sie nahm den Kugelschreiber in die Hand, mit dem Gabriel die Abschiedszeile geschrieben hatte und malte einen Strich auf das Wachstuch, das den Tisch bedeckte. Dann stand sie auf und ging in das Arbeitszimmer ihres Mannes. Alles stand dort wie immer. Nicht einmal seinen PC hatte

er mitgenommen. Sie schloß die Tür wieder, ging zu Jens und fragte: »Bist du fertig?«
»Hab nur Pipi gemacht«, antwortete Jens, »du Kabeljau-Pfau-Pfau« und lachte.
»Ab ins Bett«, sagte Linda, während Jens von der Kloschüssel sprang, mit heruntergelassener Hose ins Wohnzimmer lief, sie dort auszog und durch die Luft wirbelte.
Linda ging hinter ihm her, schaute seinem Treiben eine Weile zu, packte ihren Sohn dann am Handgelenk und zog ihn ins Kinderzimmer.
»Pauline schläft«, flüsterte sie und hob ihren Zeigefinger vor die Lippen.
Jens kicherte, zog seine Unterhose an, legte sich unter die Decke und wühlte seinen Kopf in das flache Kissen.
»Schlaf schön«, sagte Linda, küßte ihn auf die Schläfe und setzte sich in die Küche.
Alles sah aus wie immer. Nichts hatte sich verändert.
Sie nahm die Tageszeitung, die auf dem Trip-Trap-Stuhl lag, und legte sie vor sich auf den Tisch. Ihre Augen lasen die Titelzeile, aber ihre Gedanken waren irgendwo anders. Wo, hätte sie nicht sagen können. In ihrem Kopf war nichts Konkretes, nichts, das sie berührte. Sie spürte ihr Herz regelmäßig schlagen, strich über die Zeitung und hörte ein leises: »Mama!« aus dem Schlafzimmer kommen.

Jens saß aufrecht in seinem Bett und flüsterte: »Mama, was machen wir jetzt?«
Linda griff mit beiden Händen nach seinen nackten Beinen, schüttelte sie leicht und riß die Augen groß auf, bevor sie mit verstellter Stimme sagte: »Ich bin gerade dabei, mir etwas auszudenken.«

Jens kicherte und rollte sich zusammen.
Durch die Ritzen des Rolladens schimmerte das schwache Licht der Straßenlampen.
»Jetzt schlaf schön«, sagte Linda, ließ ihre Hände seine Beine hochkrabbeln und kitzelte ihm den Bauch. Dann stand sie unschlüssig neben seinem Bett.
»Gute Nacht«, sagte Jens.
Linda warf noch einen Blick auf Pauline, die mit ausgebreiteten Armen auf dem Rücken im Gitterbettchen lag und schlief. Dann schloß sie die Tür des Kinderzimmers hinter sich, ging durch die Küche und trat auf den Balkon.
Das Wasser war lauwarm.
Über die Dächer schwappte gedämpft der Verkehrslärm.
Fische waren keine zu sehen.

Erde

Es waren nicht viele, vielleicht zehn Gestalten. Sie gingen zu zweit oder dritt nebeneinander. Fast alle schauten zu Boden.

Die beiden Särge auf dem schlichten, würdigen Elektro-Karren gaben das Tempo vor, glitten an den Grabreihen vorbei, schlugen ihre Schatten an die Marmorkreuze, verdunkelten die Rhododendrenpflanzungen.

Leo Flamm wartete mit seinen Kollegen an der offenen Grabstelle. Sie hatten Kunstrasen über die Kanten des rechteckigen Loches gelegt, so daß die Trauergäste später den Friedhof nicht mit dreckigen Schuhen verlassen mußten. Hinter einer Hecke war der Bagger geparkt. Daneben lagen die Schaufeln für die Feinarbeit.

Die Trauergemeinde floß auf die Aushebung zu, verteilte sich am Fuße der Grabstelle in ein unsichtbares Becken, das die Form eines Halbkreises haben mußte, und kam zum Stehen.

Anschließend lief alles ab wie immer.

Leo und seine Kollegen ließen zuerst den großen, dann den Kindersarg hinab, entfernten die Seile, zogen sich ein paar Schritte zurück und warteten.

Da kein Priester anwesend war, wurde nicht gesprochen.

Licht fiel auf die weißen Särge und sprang wieder hoch zwischen die Halme des Kunstrasens, so als wolle es nicht mit beerdigt werden. Die Trauergäste verlagerten ihr Gewicht von einem Fuß auf den anderen, nicht weil sie alles schnell hinter sich bringen wollten, sondern weil sie es einfach nicht gewohnt waren, sich lange auf einer Stelle zu

halten. Nur die Frau mit Taschentuch stand wie eine Statue am Grabrand, starrte auf das weiße Holz, auf einen Teil ihrer Vergangenheit, von dem sie sich nicht trennen konnte.
Ein älterer Herr legte schließlich seinen Arm um die Frau und sagte: »Ach Britta«. Dann schwieg er, weil ihm nichts mehr einfiel, was er noch hätte sagen können.
In den Bäumen ringsum zwitscherten Vögel, hüpften zwischen den Ästen hin und her.
Leo hatte die Arme auf dem Rücken verschränkt, spreizte abwechselnd die Finger seiner rechten Hand, so weit es möglich war, und lockerte die Anspannung wieder. Nach einer Minute spürte er jeden Muskel unterhalb des Ellenbogens. Blut schoß fühlbar bis in die Fingerspitzen.
Am Kragen seiner Arbeitsjacke schob sich das Licht vorbei, legte sich feucht um seinen Hals.
Die Frau tupfte ihre Nase mit dem Taschentuch ab, verweilte noch einen Augenblick unschlüssig vorm offenen Grab, wandte sich dann schwerfällig ab und begann, den Weg zurückzugehen, den sie gekommen war.
Die anderen Trauernden folgten ihr.
Leo und seine Kollegen warteten noch einen Moment lang, bis die Angehörigen außer Sichtweite waren, dann gingen sie los, holten ihre Schaufeln hinter der Hecke und schlenderten neben dem Bagger her zurück zum Grab.
Dort stand eine Frau und sagte: »Warten Sie noch einen Moment, bitte.«
Die Frau sah gefaßt aus, heulte nicht, während sie auf die Särge hinabschaute, aber in ihrem Gesicht lag eine Spannung, als hätte sie den Toten noch viel zu berichten, so als müßte sie sich zusammenreißen, ihre Sätze nicht laut über den Friedhof zu brüllen. Sie öffnete ihre beige Handtasche, nahm ein kleines Notizbuch heraus, schaute sich die

schwarzen Deckel noch einmal an und ließ es auf den großen Sarg fallen.
Leo hörte, wie sie leise: »Hier!« sagte.
Ihr Zopf lag dick über ihrer linken Schulter und glänzte. Dann schüttelte sie einmal kaum merklich den Kopf, wobei ihr Zopf zitterte, bedankte sich bei Leo und seinen Kollegen und folgte nicht etwa den anderen Trauergästen, sondern ging in die andere Richtung zwischen den Grabreihen hindurch, hielt sich einmal an einem Kreuz fest und verschwand hinter den Ahornbäumen am Westrand der Anlage.
Der Bagger begann, die lose Erde ins Loch zu schieben.
Den Rest erledigten die Männer mit den Schaufeln, bis ein leichter Hügel entstanden war. Anschließend legten sie die Kränze darauf und machten Mittag.
Leo zog seine Jacke aus und sagte: »Möchtet ihr in einem weißen Sarg beerdigt werden? Das ist doch das letzte!«

Im Supermarkt war es kühl.
Leo schob den Einkaufswagen durch das Neonlicht, legte eine Melone hinein, nachdem er an ihr gerochen und ihre Reife durch Drücken auf beide Enden getestet hatte. Er füllte eine Tüte mit Braeburn-Äpfeln, suchte sich einige Bananen ohne schwarze Stellen aus, ging zur Käsetheke, wo er Chamois d'Or kaufte, blieb schließlich vorm Regal mit Cashewkernen und Nüssen stehen. Er griff nach einer Packung Studentenfutter und hörte, wie eine Frau dicht an seinem Ohr sagte: »Kauf auch Salzstangen!«
Leo drehte den Kopf und sah ihren großen roten Mund. Er ließ das Studentenfutter im Regal, wich einen halben Schritt zurück, bis ihr hübsches Gesicht ganz zu sehen war, und wußte nicht, was er antworten sollte.

Sie nahm eine Tüte Salzstangen, legte sie in seinen Einkaufswagen und sagte: »Die esse ich gerne danach.«
Leo merkte wie die Hitze in seinen Kopf stieg. Er verharrte, so als gehorche sein Körper den Befehlen seines Gehirns nicht mehr. Seine Augen lagen rund wie Glasmurmeln in seinem Schädel.
»Du bist ja lustig«, sagte die Frau und hielt sich eine Hand vor die Brust.
Leos Hirn wußte noch immer nicht, welche Impulse es an seinen Körper weiterleiten sollte. Es schien stehengeblieben zu sein.
Die Frau ließ ihre Hand auf den Einkaufswagen sinken.
Leo schaute auf die Salzstangen darin und antwortete: »Ja, im Supermarkt lachen nicht viele.« Er hob den Kopf und griff erneut nach dem Studentenfutter. Als er das durchsichtige Tütchen in die Hand nahm, blieb ein kleines Häufchen Erde im Regal zurück.
Die Frau sagte: »Da vorn ist die Kasse.«
Sie schob Leos Caddy zwischen den Regalen hindurch, legte das Obst, den Käse und das Knabberzeug auf das Band, während Leo hinter ihr stand und ihre hochhackigen rosa Schuhe betrachtete. Sein Blick glitt ihre Beine hoch bis zum Rockansatz. Dort blieb er liegen.
»Eine Tüte«, hörte er sie sagen, bevor sie am Ende des Bandes alles wieder in den Einkaufswagen räumte, diesen zur Fensterfront stieß und die Waren in die Plastiktüte umpackte.
Leo zahlte.
Die Schiebetür ließ sie gemeinsam auf den Bürgersteig treten. Über die Plastiktüte flirrten Wünsche und ein überdrehtes Mittagslicht.
»Wohin?« fragte die Frau.

»Ist nicht weit«, antwortete Leo und dachte, wie schnell man sich doch an etwas gewöhnt. Es schien ihm bereits völlig normal, daß diese Frau ihn angesprochen hatte und ihn in sein Gartenhäuschen begleiten würde.
»Ich wohne im Park«, sagte er und fügte hinzu: »In einem der Gartenhäuschen.«
Die Frau antwortete nicht.
Leo wechselte die Tüte von einer Hand in die andere und sagte: »Das ist nicht ganz legal, aber billiger als eine Wohnung hier.« Er zeigte mit dem Kinn auf die Fassaden, die sich stur gegen die brennende Sonne stemmten.
»Wie heißt du?« fragte die Frau, zog ihre Bluse am Bauch etwas nach unten, so daß sie sich über ihren Brüsten straffte.
»Leo«, antwortete er.
Sie blieb stehen, nahm sein Gesicht in ihre Hände und steckte ihm die Zunge in den Mund.
Leo sah, daß ihre Augen dabei geschlossen waren. Er schielte seitlich den Bürgersteig hinab, ob die Leute sie beobachteten. Tauben hinkten den Bordstein entlang, hockten sich vor die parkenden Wagen.
Die Frau ließ sein Gesicht los und sagte: »Marie.«
Dann gingen sie stumm durch die Stadt.

Weiter unten schnitt ihnen die Straßenbahn den Weg ab und stellte sie für die Dauer zweier Wagen in den Schatten.
Auf einer Baustelle standen Männer an einer Betonmischmaschine, rauchten und schauten sich Marie genauer an, während Leo ungewollt die Einkaufstüte schwenkte und etwas schneller ging.
Der Spielplatz im Park war so früh am Nachmittag fast noch leer.

Leo grüßte die älteren Männer, die in einer Einbuchtung Boule spielten und bemerkte, wie sie Marie anstarrten, bevor sie sich ihrem Spiel wieder zuwandten.
Der Weg lag staubig und hinterließ einen grauen Schleier um Maries gefärbte Zehennägel und die rosa Schuhriemchen.
Sie hat einen Trauerrand um die Augen, dachte Leo, etwas stirbt in ihr.
Weit oben am Himmel schwamm das Licht spiegelverkehrt über dem See.

Noch bevor Leo den Riegel der Gartentür beiseite schob, hörten sie seinen Hund bellen.
»Ach«, sagte Marie, »ich wollte mir auch einen zulegen.«
Unter den frisch gepflanzten Bäumen sprangen Heuschrecken hin und her.
Leo schloß die Haustür auf und sagte: »Mein Guter, komm her.«
Der Rottweiler bewegte sich langsam auf ihn zu und knurrte. Sein Fell versteckte nur spärlich das Muskelspiel darunter.
Marie blieb im Eingang stehen, schaute auf den Hund, dann ins Innere des Häuschens. Es war eng und aus Holz.
Leo streichelte kniend den Hund, reichte Marie die Einkaufstüte nach hinten.
»Braver Hund«, sagte er leise, »braver Hund.«
»Wie heißt er?« fragte Marie und ließ den Rottweiler nicht aus den Augen.
»Irland«, antwortete Leo, tätschelte dem Tier den Nacken und stand auf.
»Irland?« fragte Marie.

Sofort hob der Rottweiler den Kopf und knurrte.
»Ja«, sagte Leo, »weißt du, mein Halbbruder war auf dem Weg dorthin und ist in England verunglückt. Ich hatte vorher nie viel Kontakt zu ihm; dieselbe Mutter, aber ansonsten wenig gemein, aber als die Nachricht von seinem Tod mich erreichte, hat mich das sehr berührt. Hätte ich vorher nicht gedacht. Und plötzlich hatte ich mehr mit ihm zu tun als in den letzten zehn Jahren. Der ganze Hickhack mit den Behörden. Dann mußte der Leichnam wieder hierhergeschafft und das Begräbnis organisiert werden. Dauernd fiel sein Name. Herr Flaumer braucht dies, Herr Flaumer braucht das, der Gerd war so und so. Ich bin damals öfters ins Tierasyl gefahren, konnte mich eine Zeitlang nicht entscheiden, aber als ich den Rottweiler dann mitnahm, war mir das zu blöd, ihn Gerd zu nennen, da habe ich ihn Irland getauft. Aber komm doch rein.«
Marie machte einen kleinen Bogen um den Hund, ging am Tisch vorbei, auf den sie die Einkaufstüte neben den Ghettoblaster legte, und setzte sich auf das ungemachte Bett. Obwohl es sehr heiß hier drinnen war, roch es feucht und nach Keller.
Leo schloß die Tür, schubste die Schranktür neben der Spüle zu und knipste den Ventilator an, der am Bettende vorm Fenster stand. Fast geräuschlos wurde die Luft im Gartenhäuschen umgewälzt. Der moderige Geruch verteilte sich, setzte sich neu zusammen und blieb der gleiche.
Irland legte sich vor die Eingangstür, während Marie ihre hochhackigen Schuhe abstreifte. Wie zwei Fremdkörper lagen sie rosa und ungeniert auf den Holzdielen.
Draußen war es still im Park.

Marie stand vom Bett auf und zog sich aus.
Als Leo sie nackt sah, ging ein Riß durch seinen Körper. Er wollte ihr sagen, wie schön er sie fand, breitete aber nur schweigend und hilflos seine Arme aus.
Sein Schatten fiel wie ein Kreuz über die Bettlaken.
Marie machte keinen Schritt auf ihn zu, legte sich unter seinen Schatten und beobachtete ihn, während er sein T-Shirt über den Kopf zog.
Von der Decke hing an einer Kette ein Lüster mit zwölf kerzenartigen Glühbirnen. Daneben war eine Klappe, die zum Dachgebälk führte.
Leo drückte sich an ihre Haut, und sie steckte ihm ihre Zunge in den Mund.
Anschließend lief alles ab wie immer.
Leo schwankte zwischen Gier und Den-Kopf-nicht-ausschalten-Können, war berauscht und dachte im nächsten Augenblick, warum macht sie das?
Sie war laut, was Leo freute. Er vergaß sich eine Zeitlang und fragte sich dann, ob sie ihm etwas vorspielte.
Zweimal hörte er Irland knurren.

Als sie schließlich Salzstangen aßen, fragte Marie ihn: »Warum machst du das? Warum nimmst du eine fremde Frau mit?«
Vorm Fenster lag das Licht in dichten Spinnweben, schillerte in den frisch gepflanzten Bäumen und Sträuchern.
Leo öffnete erstaunt den Mund, sagte aber nichts.
Der Ventilator schob ein Kitzeln über ihre Beine vom Bett hinab zum Fußboden.
»Du hast Augen wie Glasmurmeln«, sagte Marie, »so als müßten sie dir jeden Augenblick aus dem Kopf fallen« und schrammte eine Salzstange an ihren Zähnen vorbei,

bis die Körner sich in ihrem Mund sammelten und auflösten.
Leo zwinkerte einmal ungewollt mit den Lidern, stand auf, ging zum Tisch und räumte die Einkaufstüte aus.
»Ich habe früher Musik gemacht«, sagte er, »aber hier habe ich keinen Platz mehr für meinen PC. Willste mal hören?«
Er drückte auf die Play-Taste des Ghettoblasters.
Marie drehte sich auf die Seite und wischte ein Häufchen Erde von den Laken.
Technomusik rannte in den Raum, ließ Irland sich im Kreis drehen, sich an einem Stuhlbein reiben, als tanzte er.
Marie lachte.
»Würdest du deinen Mann in einem weißen Sarg beerdigen?« fragte Leo und kreuzte die Arme hinter seinem nackten Rücken, um abwechselnd seine rechte Hand so weit es möglich war zu öffnen und wieder die Anspannung zu lockern. Nach kurzer Zeit spürte er jeden Muskel bis zum Ellenbogen.
»Er ist noch nicht tot, aber er wird leiden«, lachte Marie und streckte ihr rechtes Bein. Ihr Fuß zeigte wie eine Fakkel gegen die Decke.
Leo fühlte einen Hitzeschwall in seiner Bauchgegend und schaute ihr zwischen die geöffneten Beine.
Anschließend lief alles ab wie immer.

Nachts hetzten Siebenschläfer durch das Dachgebälk. Dort war es warm, schmal und trocken. Einige Kabel wanden sich über das Holz, wurden von Säcken mit Lumpen und Altkleidern verdeckt. Eine Spitzhacke lag auf dem verstaubten Linoleumboden, daneben eine Schaufel.
Das Dach war dicht, nur an einer Stelle in der Ecke preßte sich das Mondlicht in den flachen Abstellraum und ver-

teilte sich, allmählich erlöschend, über den Boden bis zur Luke hin.
Unten im Haus lag Marie und schlief. Sie lag auf dem Bauch, und Leo hatte das Laken nach unten über ihren Rücken geschoben, betrachtete den Ansatz ihres Hinterns.
Weichgewebe. Knochen.
Vorsichtig grub er seine Hand zwischen ihr Fleisch.
Sie schüttelte kurz ihren Körper, und Leo nahm die Hand weg.
Vorm Fenster hing eine blaue Leinwand, die ins Schwarze überging. Nichts war darauf zu sehen.
Dann schlief auch Leo ein.

Am Morgen verweigerte sich Marie ihm, weil Irland in der Nacht die letzten Salzstangen gefressen hatte. Leo tat, als verstehe er das und dachte, du hast doch 'n Heckenschuß!
Draußen platzte bereits das Licht aus allen Nähten und sprühte sich nieselnd in die Gärten.
Es war kurz nach sieben, und Leo hätte gerne noch etwas geschlafen, wenn er schon nicht randurfte.
»Hast du keine Freundin?« fragte Marie, während sie sich aus dem Bett schob, über Irland stieg und sich gegenüber an den Tisch setzte.
Leo drehte seinen Kopf und schaute in ihre Richtung. Seine Augen lagen unterhalb der Tischkante.
»Nicht mehr«, sagte er. »Ich war mal mit einer Schauspielerin zusammen. Wir haben uns auch noch oft angerufen und gesehen, als es aus war, aber seit einigen Wochen hat sie sich nicht mehr gemeldet. Aber das will nichts heißen, mit all den Proben und so.«
Marie schob den Ghettoblaster zur Seite, schnitt Obst klein und ließ es in eine große Tasse fallen.

Leo ließ seinen Blick zwischen ihren Schenkeln, während sie aß. Nur einmal schaute er hoch in ihr Gesicht, aber sie beachtete ihn nicht.
Als sie fertig war, stellte sie die Tasse, das Messer und den Löffel ins Spülbecken, schaute sich die kleinen Figuren, die auf einem Regal hinter der Tür standen, an, nahm einen roten Golfball, wog ihn in der Hand und legte ihn zurück zu dem anderen Krimskrams aufs Regal.
Dann trat sie vor das Bett und schaute auf Leo herab.
»Geh Salzstangen kaufen«, sagte sie.
Leo stand auf und dachte, ich mach es tatsächlich.
Sie faßte ihm zwischen die Beine, drückte ihr Rückgrat durch, so daß sie ihm ein klein wenig entgegenwuchs und steckte ihm ihre Zunge in den Hals. Sie schmeckte nach Melone.
Während sie sich zurück ins Bett legte, zog Leo sich an.

Als er die Tür des Gartenhäuschens öffnete, packte das Licht seine Augäpfel. Er drückte sein Kinn auf die Brust und schloß die Lider. Dann ließ er sie langsam wieder hochfahren.
Auf dem Weg ging eine Krankenschwester in voller Montur mit einem dicken Schulkind an den frisch gepflanzten Bäumen vorbei.
Leo schwang sich auf sein Fahrrad und fuhr durch den Park, an der Baustelle vorbei zum Kiosk. Er kaufte zehn Packungen Salzstangen und radelte langsam zurück, weil er nicht zu sehr schwitzen wollte. Eine Dusche gab es im Gartenhäuschen nicht. Im Sommer goß Leo sich das Wasser mit einem Eimer draußen im Garten über den Kopf, im Winter ging er ins Schwimmbad.

Die Bauarbeiter auf der Baustelle beachteten ihn nicht, als er vorbeirollte.
Er hielt sein Gesicht in die Sonne und spürte den Wind an seinen Fingern, die er mehrmals spreizte und lockerte, bis er deutlich seinen rechten Unterarm fühlte.
Er schob das Fahrrad in den Vorgarten, schloß es ab und öffnete die Tür des Gartenhäuschens.
»Das dürfte reichen!« sagte er und grinste.
Marie lag noch immer im Bett und hatte eine Hand über Irlands Rücken gelegt.
»Schon angefreundet?« lachte Leo.
Irland hob kurz den Kopf, ließ ihn zurück auf Maries Brust fallen.
Leo warf die Salzstangen auf den Tisch, schnippte mit den Fingern und zeigte auf den Platz vor der Tür.
Irland erhob sich und sprang vom Bett.
Erst jetzt sah Leo, daß Marie der Kehlkopf sowie der halbe Hals fehlte. Das Laken unter ihrem Nacken klebte voll Blut.
Ihre Augen waren weit aufgerissen, ihr Mund formte ein endloses O, so als habe sie als letztes Leos Namen geschrieen.
Er schaute auf Irland, sah seine Lefzen glänzen und sagte leise: »Was hast du gemacht?«
Der Hund hob nur die Augen und ließ die Schnauze auf seinen Pfoten ruhen.
Leo setzte sich auf den Stuhl, auf dem Marie gefrühstückt hatte, und dachte, was mache ich mit all den Salzstangen?
Es war heiß im Gartenhäuschen, wie in einem engen, abgedichteten Raum.
Nicht einmal die Grillen waren zu hören.

Er schaltete den Ghettoblaster ein, und Irland begann zu tanzen.
»Was hast du gemacht?« wiederholte Leo noch einmal.
Er sah Irland eine Weile zu, wie er sich im Kreis drehte und am Stuhlbein rieb, dann stand er auf und zog das Laken über Maries Gesicht. Anschließend schaltete er den Ventilator ein, nahm die Hundeleine vom Haken und sagte zu Irland: »Ich muß nachdenken.«

Draußen drang die Sonne in seinen Kopf, machte alles sehr hell, aber er sah keine Lösung.
Ein übernächtigtes Liebespaar wickelte sich in die Wiesen und blieb zurück.
Mehrmals hatte Leo den Geschmack einer Melone auf der Zunge. Er spuckte auf den Weg, zwischen die Grashalme und die schiefen Bäume. Dort standen Menschen, aber Leo hätte schon genau hinsehen müssen, um sie zu erkennen. Trocken hielt sich das Laub unter ihren Füßen, bis sie weitergingen.
»Was hast du gemacht?« sagte Leo mehrmals vor sich hin und spürte, wie die Leine jedesmal in sein Handgelenk schnitt.

Am See trank Irland in großen Schlucken. Das Wasser war viel zu dunkel, als daß man hätte sehen können, wie das bißchen Blut sich darin auflöste.
Leo setzte sich auf eine Bank und sah den Enten zu, wie sie aufgeregt hinausschwammen.
Das Licht zeichnete ihre gekrümmten Spiegelbilder unter die Oberfläche.
Eine Frau sagte wütend: »Nehmen Sie Ihren Rottweiler an die Leine!«

Leo blickte auf ihren Kehlkopf und schwieg.
Dann fiel ihm plötzlich das frische Grab der Mersbachs ein.
Er krümmte sich zwei Finger in den Mund und pfiff.
Am Ufer hob Irland den Kopf und schoß auf ihn zu.
Die Enten erstarrten über dem Wasser.
Die Frau sagte: »Unmöglich!«, drehte sich um und ging.
Leo blickte in die Sonne zwischen den Baumkronen und dachte an seine Kollegen, die jetzt die Gehwege vor den Gräbern kehrten oder die welken, angefaulten Blumen auf die Ladefläche des Lasters kippten. Aber nachts saßen sie in Kneipen oder bei ihren Frauen. Nachts waren nur Katzen auf dem Friedhof.
Er streichelte Irland über die nasse Schnauze, klopfte ihm zweimal die Flanke und sagte: »So schnell gebe ich dich nicht wieder her. Braver Hund.«
Dann hakte er die Leine ein und legte seinen Kopf in den Nacken, bis er schwitzte.
Als er wieder aufstand, lag etwas Erde auf der Bank.

Geschichte der dritten Person

Karl-Friedrich und Jett saßen auf der Terrasse eines italienischen Restaurants und aßen Salat, als eine Frau zu ihnen an den Tisch trat, ihren Rucksack auf den Boden stellte und sich zu ihnen setzte.

Obwohl die Sonne nur noch matt über die Dachgiebel faserte, dehnten sich die Straßen zäh unter dem Gewicht der Hitze, schoben Wagen westwärts, ließen Verkehrsschilder schwanken.

Die Frau bestellte ein Bier, nahm den Stoff ihrer beigen Trekkinghose über beiden Knien zwischen Daumen und Zeigefinger, zog ihn etwas nach oben, um Luft an die Haut ihrer Beine zu lassen.

Sie sieht hübsch aus, dachte Karl-Friedrich.

Vom Brotstück in seiner Hand lief die Essigsoße.

Der Kellner brachte das Bier, und ein langer, dünner Schatten fiel über den Tisch, teilte ihn in zwei Hälften.

»Setz dich ruhig«, sagte Jett, während ihre Hand nach der Apfelschorle griff, als müßte sie sie festhalten. Ihre massiven Metallringe kratzten dabei lautlos durch den frühen Abend.

»Ich sitze bereits«, sagte die Frau lächelnd.

Jett sah sie über den Glasrand an, während sie trank, dann sagte sie: »Hattest nicht so 'ne wirklich gute Stube zu Hause, was?«

In den Schüsseln glänzten die Salatblätter, als wären sie aus Kunststoff.

»Jett meint das nicht so«, sagte Karl-Friedrich und nickte.

»Klar, mein' ich das so!« sagte Jett und starrte ihn an. Ihre Augenbrauen rutschten dicht über die Augäpfel. Sie ließ die Flüssigkeit von einem Salatblatt abtropfen und beugte sich über die Schüssel.
»Mein Bruder macht nicht auf«, sagte die Frau.
»Na, dann ist ja alles klar!« antwortete Jett mit vollem Mund und wirbelte mit der leeren Gabel über den Tisch.
»Nein, eben nicht«, sagte die Frau, »ich komme gerade aus Irland zurück und stehe vor verschlossenen Türen. Das sieht ihm nicht ähnlich.« Sie griff nach einer Serviette und drückte sie sich ins feuchte Gesicht. »Um genauer zu sein, es macht mich nervös.«
Karl-Friedrich nahm einen Schluck von seinem Rotwein und fragte: »Haben Sie ihn denn vorher angerufen und gesagt, daß Sie kommen?«
Am Nebentisch bezahlte ein Pärchen.
Der Kellner rief: »Bis zum nächsten Mal« und nahm das Trinkgeld von der Untertasse.
»Ja, vor zwei Tagen«, sagte die Frau. Sie öffnete eine Seitentasche ihres Rucksackes, nahm eine durchsichtige Plastikverpackung mit einem Thunfischsandwich heraus.
Der Kellner blickte sie kurz an, wischte den Nachbartisch sauber und verschwand im Innern des Lokals.
»Guten Appetit«, sagte Jett und klopfte mit ihren Metallringen auf die Tischdecke.
»In Irland essen sie noch ganz andere Sachen«, sagte die Frau.
Jett wischte sich den Mund mit einer Serviette ab, zerknüllte sie und warf den Papierball in die Schüssel.
»Na, das ist ja mal eine Auskunft«, sagte sie. Ihre Zunge rieb über die Zwischenräume der oberen Zahnreihe, so daß die Lippe sich nach vorn wölbte, als sei sie geschwollen.

»Bezahlst du mein Bier?« fragte die Frau und sah Karl-Friedrich an.
Jett ließ sich gegen die Rückenlehne ihres Stuhls fallen und schnauzte: »Ich faß es nicht!«
»Klar«, sagte Karl-Friedrich.
»Ich bin vollkommen pleite«, sagte die Frau mit vollem Mund.
Jett ließ ihre Brauen erneut ein Stück über die Augen rutschen und fragte: »Wieso sollen wir dein Scheißbier bezahlen?«
»Danke«, sagte die Frau.

Ein Wagen bremste abrupt vor dem Restaurant.
Die Gäste drehten synchron die Köpfe, sahen auf die Straße. Ihre Gesichter blieben seltsam starr in diesem Geruch aus Gummi und Schweiß, der zu den Tischen herüberwehte.
Dann fuhr das Auto weiter und verschwand jenseits der Kreuzung.
Auf dem Asphalt blieb eine kurze Bremsspur zurück.
»Ich sitze ganz gerne draußen«, sagte die Frau und sah auf ihr Sandwich, »bei meinem Bruder wird selten gelüftet. Er ißt immer Teigwaren. Und in der ganzen Wohnung hängt dann der Dunst von kochendem Nudelwasser. Aber es gibt Schlimmeres.«
Jett zündete sich eine Zigarette an, schob ihren Unterkiefer etwas nach rechts, so daß sich eine Öffnung bildete und blies den Rauch gegen ihren Wangenknochen.
»Ich muß gleich den Laden aufschließen«, sagte sie zu Karl-Friedrich. »Laß zahlen!«
Der Kellner stand unruhig in der geöffneten Tür, blickte über die Terrasse.

»Hübsche Ringe«, sagte die Frau, bevor sie in ihr Sandwich biß.
Sie lügt, dachte Jett.
Zwischen den Tischen schnüffelte ein Hund, schleuderte seinen Schwanz gegen die Beine der Gäste. Eine Frau in Shorts sah den Kellner fragend an, starrte auf den Hund und wieder zurück zum Kellner.
»Wirklich hübsch«, wiederholte die Frau leise, während auf der Straße eine Kolonne Motorradfahrer vorbeirollte.
Karl-Friedrichs Mund glänzte von Öl und Abendlicht. An seinem Weinglas lagen verschmiert einige Abdrücke seiner Lippen übereinander.
»Irland ist schön«, sagte die Frau. »Man erzählt, es regne dort oft, aber ich hatte nur gutes Wetter, die ganze Zeit.«
»Weißte«, sagte Jett, »ich hör mir fast jeden Abend Scheißgespräche an, unvermeidbar, wenn du in einer Kneipe wie dem Lauer 10 arbeitest, aber beim Abendessen könnte ich auf so ein Gelaber durchaus verzichten!«
Mit dem Sandwichrest in ihrer Hand schob die Frau den Rauch beiseite und sagte: »Deinen Freund interessiert, was ich sage.«
Der Hund auf der Terrasse hob den Kopf, spitzte die Ohren.
Jett drückte ihre Kippe in der Salatschüssel aus und schlug dabei ungewollt mit den Ringen gegen das Glas der Schüssel.
»Kommste mit, Kalle?« sagte sie, schob mit einem entschiedenen Ruck ihren Stuhl zurück.
Es war keine Frage.
Karl-Friedrich wich ihrem Blick aus und schaute auf den langen, dünnen Schatten des Bierglases.

»Ich bin Russin«, sagte die Frau, als erkläre dies alles. Ihr Blick schoß nach oben. Jett hielt ihm stand.
»Reden die alle soviel, die Russen?« fragte sie und stemmte sich auf die Rückenlehne ihres Stuhles.
Die Frau lachte, schob ruckartig ihren Kopf nach hinten, ohne den Hals zu bewegen. Ihre halblangen braunen Haare rutschten dabei nach vorn über die Ohren.
»Nein«, sagte sie, »es ist nur so, daß ich, seit ich in Deutschland lebe, fast immer Aphthen im Mund habe und das Essen und Sprechen mir deshalb meistens schwerfällt. Aber im Moment geht es mir gut, und das nutze ich aus.«
Karl-Friedrich nahm sein Rotweinglas hoch und sagte: »Is' noch Zeit, oder?«
Ohne zu antworten steckte Jett die angebrochene Zigarettenschachtel in ihren Hosenbund und ging.
Karl-Friedrich blickte ihr nach, bis sie die Kreuzung erreicht hatte. Obwohl sie schlank war und ihr Hintern sich leicht und unbeschwert über ihren Beinen bewegte, hatte ihr Schritt etwas Stämmiges, so als setze sie ihren Fuß mit Nachdruck auf den Asphalt.
»Ich heiße Tatjana Birger«, sagte die Frau vor ihm, stopfte das letzte Brotstück in ihren Mund und reichte ihm die Hand. »Wartest du mit mir?«
Der Kellner kam, fragte, ob es geschmeckt habe, und räumte die Salatschüsseln ab. Die Frau in Shorts blickte noch immer abwechselnd auf den Hund, der am Rande der Terrasse einen Stuhl ableckte, und auf den Kellner.
»Mein Bruder ist früher oft ausgerissen«, sagte Tatjana und sah auf ihre langen Fingernägel, »er hat den Umzug schlecht verkraftet. Freunde aufgeben, alles neu, die Umgebung, die Sprache. Das interessiert dich doch, oder? Er wurde mißtrauisch, dachte, alle reden über ihn. Für mich

war es auch nicht einfach, aber ich war eher sauer auf meine Eltern, damals. Dabei ging es uns noch ganz gut. Viele russische Familien kommen erstmal in sogenannte Auffanglager, wenn sie in Deutschland ankommen. In Unna ist so eine Kaserne. Da waren Freunde von uns drin. Sehr angenehm, wochenlang zu viert in einem Zimmer zu leben. Ich muß mal.«

Sie stand auf, ging über die Terrasse auf die Tür zu.

Karl-Friedrich sah, daß sie rosa hochhackige Schuhe trug und wunderte sich etwas über die Kombination Rucksack und Pumps.

Drinnen schaute sie abwechselnd nach rechts und nach links. Der Kellner kam, wechselte einige Worte mit ihr und schüttelte den Kopf. Dann trat er auf die Terrasse und sagte zu Karl-Friedrich: »Sie wollten noch etwas bestellen?«

Zwei winzige Flugzeuge durchschnitten ihren Hintergrund in drei Teile. Wäre dieser Hintergrund kurz in seiner Ausdehnung, würde der Mittelteil auf die Erde stürzen, dachte Karl-Friedrich. Aber die Flugzeuge bewegten sich endlos langsam, und die drei Teile wuchsen weit hinten bereits nach und nach wieder zusammen, ehe das Ende des Himmels auf der anderen Seite erreicht war. Die weißen Nähte verschwanden. Nicht einmal eine winzige Narbe blieb sichtbar. Trotzdem schien ein leichter Wind diese schlitzartige Öffnung zur Straße gefunden zu haben. Etwas Bewegung kam in die Hitze und Tatjana zurück zu Karl-Friedrich. Der Kellner stellte ein frischgezapftes Bier und einen Rotwein mitten auf den Tisch. Ihre langen, dünnen Schatten bildeten eine Allee, auf der es sich spazieren ließ.

»Ganz schön heiß«, sagte Tatjana, »da drüben wohnt mein Bruder.«

Ihr ausgestreckter Arm wies auf ein Haus in Karl-Friedrichs Rücken. »Wenn du dich mal umdrehst. Auf der anderen Straßenseite, die Fassade mit den Graffitis.«
Karl-Friedrich sah eine Frau mit Kinderwagen vorm Haus stehen. Ein kleiner Junge wartete daneben und hielt sein Fahrrad fest.
»Und du?« fragte Tatjana und schlug die Beine übereinander.
Karl-Friedrich fühlte sich angenehm von ihren rotgefärbten Zehennägeln bedrängt. Er richtete sich etwas auf und sagte: »Ich bin Schauspieler.«
»In Moskau war ich oft im Theater« erwiderte Tatjana. »Meine Eltern sind Maler«, fügte sie hinzu, als sei das eine die logische Konsequenz des anderen.

In einiger Entfernung war ein Pfiff zu hören. Der Hund hob den Kopf und rannte los. Karl-Friedrich blickte die Straße hinab, konnte aber niemanden als Hundebesitzer identifizieren.
Die Frau in Shorts atmete auf und zahlte.
»Ich schreibe dir mal meine Mail-Adresse auf«, sagte Tatjana, »dann kannst du mir schreiben, wann ich dich auf der Bühne sehen kann.«
»Du kannst mich täglich sehen«, sagte Karl-Friedrich und hatte das Gefühl, später diesen Satz Jett beichten zu müssen. Er umfaßte die Lehnen seines Stuhls und fügte hinzu: »Ab September wieder in Büchners ›Woyzeck‹ und in Mayenburgs ›Feuergesicht‹.«
Tatjana nahm einen schwarzen Tintenroller mit Goldverzierungen aus ihrem Rucksack und schrieb auf einen Bierdeckel, den sie unter ihrem Glas hervorzog.
»Danke«, sagte Karl-Friedrich und spürte, wie die lang-

sam abnehmende Hitze über der Straße mit jedem Atemzug seinen Kopf aufheizte. Er drehte sich um und sah zum Haus, in dem Tatjanas Bruder wohnte. Die Frau wartete noch immer, trug nun ein kleines Kind auf dem Arm und ging langsam vor der Haustür auf und ab, während der Junge neben seinem Fahrrad hockte und mit einem Stock im Bordstein herumstocherte.

»Es ist fast wie früher, dieses Warten«, sagte Tatjana. »Weißt du, meine Eltern waren immer anderer Meinung als die Politiker. Sie hatten einen Ausreiseantrag gestellt und schnell soviel wie möglich vom Haushalt verkauft. Der Rest wurde verpackt, in Kisten und Koffer gezwängt. Wir haben jahrelang so gelebt. Wenn ich etwas Neues anziehen mußte, wurde eine Tasche geöffnet und ein Kleidungsstück herausgenommen. So haben wir gewartet und gewartet auf den Brief der Behörden. Der kam natürlich nie.«

Sie schwenkte ihr Glas leicht hin und her, schaute dem Kreisen des Bieres zu. Nach einer Weile sagte sie: »Aber mein Bruder wird kommen.«

Karl-Friedrich sah auf ihren Rucksack und fragte: »Wieso warst du in Irland?«

»Ich habe mich von meinen Eltern verabschiedet«, sagte Tatjana und schnappte mit ihrer Unterlippe den Schaum über ihrem Mund weg. »Ein paar Fotos habe ich gemacht, sie vor ihr Cottage gestellt, damit ich sie so in Erinnerung behalte, wie ich es möchte, wie ich sie mir immer gewünscht habe.«

»Sind sie krank?« fragte Karl-Friedrich.

Laute Musik schallte plötzlich über die Terrasse. Der junge Mann im Auto grinste zu ihnen herüber und fuhr langsam hinter den anderen Wagen Richtung Kreuzung. Die Rückscheibe schien zu zittern.

»Das auch«, sagte Tatjana, »aber sie wollen nicht warten. Würdest du von den Cliffs of Moher springen? Pathetischer geht es ja wohl nicht. Zumindest wollen sie bis zum Winter warten. Dann gibt es dort weniger Touristen.«
»Sie wollen sich umbringen?« fragte Karl-Friedrich fassungslos und griff nach dem Rotweinglas.
Das Abendlicht schaukelte darin, stieß an Karl-Friedrichs Lippen, verschwand in seinem Mund, während er trank, und tauchte wenig später weit hinten über der Kreuzung wieder auf.
»Sie sind Maler«, sagte Tatjana.
Wieder diese Erklärung, die keine ist, dachte Karl-Friedrich und schaute auf ihre roten Zehennägel.
»Sogar ziemlich bekannt«, fuhr Tatjana fort. »Es gab reiche Leute aus dem Westen, die kamen Mitte der Achtziger in die Moskauer Ateliers und kauften Bilder. Meine Eltern haben auch verkauft. Sie wußten natürlich, daß die Sammler ihre Bilder nur mitnehmen durften, weil sie noch eine Menge anderes Zeug, Marke Staatskunst, erworben hatten. Aber davon lebten wir zwischen den gepackten Kisten. Und vom Geld, das Freunde uns borgten. Dann war eines Tages die Mauer plötzlich weg. Wir waren völlig verwirrt, weil wir so lange darauf gewartet hatten, diese Mauer hinter uns zu lassen, und nun war sie einfach weg. Aber ausreisen konnten wir noch immer nicht. Mein Bruder Sergej und ich wollten das sowieso nicht mehr.«
Der Kellner rückte einige Stühle zurecht und wischte die letzten Sonnenflecken vom Nebentisch. Was blieb, war eine diffuse Abendstimmung, von der die Gäste nicht wußten, ist der Tag nun zu Ende oder beginnt erst die Nacht.
Karl-Friedrich dachte daran, Tatjana später mit zu sich

nach Hause zu nehmen, wenn sich die Gelegenheit ergeben sollte.
»Interessiert dich das?« fragte Tatjana.
»Ja, ja, ja, ja«, sagte Karl-Friedrich etwas zu oft und zu schnell.
Tatjanas Mundwinkel rutschten kurz in entgegengesetzte Richtungen. Es war eher ein Zucken als ein bewußtes Lächeln.
Karl-Friedrich fühlte sich ertappt. In seinem Kopf brachen Hitzewellen übereinander, Gischt umschwemmte sein Gehirn.
»Ein Jahr nach dem Mauerfall«, fuhr Tatjana fort, während sie den schwarzen Tintenroller wieder in ihrem Rucksack verstaute, »meine Eltern hatten gerade gemeinsam ihren fünfzigsten Geburtstag gefeiert, kam eine Einladung zu einer Ausstellung nach Paris. Zusammen mit achtzehn anderen Malern aus Moskau sollten meine Eltern einige Bilder dort zeigen. Sergej und ich ahnten, daß sie etwas im Schilde führten. Er war sechzehn und ich zwei Jahre jünger. Und meine Eltern verkauften nun auch noch, was jahrelang in den Kisten verpackt in unserer Wohnung stand. Auf unser Nachfragen haben sie immer nur gesagt, jetzt macht euch mal keine Sorgen. Aber wir machten uns Sorgen. Die beiden letzten Nächte vor dem Flug haben wir beide nicht geschlafen. Die Ausstellung in Paris wurde ein voller Erfolg, aber meine Eltern schien das gar nicht zu interessieren. Sie liefen durch Paris wie aufgescheuchte Hühner, während Sergej und ich am Ufer der Seine saßen und uns an den Wolgakanal zurückwünschten. Wir hatten uns nicht einmal von unseren Freunden verabschiedet, weil wir dachten, dann müssen wir auf jeden Fall zurück. Man geht nicht einfach so. Aber meine Eltern blieben in

Frankreich und wir folglich auch. Ich habe fast niemanden von meinen Freunden wiedergesehen, mit Ausnahme derer, die später Moskau ebenfalls Richtung Deutschland verließen.«

Etwas Dunkles mischte sich in die Abendfarben, verzweigte sich zwischen das absterbende Blau über der Kreuzung, floß die Fassaden der Häuser hinab und ließ Tatjanas Stimme schneller werden, davoneilen, so als fliehe die Zeit von der Terrasse.

Karl-Friedrich leerte sein Glas und verspürte ein drolliges Freiwerden in seinem Kopf. Die Hitzewellen beruhigten sich. Der Abend hatte erst begonnen. Er machte dem Kellner ein Handzeichen und zeigte mit dem Finger auf Tatjanas, dann auf sein Glas.

»Du willst mich betrunken machen, Kalle«, sagte Tatjana.

Das erste Mal, daß mein Name gut klingt, dachte Karl-Friedrich. Er lachte, wollte aber nicht lügen und einfach nein sagen.

»Jedenfalls zogen wir von einem Bekannten zum anderen«, sagte Tatjana schnell. »Auch nicht angenehmer, als auf Kisten zu sitzen, aber irgendwie auch nicht schlimmer. Im nachhinein hat das Ganze sogar etwas Interessantes, weil wir so ziemlich alle sozialen Schichten durchliefen, von der Witwe eines Kulturfunktionärs, die uns eine ganze Wohnung zur Verfügung stellte, bis hin zu einer Libanesin, die ohne Aufenthaltsgenehmigung in einem Zwei-Zimmer-Apartment am Rande von Paris lebte. Lange konnten wir nirgendwo bleiben, und nach einem halben Jahr hatten wir alle Bekannten in Frankreich durch und kamen zu weiteren Bekannten nach Deutschland. Das gleiche Spiel, bis uns einer den Tip gab, uns an die Synagoge zu wenden. Schließlich sind wir Juden, wenn auch nur dem Namen nach. Ab da schloß sich das soziale Netz um uns. Wohnung, Sozialhilfe, eben was man so braucht zu einem Neuaufbau. Die Sammler wußten plötzlich, daß das Ehepaar Birger im Land war, und kamen vorbei. Meine Eltern verkauften ihre Bilder unter der Hand und waren zufrieden. An uns haben sie nicht gedacht. Sergej wurde in dieser Zeit immer verschlossener, schwänzte den Sprachkurs, riß von zu Hause aus, blieb ganze Nächte weg. Aber das kümmerte unsere Eltern nicht. Ich stürzte mich in meine Bücher, lernte und lernte und hatte das erste Mal den Mund voller Aphthen. Wo mein Bruder sich immer rumtrieb, weiß ich nicht. Er erzählte nichts. Aber er hatte plötzlich Geld, viel Geld. Mit achtzehn kaufte er sich seinen ersten Wagen und fand es cool, mit offenem Verdeck durch die Straßen zu fahren. Den Führerschein hat er zwei Jahre später dann auch noch gemacht. Er hat mir all die Jahre Geld gegeben und mein gesamtes Jurastudium finanziert. Bis du einen Mann hast, sagt er noch heute.«

Das Publikum auf der Terrasse wechselte nach und nach, verjüngte sich im Abendstrom, während die Autofahrer die Lichter einschalteten und den linken Arm aus dem Seitenfenster hängenließen.
Auf der Straße wurde es lauter.
Stimmen zogen den Bordstein entlang und stießen blitzschnell in die Höhe, andere schwebten brummelnd und gleichmäßig über der Terrasse, füllten den Raum zwischen den Fassaden mit Bieratem und Begrüßung.
Der Kellner sagte: »Zum Wohl«, schob sich das leere Ta-

blett unter den Arm, bevor er wieder ins Innere des Lokals verschwand.
Karl-Friedrich dachte: ein arbeitsloser Achtzehnjähriger, der die Sprache nicht versteht und sich ein Auto kauft? und sagte: »Oh, eine Juristin!«
Die Hitzewellen in seinem Kopf begannen wieder zu brodeln. Er hatte plötzlich das Gefühl, in eine Geschichte hineingezogen zu werden, in die er nicht hineinpaßte. Noch mehr von diesem Bruder erfahren zu müssen schien ihm einen Schritt zu weit zu gehen. Aber Tatjana war schön, so wie sie dasaß mit ihren lackierten Zehennägeln, und seine Wohnung lag nur ein paar Straßen weiter. Er fischte mit dem Zeigefinger ein winziges Stück Korken aus dem Wein und schüttelte die Hand zweimal kräftig, bis das Stückchen auf den Boden flog.
»Gerade abgeschlossen«, hörte er Tatjana sagen.
»Was?« fragte er und schaute in die Gesichter der anderen Gäste, als wollte er irgendeine Ähnlichkeit mit der Russin in ihren Zügen entdecken.
»Mein Studium«, antwortete Tatjana, »gearbeitet habe ich noch nicht. Ich würde lieber reisen, zumindest eine Zeitlang. Oder beides miteinander verbinden. Sergej ist viel unterwegs. Ich weiß zwar nicht, was er macht, irgend etwas mit Import-Export, aber er kommt ganz schön rum.«
»Vielleicht mußte er gerade mal schnell irgendwohin. Neue Ware oder so«, sagte Karl-Friedrich und drehte sich um.
Die Frau mit den beiden Kindern vorm Haus war weg.
Wieso weiß sie nicht, was ihr Bruder macht, dachte er? Das glaubt die doch selbst nicht.
»Ich wohne seit Jahren bei ihm. Er hat immer Bescheid

gesagt«, antwortete Tatjana, und nach einem Blick in den Abendhimmel fügte sie hinzu: »Er kauft mir alles, zum Beispiel die Schuhe hier. Davon habe ich bestimmt fünf Paar. Er findet, rosa paßt zu mir.«

Seit Jahren, dachte Karl-Friedrich, aber sie weiß nicht, was er macht. Er lächelte und spürte, wie die Haut über seinen Wangenknochen sich bemühte, kleine Falten um die Augen zu legen.

»Der beste Mensch, den ich kenne«, sagte Tatjana, »aber unsere Eltern wollte er nicht mehr sehen, seit sie 1999 nach Irland ausgewandert sind, weil ein Gönner ihnen ein Cottage im County Cork vermachte. Weißt du, in Moskau haben sie nur Geschwüre gemalt, meine Mutter nur die Geschwüre, ohne etwas drum herum, in allen Varianten, die du dir vorstellen kannst, und mein Vater Geschwüre mit etwas Fleisch und Haut dran. Daran konnte man ihre Bilder unterscheiden. Ansonsten sahen ihre Arbeiten in Stil und Farbgebung völlig gleich aus. Und was malen sie jetzt? Die Küste. Sie haben Krebs und malen die Küste, wollen aber auf keinen Fall warten, bis sie langsam eingehen. Ich habe sie besucht. Sie sagten: ›Bloß keinen Personenkult, bitte! Davon haben wir genug!‹ Aber sich die Cliffs auszusuchen, um zu sterben. Das ist doch Kitsch pur. Ich habe mit meinen Eltern nicht mehr viel zu tun, hatte sie seit fünf Jahren nicht mehr gesehen, aber das hat mich enttäuscht. Ich hoffe, die Fotos sind etwas geworden.«

In den Fenstern der Häuser brannte jetzt überall Licht und verlängerte die letzte Abendhelle künstlich Richtung Nacht.

Karl-Friedrich fühlte sich heiß und angetrunken. In seinem Kopf spritzte die Gischt bis zur Schädeldecke. Er konnte sich hundertmal sagen, daß er gerade Opfer von Klischees und Vorurteilen wurde, daß es nichts Besonderes auf sich hatte mit einem Bruder, der in Import-Export machte, aus Rußland kam und nun verschwunden war, aber es half nichts. Trotz dieser Verunsicherung wuchs sein Wunsch, sie mit nach Hause zu nehmen und sie nackt zu sehen.

»Wie lange willst du warten?« fragte er und überlegte, wie er ihr sein Bett anbieten konnte, ohne aufdringlich zu wirken.

Über der Kreuzung hängte sich breit und weiß der Mond zwischen die Antennen, eine Scherbe von einem Wandteller, heil gekauft auf der letzten Rußlandreise und nun zerbrochen und etwas zu nahe über Tatjanas Kopf.

Er schloß die Augen; hinter seiner Stirn brausten die Hitzewellen. Ein leichter Wind schaukelte in seinem Rükken.

»Ich weiß nicht. Ich glaube, ich fange heute mit Rauchen an«, hörte er Tatjana sagen. Ihre Stimme hatte sich verändert, klang plötzlich langsamer, zurückhaltender, so als habe sie schon zuviel geredet.

Rauchgeruch zog in Karl-Friedrichs Nase und ließ ihn durch den Mund atmen. Er öffnete die Augen wieder und hörte den Mann, der sich in den Stuhl neben ihn gesetzt hatte, zu Tatjana sagen: »Was ist das denn für ein Arschgesicht?«

Tatjana schob ruckartig ihren Kopf nach hinten, ohne den Hals zu bewegen, sagte aber nichts.

Der Mann strich sich mit der Hand über seine Glatze, hielt dabei die Kippe zwischen Zeige- und Mittelfinger und blies den Zigarettenqualm seitlich aus dem Mundwinkel in Karl-Friedrichs Richtung. Dann drehte er langsam den

Kopf und schaute Karl-Friedrich an. Auf seinen Brillengläsern saßen feine Staubpartikel. »Is' noch was?« fragte er.
Seine Nase sah um die Löcher herum gerötet aus.
»Laß ihn, Skull«, sagte Tatjana.
Der Mann zog zweimal hintereinander den Schleim in seiner Nase hoch, verschränkte seine Hände im Nacken und rief: »Apf!«
Karl-Friedrich wollte etwas sagen, aber er wußte, daß dies so eine Situation war, in der man seinem Gegenüber nicht zeigen durfte, daß man Angst hatte, weil das die kranke Phantasie solcher Menschen unweigerlich anspornte. Hätte er den Mund aufgemacht, hätte seine Stimme sich hörbar zwischen die Schatten der Gläser gezittert. Also schwieg er.
»Wo ist Apf? Hängt der am Tresen rum. Apf!« rief der Mann mit der Glatze. Sein Sakko zeigte mehrere Aschenflecken in Brusthöhe. Er flitschte nervös den Zigarettenstummel an Karl-Friedrich vorbei auf die Straße, schob dann seinen verschnupften Blick über den Tisch zu Tatjana und fügte hinzu: »Ich muß mit dir reden.«
Tatjana schüttelte den Kopf.
In diesem Moment trat der Kellner an ihren Tisch, nickte dem Mann mit der Glatze zu, schaute Karl-Friedrich an und sagte: »Sie wollen zahlen.«
»Ja, Apf, das will er«, sagte der Mann mit der Glatze.
Und zwischen all den Stimmen und Wagengeräuschen lag plötzlich ein Verstummen von der Größe einer Lichtung. Es war zwar nicht heller an diesem Fleck, als an den anderen Tischen rundherum, aber Karl-Friedrich saß dort einen entscheidenden Augenblick zu lang. Er spürte mit einem Mal ein Kribbeln in seinem rechten Bein.

Die Glatze ist aufgeregter als ich, dachte er, alles Bluff.
Seine Angst war verflogen. In seinem Kopf schaukelte jeder Gedanke auf einer seichten Lache. Er sah Tatjana, wie sie sich auf sein Bett setzte und sich langsam rückwärts auf ihre Ellenbogen stützte.
Er griff nach dem Weinglas auf dem Tisch und sagte: »Du solltest die Freunde wechseln, Tatjana!«
Auf der anderen Straßenseite löschte jemand das Licht in seiner Küche.
Der Kellner verzog sein Gesicht, als habe er Schmerzen.

Drucknachweise

Pelargonien. Erstmals erschienen in:
Klagenfurter Texte. Die Besten 2004.
Piper Verlag, München 2004

Theater. Erstmals erschienen in:
Bei den Dazwischenleuten. 5 Jahre Kapuzinerlesungen.
Editions des Cahiers Luxembourgeois,
Luxemburg 2005

Pasta Roter Platz. Erstmals erschienen in:
D'Waasser am Mond. Eng kulinaresch Anthologie.
Walfer Bicherdeeg, Luxemburg 2004.

Inhalt